SÃO PAULO
2024
EXCELSIOR
BOOK ONE

EXCELSIOR — BOOK ONE

COORDENADORA EDITORIAL *Francine C. Silva*

TRADUÇÃO *Lina Machado*

PREPARAÇÃO *Daniela Toledo*

REVISÃO *Silvia Yumi FK e Rafael Bisoffi*

DIAGRAMAÇÃO E LETTERING *Victor Gerhardt* | *CALLIOPE*

TIPOGRAFIA *Adobe Caslon Pro*

IMPRESSÃO *COAN Gráfica*

MARVEL PRESS

ARTE ORIGINAL DE CAPA *Nicoletta Baldari*

DESIGN ORIGINAL DE CAPA *Kurt Hartman*

LETTERING ORIGINAL *Jay Roeder*

Dados Internacionais de Catalogação na Publicação (CIP)
Angélica Ilacqua CRB-8/7057

C452d Chhibber, Preeti

O dilema do Homem-Aranha / Preeti Chhibber ; tradução de Lina Machado. — São Paulo : Excelsior, 2024.

288 p.

ISBN 978-65-85849-02-9

Título original: *Spider-man's Social Dilemma!*

1. Ficção norte-americana 2. Homem Aranha – Personagem fictício I. Título II. Machado, Lina

24-1425 CDD 813

Para a minha família.
E para todos que me ouviram falar sobre
o Homem-Aranha durante a última década.
Agradeço muito.

CAPÍTULO UM

Peter está coçando a perna sem parar, mas a maldita picada de inseto (não *a* picada de inseto, mas *uma* picada de inseto) que levou outro dia está coberta pelo seu traje de aranha. Que está por baixo de sua calça. E isso é um *problema* para ele. Ele está na aula de ciências e engenharia – não é o melhor lugar para se distrair. Seu pé está tenso contra o piso de linóleo, e ele está bastante inclinado para a esquerda, e alguém com certeza vai not...

— *Senhor Parker!*

Peter para de se coçar no mesmo instante e olha para seu professor, o dr. Shah, que está com as mãos na cintura, encarando-o. Peter se pergunta, não pela primeira vez, por que seu sentido-aranha não funciona tão bem na sala de aula como durante uma luta contra o Doutor Octopus. Peter levanta a mão devagar e a apoia na mesa. Devagar, porque embora já esteja fazendo seu trabalho noturno há algum tempo, ele ainda gosta de ser extra cuidadoso ao tentar parecer normal quando as pessoas estão prestando atenção nele – apesar de seus... poderes? Reflexos?

– Sinto muito, senhor. Não ouvi a pergunta? – Sua voz se eleva no final, como se ele não tivesse certeza se havia sido uma pergunta que ele não tinha ouvido ou algo mais.

O dr. Shah apenas aperta a ponte do nariz e solta um longo suspiro.

– Tudo bem, senhor Parker. Sei que é sexta-feira e que o fim de semana está chegando, mas, por favor, tente prestar atenção. Perguntei, com base na leitura que passei para casa na última aula, qual seria o impacto que o fácil acesso à manipulação de vídeo poderia ter na sociedade.

A leitura! Esqueci de fazer a leitura. Ele tenta se concentrar, mas está tão cansado e sua perna ainda não parou de coçar.

Ele encara o dr. Shah, como se isso pudesse trazer a resposta direto para dentro de seu cérebro. Sem que Peter perceba, sua mão desce para coçar a picada do inseto novamente. *Manipulação de vídeo?* A mordida está sensível e inchada agora, e a dor de ficar coçando parece tirá-lo de seu devaneio.

– Bem...

– *Acho* que isso significa que posso colocar meu rosto em qualquer filme de ação que eu quiser e me tornar a estrela, e isso é *legal pra caramba*. – A voz de Flash quebra o silêncio, e Peter agradeceria a quem quer que tenha feito isso acontecer, mas já sabe muito bem o que vem a seguir. – Parker ia acabar usando isso só para se colocar num filme de mulherzinha, para poder fingir que tem uma namorada.

Peter revira os olhos e endireita a postura; está resistindo à vontade de deitar a cabeça na mesa.

– Cala a boca, Flash – diz ele, cansado, esperando não parecer tão exausto quanto se sente. Na maioria das vezes, ele tenta ignorar Flash Thompson, mas, de vez em quando, sua boca age por conta própria. Alguém passa pela porta da sala de aula, criando uma sombra na luz do corredor.

O DILEMA DO HOMEM-ARANHA

SIGA NAS REDES SOCIAIS:

@editoraexcelsior

@editoraexcelsior

@edexcelsior

@editoraexcelsior

editoraexcelsior.com.br

– Obrigado, senhor Thompson – responde o dr. Shah em tom seco. – Mas essa é uma ideia interessante. Estamos aqui hoje para falar sobre a ética da tecnologia, e não seria antiético enganar as pessoas, fazendo-as pensar que você fez algo que não fez?

– E aí estaria recebendo o crédito pelo trabalho de outra pessoa! – interrompe Liz Allan. – Você não fez aquele filme; outra pessoa fez.

– Não que o Flash faça o próprio trabalho na vida real – debocha Randy Robertson, rindo, do fundo da sala. Peter abre um sorriso.

– Eu ouvi isso, Robertson! – Flash faz menção de se levantar.

– Ei! – O dr. Shah coloca as mãos em volta da boca para amplificar a voz. – Senhor Thompson, por favor, fique sentado e *todos* guardem seus comentários para si mesmos, a menos que sejam sobre a ética da manipulação de vídeo. – Ele observa a turma, pensativo. – Agora, a senhorita Allan levantou uma boa questão. É justo fingir que você é algo que não é?

Peter inspira fundo e rápido por entre os dentes. Às vezes, sente que *fingir* é tudo o que tem feito nos últimos seis meses, desde que começou suas aventuras noturnas. Ele passa a mão pelo cabelo e depois a ergue.

– Sim, senhor Parker? – O dr. Shah olha para ele por cima dos óculos de leitura, que havia esquecido de tirar do rosto de novo.

– Todo mundo não está fingindo que é algo que não é o tempo todo? Bem... não estamos todos só... Quero dizer... – Ele não tem certeza de como terminar a pergunta, ou mesmo se era uma pergunta. Reflete se isso não é um sinal de que precisa *mesmo* equilibrar melhor a vida de estudante e de vigilante.

– Concordo – outra voz fala, e Peter quase quebra o pescoço ao se virar para olhar para a pessoa que está falando.

Mary Jane Watson está apoiando o queixo na mão, a cabeça um pouco inclinada para o lado. Ela está usando a outra mão para batucar de leve a caneta na mesa. O sol que entra pela janela faz o cabelo dela parecer vermelho dourado, e Peter tem *certeza* de que suas pupilas se transformaram em corações de verdade. *Ela é* tão *bonita*, pensa. Então seus ouvidos se alinham seu cérebro e ele percebe que ela disse que *concordava* com ele!

– Com o que você concorda, senhorita Watson? – o dr. Shah a incentiva a continuar.

– Acho que, em algum nível, estamos todos fingindo o tempo todo. E de qualquer maneira...

– Eu não, querida! Sou cem por cento Flash o tempo todo – brinca Flash, flexionando um bíceps.

MJ estreita os olhos para ele.

– A menos que você esteja roubando o corpo de um astro de ação para fingir que está no filme *dele*, Flash. – Mas o canto de sua boca se ergue como se quisesse suavizar as palavras. *Não que ela precise suavizar* qualquer coisa *para Flash*, pensa Peter. – *Como eu estava dizendo*, acho que, em algum nível, estamos todos fingindo. Como o Peter disse. E... – Mas o que quer que MJ estivesse prestes a dizer é interrompido pelo toque do sinal, indicando o fim da aula.

Peter enfia o caderno na mochila, sem se importar quando a capa se dobra e amassa o papel embaixo. MJ concordou com ele *e* falou o nome dele. Mesmo que o resto do dia seja uma droga, pelo menos ele tinha isso a seu favor.

A voz do dr. Shah se eleva acima do toque.

– Lembrem! Na próxima semana vou separar seus grupos para o projeto de preparação do OSMAKER. Comecem a pensar no que você querem fazer.

– Dr. Shah, não podemos escolher os nossos *próprios* grupos? – A voz de Liz tem um tom melancólico. Ela com certeza só quer trabalhar com os alunos populares. O que Peter não é. É claro.

– Sinto muito, senhorita Allan. Já tenho um sistema e ele funciona. Eu vou montar os seus grupos; vocês apenas pensam no que desejam trabalhar!

A classe inteira geme em resposta. Grupos formados pelo professor são horríveis. No ano passado, antes de tudo, Peter acabou junto com Flash Thompson também em um projeto de ciências, e essa foi uma das piores experiências acadêmicas de sua vida. Claro, ele tinha apenas dezesseis anos, mas tinha certeza de que nada poderia superar Flash Thompson entrando na aula no dia da apresentação e dizendo: "Ah, é *hoje*?" ao ver o cartaz triplo com diagramas de mitocôndrias feito por Peter.

Peter fecha a mochila e a pendura no ombro, deixando a turma esvaziar um pouco antes de se dirigir para porta.

– Senhor Parker! Tente melhorar a sua concentração, por favor – o dr. Shah diz, enquanto está saindo.

Peter levanta a mão em desculpas.

– Sim, senhor, desculpe por isso. Não vai acontecer de novo.

– Você é um garoto inteligente, Peter. Apenas se esforce um pouco mais.

Peter lança um sorriso inexpressivo e forçado para ele e acena com a cabeça. Deixa a expressão sumir depois de dar as costas. Sabe que *precisa* melhorar nisso. Ele entra no corredor, onde os sons de todos os alunos da escola indo para a próxima aula são quase insuportáveis.

– Mano, você viu a partida dos Wolves ontem à noite? Brutal.

– E aí minha mãe disse que eu não podia ir! Dá para acreditar? Tudo o que fiz foi chegar, tipo, cinco minutos depois do horário só uma noite.

– Vamos almoçar fora do campus. Tem um restaurante de tacos bem legal que acabou de abrir, tipo, a dois quarteirões daqui.

– Qual é o problema do Peter? Ele anda tão estranho ultimamente.

A atenção de Peter desperta. Essa era Liz Allan, e ela estava andando com MJ. Ele se esforça para ouvir a resposta da outra garota, mas elas estão longe demais e a resposta de MJ se perde na bagunça dos corredores superlotados da Midtown High. Ele agarra as pontas das alças da mochila, esticando-as e travando os cotovelos. É melhor que não tenha ouvido a resposta da MJ.

Ela deve ter concordado com a Liz, de qualquer forma. Ele joga a cabeça para trás e geme para o teto, parado feito uma estátua na lateral do corredor, enquanto os alunos passam.

Universo, será que não dá para deixar eu ser legal por um dia?, *pensa Peter. É pedir muito? Só um dia.*

Como se fosse uma resposta, seu celular vibra no bolso. Deve ser uma mensagem da tia May perguntando se ele ia direto para casa depois da escola. Ele tira o tijolão velho do bolso e solta um outro grunhido.

ALERTA DE NOTÍCIAS: *HOMEM-ARANHA: AMEAÇA OU AMEAÇA AMEAÇADORA?*

Qual é?, reclama. Ele impediu dois assaltos a banco e um furto, *e* ajudou uma senhora idosa a levar as compras para casa na noite passada. Em que mundo ele era uma ameaça? *E o que é uma "ameaça ameaçadora"? Isso nem faz sentido.* Ele faz uma nota mental para enviar a J. Jonah Jameson uma carta anônima ao editor, pedindo uma cobertura mais justa do Homem-Aranha.

... De novo. Talvez desta vez o Clarim publique a minha carta.

A sirene toca, interrompendo seus pensamentos, e os olhos de Peter se arregalam. *Estou atrasado!*

Pela primeira vez, a sorte está do lado de Peter. Ele consegue se sentar em uma cadeira na sala de mídia sem ser notado, enquanto a srta. Vasquez explica que eles vão usar a aula para trabalhar na pesquisa de seus ensaios sobre a História das Américas. Ele se senta na frente de um dos laptops da escola e abre a página inicial do *Clarim* em uma guia anônima, na esperança de ler o artigo publicado por Jameson. Ele logo o encontra, mas precisa rolar a tela para acessá-lo e, por um momento, fica feliz, porque pelo menos não é o artigo principal do site. Ele clica no link. O enorme banner na parte inferior da página diz que esse é o primeiro de dois artigos gratuitos que ele pode ler durante o mês. No cabeçalho há uma foto borrada e tirada com um celular de Peter em seu traje de aranha, sentado na varanda gradeada de um daqueles prédios de apartamentos de três andares em Greenpoint. Nela, ele está segurando um cachorro-quente e tentando limpar uma enorme bola de ketchup, mostarda e cebola que caiu bem em cima da aranha no meio do seu peito. Suas luvas ficaram pegajosas o resto da noite.

Bem, mais pegajosas do que o normal. Um pegajoso nojento, não o pegajoso normal. Pegajosas como chão de cinema, não pegajosas do tipo ei-fui-picado-por-uma-aranha-e-posso-grudar-nas-paredes.

Na opinião de Peter, qualquer fotógrafo profissional veria a foto como ela realmente é: uma foto ruim que um jornal respeitável ficaria envergonhado de publicar. Ele limpa o peito distraidamente, mas sabe que não devia se sentir envergonhado por apenas comer e esquecer de pegar um guardanapo. Ele não dá atenção ao fato de que suas bochechas com certeza estão quentes e, era provável, vermelhas.

Homem-Aranha foi visto ontem à noite trabalhando duro... tirando uma mancha de seu disfarce.

Nossa, ele não consegue deixar de pensar, *que integridade jornalística.*

Ele passa os olhos um pouco mais e não encontra nada fora do normal – alguns xingamentos leves, umas insinuações sobre seus níveis fracos de poder, alguns apelos *contraintuitivos* para que ele fizesse mais, mas, de alguma forma, para que também não fizesse nada. O *Clarim é o Clarim*, reflete ele.

Enquanto lê, algo ao lado na seção "notícias semelhantes" chama sua atenção. Ele move a barra de rolagem para cima de novo. Há uma pequena foto de um rosto que ele conhece *muito bem.*

FLINT MARKO, TAMBÉM CONHECIDO
COMO HOMEM-AREIA,
LIBERADO POR BOM COMPORTAMENTO

Peter leva a ponta do lápis à boca e morde a borracha. Ele passa o mouse sobre o link, pensando se deve clicar. Estremece e depois pressiona o mouse.

– EI, SR. HOMEM-AREIA, VAI ME TRAZER UM SONHO? – Não foi seu *melhor comentário* espirituoso, mas em defesa do Homem-Aranha, ele estava enterrado na areia, que também fazia parte do *corpo de uma pessoa* e com certeza era *nojenta*. Estava um pouco concentrado no quanto era nojenta. – Essa coisa é *você*, Marko? Tipo, isso é o seu pé? – Ele ergueu um punhado de areia na mão, os grãos grudaram em seu disfarce. – Porque é *nojento.*

– VOU ACABAR COM VOCÊ!

A voz de Flint rugiu vinda de todos os lados. O Aranha teria considerado isso um truque legal, se não fosse tão apavorante. Ele deu um soco no ar, com dois dedos abaixados e pressionados no botão na parte interna da palma da mão. As teias voaram com um silvo suave do atirador em seu pulso, grudando em uma viga da fábrica vazia onde eles estavam lutando. O Homem-Aranha fechou os dedos em torno do fio estreito e puxou, se atirando para cima e pousando agachado na barra com firmeza. Apoiou os cotovelos nos joelhos e observou Marko, que estava se transformando em algo humanoide, mas todo de areia. Curiosidade sobre o Homem-Areia: ele é *sempre* areia.

O Aranha precisava levar Marko até o telhado. Havia uma caixa d'água lá, e se havia uma coisa que sabia era que o Homem-Areia não aguentava um pouco de H_2O.

– Não pode me esmagar se não consegue me pegar! – O Homem-Aranha gritou e logo se lançou em direção a um buraco que tinha visto antes. A luz da lua o atravessava, dando-lhe um farol para onde apontar. Ele ouviu o barulho da areia atrás de si e sorriu sob a máscara. *Esses idiotas nunca usam a cabeça.*

A voz de Marko reverberou em cem mil grãos de areia.

– Vou pegar você, seu inseto!

– Ei! É *aracnídeo*! Você nunca leu um livro, Flint? – gritou de volta, uma pitada de riso debochado se infiltrou em seu tom.

Marko gritou atrás dele, avançando. O Aranha agarrou as bordas do buraco e se ergueu, saltando no ar e caindo a vários metros de distância. A caixa d'água assomava à sua frente, erguendo-se acima da tinta refletora de calor no telhado da fábrica. Ele atirou outra teia para se levar para cima, mas foi puxado para trás. Um punho de areia agarrou seu tornozelo com força.

– AHHH! – gritou ele, seu tornozelo torcido dolorosamente nas mãos de Homem-Areia.

– Ainda não, *inseto*. Você não vai se livrar de mim tão fácil assim.

O Homem-Aranha puxou com força a teia que ainda tinha nas mãos, e o punho do Homem-Areia apertou o ar, enquanto o Aranha voou em direção à caixa d'água.

– Ah, acho que vai ser muito fácil, Marko! – gritou o Aranha. Ele mancou um pouco até a caixa e arrancou um dos painéis laterais, fazendo um jorro de água cair sobre a forma gigantesca do Homem-Areia abaixo.

O Homem-Areia balbuciou e se debateu, mas já era tarde demais. A água tinha feito o estrago, e ele se amontoou, molhado e infeliz.

Depois disso, foi apenas questão de tempo até as autoridades chegarem lá. O Aranha assistiu da segurança de um prédio ao lado, enquanto eles colocavam Marko dentro de um caminhão de transporte de prisioneiros, indo direto para a Jangada, a prisão de segurança máxima que flutuava no rio East.

– EI, HOMEM-ARANHA, AINDA NÃO TERMINAMOS. É MELHOR VOCÊ DORMIR COM UM OLHO ABERTO! – Marko gritou antes que as portas da caminhonete se fechassem na sua cara.

O Aranha podia vê-lo à luz fraca de um poste de luz – os verdes e marrons de sua camisa pareciam turvos e amarelados, e seu rosto estava ictérico.

O Aranha não perdeu o sono por causa da ameaça. O Homem-Areia era, na melhor das hipóteses, nível B; ele não era nenhum Doutor Octopus. *Não mesmo.*

Isso tinha sido apenas três meses atrás. *Como diabos ele conseguiu sair* tão depressa?

– Senhor Parker, não tenho certeza do que um artigo escandaloso do *Clarim* sobre a liberação de um criminoso tem a ver com a história do movimento trabalhista na América.

Peter fecha a janela. *Fala sério, sentido-aranha,* funcione. *Saco.*

– Desculpe, senhorita Vasquez.

Nossa casa perdida
Perdida
Perdida
Devorada
Perdida
Não estamos saciados
Não saciados
Não saciados
Precisamos de mais
Mais
Mais
O que é
Sinta
Sentimos
Lá
Está lá
Vamos
Vamos

CAPÍTULO DOIS

As venezianas dessa casa de dois andares no Brooklyn não foram feitas para servirem de apoio. São escalonadas e desajeitadas, mas às vezes isso é tudo o que está disponível para fazer vigilância. As botas do Aranha estão irregulares por causa das venezianas quebradas, e ele está sentindo uma tensão no quadril por ficar sentado e grudado na casa por tanto tempo. Mas ele não se move. Ele sabe que o Homem-Areia está na casa com fachada de arenito no outro lado da rua. O Aranha está na lateral desse prédio há uma hora e até agora não aconteceu nada. Mas algo em seu íntimo lhe dizia para ficar ali.

A janela ao seu lado se abre e ele se sobressalta um pouco com o som. Sabe que é seguro, porque seu sentido--aranha não deu nenhum aviso, mas ainda assim, está um pouco envergonhado por ter sido pego de surpresa.

– Olá, Homem-Aranha. – Uma voz de tenor grave corta o ar da noite, e um velho se apoia no parapeito da janela, com as pálpebras baixas e a pele quase preto-azulada na noite escura.

Ele está usando um suéter laranja-queimado que parece aconchegante. O Aranha pode ouvir um apresentador de programa noturno fazendo piadas na TV do apartamento do homem.

– Oi – responde o Homem-Aranha.

– Só passando por aqui hoje?

O Aranha assente. Não há como saber se alguém é fã ou não, então, é cauteloso. Ele nem sempre tinha sido – seu disfarce passou uma semana cheirando a ovo podre, depois de um encontro com alguns leitores do *Clarim* alguns meses antes.

– Bem, aqui. Pelo menos tome um café enquanto espera. – O homem estende o braço e entrega uma caneca fumegante para o Homem-Aranha. O Aranha começa a agradecer ao homem, emocionado com o gesto inesperado.

– Ah, é, obrigado, senhor...

– Ikem. Michael Ikem. Prazer em conhecê-lo. – O homem, o sr. Ikem, acena para o prédio do outro lado da rua. – Está esperando que algo aconteça?

O Homem-Aranha dá de ombros.

– Tive um palpite – responde devagar, sem querer dar muita informação a um civil. Ele não quer envolver ninguém em nada e aprendeu que até comentários casuais podem fazer isso.

– Um bom palpite. Há coisas estranhas acontecendo naquela casa. Não tenho certeza do que pensar. Fico feliz em ver você aqui para cuidar disso. Me avise se quiser mais uma caneca; basta bater na janela. – Com isso, o sr. Ikem acena e começa a abaixar a janela.

– Valeu, senhor Ikem. Pelo café e pela dica.

O sr. Ikem sorri e acena com a cabeça uma vez, depois fecha a janela e se recolhe em sua casa.

O Aranha espera um pouco e então puxa a máscara para cima, de modo que ela fique bem justa sobre o nariz, deixando a boca livre para saborear o café. Ele solta um murmúrio de apreciação, feliz por sentir mais doçura que amargor, mais leite que café. Nesse instante, uma massa encolhida começa a se mover pela rua. O Homem-Aranha toma mais um gole de café antes de deixar a caneca no peitoril do sr. Ikem. Ele puxa a máscara sobre o queixo e vai de fininho até um ponto de observação mais alto, sombreado pela varanda gradeada à sua esquerda. A massa levanta a cabeça e olha na direção do Aranha, e o Aranha vê que é ele. O Homem-Areia. Flint Marko estreita os olhos, procurando, mas depois encolhe os ombros e volta a se arrastar em direção à porta. Ele sobe as escadas com dificuldade, como se estivesse carregando algo grande sob o casaco enorme que está vestindo.

Ele olha para a esquerda uma vez, depois para a direita e depois para a esquerda de novo – *como se esperasse ser pego fazendo algo errado*, pensa o Aranha.

Mas Marko não está fazendo nada ilegal nesse segundo, mesmo que esteja agindo de forma extremamente suspeita. O Homem-Aranha observa, enquanto Marko coloca uma chave na fechadura e passa com cuidado pela porta, deixando-a bater ao fechar. Os olhos do Aranha se estreitam, pensativos, e as lentes de sua máscara se movem para refletir sua expressão. *O que você está fazendo, Marco?*

É terça-feira de manhã na casa dos Parker, e Peter passou alguns dias vasculhando as notícias em busca de qualquer menção ao Homem-Areia ou a Flint Marko, mas não consegue encontrar nada. É como se o Homem-Areia tivesse desaparecido por completo. A patrulha noturna de Peter também não o levou a lugar nenhum. Era como se todos os grandes bandidos da cidade estivessem dormindo, o que é *ótimo*, na opinião dele. Tudo de que precisa fazer é um pequeno esforço – na noite passada, ele acabou com uma quadrilha de roubo de bicicleta!

Quem diria que bicicletas dão dinheiro assim!

Mas mesmo com tudo isso, ele estava com uma sensação estranha na boca do estômago. Planejava pular o café da manhã, mas quando desceu as escadas cedo, percebeu que o mundo tinha outros planos para ele.

– Você nem tocou nos seus bolinhos! Tem massa suficiente para pelo menos mais três.

Tia May está parada perto do fogão, o cabelo prateado preso em um coque bagunçado e usando um avental, evitando que suas roupas de trabalho ficassem sujas. Havia massa de bolo de trigo fervendo na panela à sua frente e uma série de tigelas e ingredientes no balcão ao seu lado. Ela tem uma mancha de farinha de trigo no nariz e está apontando para ele com a espátula. Ele balança a cabeça e dá um sorriso de desculpas para a tia.

– Desculpa, tia May. Acho que eu estava só sonhando acordado.

– Você está bem, Peter? Tem andado tão quieto ultimamente. Está tudo bem na escola?

Peter, mais uma vez, deseja poder contar a verdade para ela. Odeia mentir para a tia May, mas... ela *nunca* o deixaria fazer o que precisa para manter as pessoas seguras! Ele podia até imaginar o sermão dela agora: *Você é jovem demais; é muito perigoso*. Não, era melhor manter seu segredo seguro.

– Sim, está tudo bem! Só fiz um monte de dever de casa ontem à noite, aí fiquei acordado até muito tarde.

Era verdade. De fato, ele só *começou* a estudar às duas, mas ficou acordado até muito tarde estudando ética na tecnologia e fazendo o dever de trigonometria. May o encara como se soubesse que ele está escondendo alguma coisa, mas, felizmente, ela não pressiona. Ele começa a comer seus bolinhos, levando um pedaço cremoso e amanteigado à boca, observando a calda deixar um longo rastro do seu garfo até o prato – isso o faz pensar em seu fluido de teia. Ele faz uma careta e coloca o garfo de volta na mesa.

– Tudo bem, Peter. Pode falar comigo se houver algo errado. Sei que é difícil de acreditar, mas tive dificuldade em fazer amigos quando tinha a sua idade.

A cabeça de Peter se levanta depressa. Ele está um pouco ofendido.

– Eu consigo fazer amigos!

Mas, então, ele reflete sobre isso e percebe que, com o Homem-Aranha ocupando seu tempo, ele, na verdade, *não tem* sido muito bom em manter os amigos que tinha *ou* em fazer novos.

– Ainda está pensando em conseguir um emprego depois da escola? – ela pergunta, se voltando para o fogão para virar o bolo de trigo antes que queimasse. Peter dá outra mordida no que está em seu prato, pensando em que poderia se candidatar.

– Hum-humm – responde, com a boca cheia. Ele faz uma pausa e engole em seco antes de continuar: – Sim, sei que eu poderia…

– Peter Benjamin Parker, se as próximas palavras que você disser forem "dar uma ajuda", vou castigar para toda a eternidade, aí você *não vai poder conseguir* um emprego depois da escola. Nós estamos bem – Peter acha que isso só é meia verdade. Ele viu as contas vencidas e observou tia May fazendo contas, mais estressada do que ele podia se lembrar. Então ele recua.

– Sei que você consegue me imaginar conhecendo novas pessoas em um novo emprego – ele começa. Ela lança um olhar astuto para ele, e Peter prende a respiração. Mas tia May balança a cabeça e sorri um momento depois.

– Vou deixar você ganhar essa, garoto. – Ela volta para a panela e desliza a espátula sob o bolo a fim de liberá-la para um novo. Peter estende o prato para mais uma rodada, sabendo que dizer não é uma causa perdida. – Além disso – continua ela, depois de derramar os últimos restos de massa na frigideira –, você pode entrar em um clube, se quiser. Não precisa ser um emprego.

Peter engasga um pouco com a mordida gigantesca que acabou de dar.

– Olha a hora! – ele exclama muito alto depois de engolir. – Vou perder o ônibus. – Ele se afasta da mesa e ignora o pequeno rasgo que resulta de sua manga ficar presa em uma lasca na mesa.

– Peter! – May parece atordoada quando Peter pula, um pouco mais rápido do que faria, e a beija na bochecha.

– Tchau, tia May! Amo você! – As palavras ficam para atrás, enquanto ele pega a mochila e corre para a porta, de alguma forma conseguindo não tropeçar ao sair.

Peter pendura a mochila no ombro e ri um pouco. *Essa foi por pouco.* Ele sabe que a tia quer o melhor para ele e que ela acha que ele merece uma vida despreocupada. Mas isso é para garotos que não conseguem fazer o que ele consegue! É a maior lição que ele aprendeu e não pode simplesmente ignorá-la. E ajudar a tia May faz parte disso... isso *se* alguém contratar um garoto de dezesseis anos cujas únicas habilidades empregáveis são ficar grudado nas paredes e soltar piadinhas medíocres sob pressão.

Ele ri de si mesmo enquanto passa para a calçada da rua. *Tá bom, Parker, não exagera tanto na autopiedade.*

Mary Jane Watson está muito mais atrasada do que deveria. Seu padrão é apenas dormir alguns minutos extras, mas naquele dia, ela tirou uma soneca três vezes! Há uma pilha de roupa limpa na ponta da cama que ficou com preguiça de dobrar, então, ela pega uma calça jeans e um suéter grande demais sem ter que vasculhar o armário. Depois de escovar os dentes e se maquiar às pressas, ela desce, pega o celular da mesa perto da porta e sai correndo sem parar para dizer bom dia ou tchau. Ela desce de dois em dois degraus e pousa bem a tempo de ver Peter sair para a calçada. *Como sempre, ele parece estar com a mente a um milhão de quilômetros de distância. Ele nem se deu ao trabalho de pentear o cabelo de novo,* pensa ela. *O suéter dele está do avesso?*

Ela morde o interior da bochecha para não sorrir demais. *Mesmo assim, é fofo.* Ele está alguns metros à frente dela quando ela o ouve rir.

– O que é tão engraçado, Peter Parker?

Peter se vira para olhar para ela, seus olhos se arregalam de surpresa. *Ele devia mesmo estar com a cabeça na lua para não me ouvir bem atrás dele.*

– Ah, oi, MJ... você está atrasada. – Ele se interrompe. – Quero dizer, estamos atrasados. Mas estou sempre atrasado, já é normal para mim. Mas você não costuma chegar atrasada. Por que estou dizendo tanto a palavra *atrasada?* Ai, meu Deus.

MJ percebe que a última parte deveria ter sido só para ele, mas ela já está perto o suficiente para ouvir.

– Os deuses da soneca exigiram a minha presença hoje de manhã. – Ela dá de ombros. – Vamos conseguir pegar o ônibus.

Peter estreita os olhos e balança a cabeça, como se ela não tivesse ideia do que estava falando.

– Você está lidando com a sorte de um Parker agora, MJ. Ou devo dizer, a falta dela. Esta não é mais uma manhã normal para você.

Ela coloca a mão no peito, fingindo estar chocada.

– Não, a sorte de um *Parker não*; não pode ser. Diga que não é verdade! O que vou fazer agora? O que posso fazer? Acho que posso apenas equilibrar com a minha sorte de uma Watson. – Peter solta uma gargalhada e MJ sorri, obviamente satisfeita.

– Se é tão fácil assim acabar com a velha sorte de um Parker, então a gente deveria ir juntos para a escola todos os dias, MJ.

Eles estão passando pela 71ª Avenida agora, quase chegando no ponto de ônibus. MJ olha a paisagem, procurando algo mais para dizer – alguma observação para fazer –, mas antes que possa, seu celular toca alto. Peter olha de lado para ela, enquanto ela para de andar para tirar o aparelho do bolso.

– Outro compromisso com a soneca? – pergunta ele, parando ao seu lado. Ela sorri enquanto lê o alerta de lembrete.

A ação de hoje é apoiar seu fundo de ajuda mútua local!

Ela desliza a tela, limpando o lembrete antes de responder:

– Não, só um lembrete que configurei para não esquecer de postar uma ação no meu perfil do Twitter!

– Que incrível, MJ, sério. – Ele parece impressionado. *Não que importe que ele esteja impressionado*, pensa ela. *Mas é uma sensação boa.* – Como costuma funcionar?

Ela se aproxima para mostrar a tela, para que ele possa ler o que ela acabou de postar em sua linha do tempo. Ele se sobressalta um pouco quando ela se aproxima, e ela dá um pequeno passo para trás para lhe dar espaço. Mas então ele dá um passo à frente. Ela ri e não pode deixar de notar o rubor subindo pelas bochechas dele. Ele olha para o celular dela e pigarreia antes de ler:

– "Aqui está uma lista de cinco fundos de ajuda mútua em Nova York que você pode apoiar hoje; seja voluntário ou doe, se puder! #AçãoMJs." É muito legal da sua parte fazer isso, MJ.

– Obrigada! Quero dizer, é bom tentar ajudar como posso. Vou ser voluntária em uma na próxima semana, se quiser participar... Mas já faz alguns meses que comecei a fazer essas ações. Sinto que... as pessoas *querem* ajudar; elas só não sabem como. Aí comecei a pesquisar maneiras fáceis de me envolver na comunidade e é isso que compartilho. Não é grande coisa. – Ela coloca uma mecha de cabelo atrás da orelha e abaixa o olhar. Está um pouco envergonhada e preocupada porque parece que está se gabando. Mas quando ela ergue o olhar de novo, Peter está radiante, olhando para a tela do celular dela, no qual ele rolou para postagens mais antigas.

– É uma grande coisa! Seu último teve uns dois mil retuítes! Isso é sensacional! Que incrível, MJ. – Agora as bochechas *dela* esquentam. Ela desvia o olhar e observa um ônibus municipal parar ao longe.

– Obrigada, Peter, eu...

– Acha que pode me ensinar como fazer isso? – interrompe ele, antes de perceber que a interrompeu. – Ah, desculpa, desculpa, eu só fiquei animado. Você parece tão boa nisso.

Ela o desculpa com um gesto e começa a caminhar até o ponto de ônibus novamente.

– Sem problema. Sim, vou ficar feliz em ajudar. Por quê? – brinca. – Quer se tornar o senhor Peter Parker, o Popular? Tem uma boa qualidade aliterativa...

– O quê? Não! – Peter responde, com uma expressão chocada no rosto.

É a vez dela de soltar uma risada alta.

– Brincadeira, brincadeira! Claro que vou ajudar, Peter. – Ela dá um tapinha no ombro dele e ele torce o nariz antes de retribuir o sorriso. – Sabe – comenta, mudando de assunto –, estive pensando que talvez a questão da organização fosse uma boa base para nosso projeto na aula do dr. Shah. Ah! Quem sabe a gente não fica no mesmo grupo?

– Ah, cara, espero que sim, e não só porque ainda não pensei no que poderia ser o projeto e gosto da sua ideia – brinca Peter.

MJ abre a boca para responder quando vê o ônibus parando no ponto.

– O ônibus! Peter, corre!

CAPÍTULO TRÊS

MJ mudou para a cidade há alguns anos, e Peter *não estava* preparado para ela. Era o verão antes da oitavo série, e tia May contou que tinha conhecido seus novos vizinhos. Ele estava sentado à mesa da cozinha, fazendo algumas leituras de verão e anotações sobre um livro chamado *Gabi, a Girl in Pieces*.

– Eles têm uma menina mais ou menos da sua idade, Peter! Falei para Madeline, Watson, o sobrenome deles é Watson, que nós deveríamos marcar um encontro para vocês dois brincarem.

Peter gemeu e esfregou os olhos por baixo dos óculos.

– Por favor, me diga que não falou "para brincarem", tia May. Estou prestes a entrar na oitava série. A gente não brinca mais.

Tia May ergueu as mãos, fingindo se render.

– Não acho que a garota me *ouviu*. Não se preocupe.

– E não preciso que marque brincadeiras comigo e com uma nova vizinha aleatória, *por favor*. É verão; só quero relaxar.

– Peter! Acho que você pode tirar uma tarde para mostrar a vizinhança para uma garota nova. Você vai buscá-la amanhã à tarde e não quero ouvir mais um pio sobre isso. – Ela pontuou a frase com um olhar severo que teria envergado até a espinha mais teimosa, e Peter assentiu. Ele tirou os óculos para limpar as manchas de impressões digitais que tinha acabado de deixar neles e suspirou novamente. *Ótimo*, pensou. Agora tinha que cuidar de uma garota nova. Tudo o que queria era jogar o novo MMORPG.

Então, conheceu MJ e tudo mudou.

Tinha saído de casa com um "Estou indo!" taciturno e se dirigiu para casa dos Watson logo ao lado. Ele tocou a campainha e quem a abriu foi a garota mais bonita que já tinha visto. Ele notou que ela tinha cabelos muito ruivos e olhos verdes incríveis. Ela usava uma blusa preta com um tigre estilizado e jeans e de alguma forma parecia muito mais arrumada do que ele – por que tia May não disse a ele que ela era... uma garota *legal*? Mas o que ela poderia ter dito para prepará-lo?

– Peter Parker? Eu sou a MJ. – Ela estendeu a mão para apertar a dele. – Ouvi dizer que vamos sair para brincar.

Ele achava que seu rosto nunca tinha ficado tão quente em toda a sua vida. Em suas lembranças, seu rosto foi basicamente substituído por um tomate.

O encontro, para brincar ou não, foi um desastre completo a partir daquele momento, e Peter fez o possível para nunca mais mencioná-lo. O cheiro de um carrinho de pretzel Arnie ainda o deixava enjoado até hoje. Mas *só* os Arnie. Tão estranho.

– Peter! Terra para Peter!

Peter abandona suas lembranças e olha para a garota em quem esteve pensando, sentada ao seu lado no assento de vinil bastante desconfortável do ônibus. MJ está apontando para o celular.– Desculpa! O que disse, MJ?

– Eu *falei* que criei uma conta no Twitter para você. A propósito, não acredito que ainda não tinha uma.

Ele encolhe os ombros, evasivo.

– Acho que eu tinha um perfil no Facebook quando tinha, tipo... uns onze anos? Mas o meu tio não me deixava usar. Meio que perdi o interesse.

MJ balança a cabeça com um sorriso.

– Bem, você esperou demais, aí a maioria das contas com qualquer combinação de "Peter" e "Parker" já foram usadas, e nunca se deve colocar números demais em um nome de usuário, mas eu peguei PeterBPark3r com o número três no lugar do último *e*. A senha é MJéD+ com *G* maiúsculo e o número oito em vez de *e-a-t*.

Ele se inclina para olhar o celular dela e ergue as sobrancelhas, agradavelmente surpreso.

– Você sabe o meu nome do meio?

MJ inclina a cabeça e lhe lança um olhar simpático.

– Ah, Peter, acha que eu nunca ouvi a tia May mandar você limpar o seu quarto antes? – MJ então faz uma imitação terrivelmente precisa de May Parker: – "PETER BENJAMIN PARKER, ESSA COISA SUJA É A SUA CUE..."

– Tá bom! *Tá bom!* – Peter exclama em voz alta, impedindo-a de completar *aquilo* – Me deixa ver! – Ele puxa o celular de MJ da mão dela, o que é muito fácil de fazer, considerando o quanto ela está rindo. Ele leva um segundo para apreciar o fato de Mary Jane Watson estar sentada ao seu lado no ônibus e rindo. Agradece ao responsável por garantir que ele passou pela maior parte desse tempo sem se envergonhar.

Ele dá uma olhada no perfil que ela criou – não que precise de uma conta para si mesmo, *mas* se criar uma para o Aranha, essa pode ser uma maneira de mudar a forma como as pessoas veem o Homem-Aranha! Ele sabe que, com isso, poderia contar a própria história em vez de deixar o *Clarim* ser o único a fazer isso. E, ei, se ele puder passar tempo com a MJ no processo? Pela primeira vez, parece uma vitória para Peter Parker.

– Eu, aff, não consigo acreditar que... EI!... você... tá bom, vamos *lá*... está nesta situação. – O Homem-Aranha se equilibra precariamente em um galho alto e fino de uma árvore, tentando tirar um bassê dela. – Aquiiii, senhor Meeps, tenho uma surpresa para você... – Ele mantém a palma da mão aberta, gesticulando para o cachorro descer, pelo galho fino, de volta para o chão. Ele não consegue deixar de se perguntar: *como é que um cachorro ficou preso numa árvore?*

– PEGOU ELE, HOMEM-ARANHA? É MELHOR NÃO DEIXAR ELE CAIR! – uma voz estridente e anciã grita para ele do chão.

– Estou quase pegando ele! – responde ele, mentindo apenas um pouquinho. Ele olha de volta para o cachorro, com os olhos arregalados e suplicante. – Vamos, senhor Meeps. Pode me fazer um favor? Basta vir até aqui, e eu vou levar você para a sua dona malvada e aí nunca mais vamos ter que falar disso.

O bassê dá um latido e vira as costas. O Homem-Aranha passa a mão enluvada na frente da máscara, frustrado.

– Quer saber? Está bem. *Tentamos* fazer isso do modo mais gentil, seu cachorro-quente.

As orelhas do sr. Meeps se erguem, como se ele soubesse o que está prestes a acontecer, e ele se arrepia. O Homem-Aranha estica um braço e atira uma fina linha de teia em direção ao cachorro. É grande o bastante para cobrir as costas dele por completo. O Aranha puxa e o cachorro está em seus braços, ganindo com essa falta de respeito. Ele segura o sr. Meeps com firmeza e dá um salto para o chão, pousando no concreto duro da calçada. Uma velhinha branca está esperando por ele, coberta quase que da cabeça aos pés por uma jaqueta acolchoada, apesar do clima ameno.

– Senhor Meeps! – Ela está com os braços estendidos em expectativa. O Aranha estende para ela o cachorro que parece um macarrão se contorcendo. – O homem-inseto assustador machucou você? Machucou? *Ah, você é o cachorrinho mais corajoso do mundo. Sim, é sim.* – Em seguida, ela beija o cachorro na boca.

Sob a máscara, o Aranha franze a testa. *Eca.*

– Bem, de qualquer maneira, senhora... tente não deixar o senhor Meeps subir mais em árvores. – O Homem-Aranha faz uma saudação para ela e se prepara, pronto para saltar de volta no ar e continuar sua patrulha.

– Espere, que diabos é essa porcaria nas costas dele? Homem-Aranha! O que você fez com ele?!

Mas o Aranha já está indo para a próxima parada, com sua teia esticada.

– Foi mal! – grita ele em resposta. – Deve dissolver em mais ou menos uma hora!

– HOMEM-ARANHA, MINHA MÃO ESTÁ GRUDADA NO MEU CACHORRO... – O final da frase some conforme o Aranha se afasta. E seus ombros estão se sacudindo de tanto rir, quem vai ver?

Ele se move por alguns quarteirões, se mantendo alerta e atento a qualquer sinal de problema. Não podia continuar sentado do lado de fora do apartamento do Homem-Areia – *igual a um maníaco*, pensa –, então voltou à sua patrulha normal. O Homem-Areia faria algo ruim ou não, mas caso *fizesse*, o Aranha estaria pronto. Por enquanto, continuará a manter as ruas da cidade o mais seguras possível.

Ele solta a teia e dá uma cambalhota, pousando em cima do toldo de uma mercearia, examinando o chão abaixo. Está quieto. Esta é a sua terceira noite consecutiva tirando cães (ou, mais comum, gatos) das árvores, ou parando um carrinho de comida desenfreado, ou...

– Com licença!

O Aranha olha para baixo de seu poleiro e encontra uma criança olhando para ele, iluminada pelas luzes que destacam os produtos e várias coisas à venda do lado de fora da loja.

– Tá falando comigo?

O garoto olha uma vez para a esquerda e depois para a direita. Então, franze a testa.

– Com quem mais eu estaria falando? Você é o Homem-Aranha, não é? – pergunta o garoto, claramente sem captar a referência ao famoso filme Taxi Driver". O Homem-Aranha apenas pula do toldo e cai na frente do menino, que não deve ter mais de oito anos.

– Deixa pra lá. Sim, sou o Aranha. E aí?

– Preciso pegar um cartão do metrô para a minha *abuela*. Pode ir comigo até o metrô? Meu primo mais velho deveria fazer isso, mas ele me largou aqui esperando, enquanto ia "conversar com uma garota". – O menino revira os olhos e faz um som de vômito. – Eca. E ele está demorando um tempão.

– Ah, claro, qual é o seu nome?

– Eu sou o Héctor. Minha *abuela* gosta de você, aí pensei em pedir ajuda.

– Tudo bem, mas, hum, não fale com estranhos. Eu sou o verdadeiro, então está tudo bem. – *Embora*, pensa, *mesmo que eu não fosse o verdadeiro, ainda poderia dizer que sou o verdadeiro. Essa é mesmo uma boa lição? Aff.*

Héctor enfia a mão no bolso, tira algumas notas amassadas e as entrega para o Homem-Aranha, que as segura. Então, estende a outra mão para Héctor pegar, e eles caminham juntos até a estação para comprar um cartão de metrô para a *abuela* de Héctor.

Depois disso, é hora de encerrar a noite. A cidade está tranquila, e Peter ainda tem alguns exercícios de trigonometria para fazer. Ele segue em direção a um beco escuro, onde mantém um estoque secreto de roupas – só precisou cair no rio Hudson uma vez para aprender *essa* lição. Ele se troca, enfia o disfarce na mochila, e segue para o trem na 53rd Street.

Peter desce a longa escadaria, saltando de dois em dois degraus. A estação sempre parece muito mais profunda do que o necessário toda vez que a utiliza. Pela primeira vez, porém, ele teve sorte e um trem entrou na estação assim que ele chegou à plataforma. Corre para o segundo carro e se senta em um assento vago. O trem está bem vazio àquela hora da noite, apenas alguns estudantes na frente dele e algumas senhoras mais velhas do outro lado do vagão.

Ele encosta a cabeça na barra à sua esquerda e deixa a mente vagar. Relembra sua manhã com MJ – eles se separaram assim que chegaram à escola, e como era um dia par, eles só tinham Inglês juntos, mas ela foi chamada para um evento do Clube Chave e não estava na aula. Ele tem que esperar até o dia seguinte para saber se os dois estão ou não no mesmo grupo para a aula do dr. Shah. Peter cruza os dedos; espera muito que sim.

Ele sente a mudança na pressão quando o trem passa pelo rio e abre os olhos. Os alunos à sua frente estão tendo uma discussão acalorada. A garota está segurando o celular para a amiga, apontando para a tela.

– Estou falando pra você, contaram que alguém está tentando roubar o Museu da Imagem em Movimento! Kina tuitou sobre um barulhão e alguém se esgueirando lá dentro, mesmo que o museu esteja *fechado* agora.

O amigo dela apenas lhe lançou um olhar.

– Não pode acreditar em tudo o que lê no Twitter, DeMane, atualiza e vê se mais alguém está falando disso – responde ele.

DeMane revira os olhos, joga as tranças para trás da orelha e dá as costas para ele antes de guardar o celular no bolso.

– Ah, tanto faz. Você sabe que não vamos ter sinal até a gente chegar à próxima estação, *Nathan*.

Parece o início de uma briga, mas a única coisa que interessa a Peter é a palavra *roubo*! O Museu da Imagem em Movimento é muito legal; *por que* bandidos são tão irritantes? Não roubem o MIMO! Eles têm uma exposição *dos Muppets*, que Peter de jeito nenhum foi ver três vezes, porque é crescido demais para isso.

O trem está se aproximando da segunda parada, no Queens, então não o deixará muito longe do museu, embora ele deteste tentar se mover *dentro do bairro* às vezes – não há arranha-céus suficientes para obter uma boa velocidade.

Não que eu queira arranha-céus no Queens, mas tornaria a minha vida mais fácil às vezes, só isso.

A voz abafada do locutor do trem soa: 36ª Avenida. Dez minutos depois, Peter está vestido e pulando acima dos telhados de Astoria. Ele passa por um restaurante de arepa e, quando seu estômago ronca, faz uma anotação mental para voltar se não estiver tarde demais – mas não tem tempo para isso agora. Por fim, ele vira a esquina e as letras rosa neon do Museu da Imagem em Movimento aparecem. É um edifício com muitas janelas, mas sem muitos parapeitos. Ele vai precisar ter cuidado para não ser visto. Mas já é tarde o bastante para que o museu esteja fechado, sendo assim, as janelas estão iluminadas apenas pelas luzes noturnas mais fracas e as luzes da marquise estão todas apagadas. Ele balança e pousa de leve nela, agachando-se perto da letra *T* metálica pintada no vidro à sua frente. Ele espia lá dentro. O saguão está quase todo escuro, mas ele consegue ver a silhueta fina de algum tipo de aparelho se movendo devagar pelo chão. Está iluminado pelas janelas que vão do chão ao teto e que levam a um pátio aberto nos fundos, então ele não consegue dizer o que é. Não está vivo, mas parece que está se movendo por conta própria. Ele pressiona o rosto no janela, os olhos estreitados, tentando ver melhor no espaço escuro.

Precisa entrar. Ele pressiona a ponta dos dedos no vidro, esperando que ninguém esteja prestando muita atenção na frente do prédio – normalmente, é um local popular para as pessoas tirarem fotos para o Insta, e ele não quer que seu traseiro com a roupa de aranha estrague a foto de alguém por acidente. Ele dá uma olhada para trás e o espaço em frente ao museu está vazio.

Ufa.

O Aranha se move rápido pelo prédio, rastejando ao redor dele e pousando graciosamente no espaço aberto nos fundos. É muito mais fácil entrar de fininho por aquelas portas, que são trancadas apenas por uma fechadura bastante simples. Ela quebra com um estalo suave e ele estremece, oferecendo um pedido de desculpas silencioso à equipe de manutenção do museu. Ele pisa de leve no chão de pedra branca. Há um café vazio à sua direita e algumas cadeiras e mesas brancas de plástico à sua esquerda. Logo à frente, quase na bilheteria, um grande equipamento avança devagar em direção à porta.

Mas o que...?

Com certeza não há ninguém empurrando a coisa, mas seu sentido-aranha está disparado, vibrando para cima e para baixo na sua nuca. Ele se aproxima para ver mais de perto, andando em silêncio, embora não seja de fato necessário. O som do metal raspando no chão é *alto*. Ele tem uma visão mais clara da máquina agora. É um pouco mais alta que ele e tem um círculo largo na parte inferior, formando a base. É grossa e de algum tipo de metal antigo e escuro. Há um poste longo e fino no centro, levando a uma grande caixa de aparência metálica, antes que o poste continue até um grande cilindro com espaços que abrigam o que parecem ser lâmpadas. *Parece pesada, seja lá o que for*, pensa o Aranha.

E ainda está se movendo, raspando o chão centímetro por centímetro, deixando uma marca na pedra branca atrás dela. Os ouvidos do Homem-Aranha estão zumbindo, mas ele não tem certeza se é por causa do som de raspagem ou do sentido-aranha.

De qualquer forma, ele não consegue entender como a coisa está se movendo. Ele toma uma decisão em uma fração de segundo e pressiona dois dedos na palma da mão. Uma linha de teia dispara e se prende à base da máquina. Ele a puxa com força e ela se move para trás muito mais rápido do que ele esperava.

Opa.

O Aranha pula e sai do caminho, se empoleirando de cabeça para baixo no teto, enquanto a coisa cai de lado. Ele espera um pouco, por precaução, antes de cair no chão para investigar a máquina. Seu sentido-aranha ainda vibra com intensidade, mas não há nada que ele consiga ver!

Ele dá meio passo à frente e se inclina para ler o que está escrito na lateral do cilindro:

FAZENDAS ARLO
1899

As letras estão em baixo relevo, gravadas no ferro do mastro. Ele move o olhar para a caixa preta que divide o poste; parece que é algum tipo de centro de energia – há alguns fios que o conectam ao cilindro na parte superior. O Aranha está prestes a se inclinar para olhar essa parte mais de perto quando seu sentido-aranha se eleva ao máximo. Um poder invisível o atinge com tanta força que ele voa para trás e bate contra a parede! Um alarme começa a soar.

– Isso não é bom – diz ele, olhando para as luzes piscantes, de sua posição no chão. Ele esfrega a nuca. – E *doeu*.

Mas o Aranha se põe de pé em menos de um segundo, já saltando o mais longe que é capaz rumo ao outro lado do salão, sem dar atenção ao barulho alto do alarme. *O que foi aquilo?!* pensa.

– Nem vai falar oi, cara invisível? – grita ele, tentando incitar quem quer que fosse a se revelar.

Nada explícito acontece, nenhum ruído, nenhum movimento. Apenas quietude. Mas o Homem-Aranha pode sentir todos os pelos de seus braços se arrepiarem, como se houvesse uma carga elétrica no ar. Seu sentido-aranha formiga novamente e, quando ele se esquiva para a direita, a placa ao seu lado cai no chão, partindo ao meio. Ele salta mais uma vez, atirando uma teia para o caso de o agressor estar mesmo apenas invisível, mas sua teia voa e cai no chão inutilmente. Nada.

Mas então seus instintos gritam e ele sente o próximo golpe chegando. Pulando novamente para o teto, ele rasteja em direção à saída o mais rápido que consegue. Precisa se preparar – *Talvez mais luz vai ajudar*, pensa. Ele encontra um interruptor próximo às portas de vidro nos fundos.

– Beleza, então, tenho a sensação de que você não gosta de ser interrompido e isso é...

Outro empurrão *o interrompe*, e ele vacila um pouco, ainda pendurado no teto. Isso foi *muito* mais fraco que o soco inicial. *Interessante.*

– Está ficando cansado, senhor Fantasma? – provoca. Mas então algo agarra sua máscara com força e o Aranha vira a cabeça para trás. – O que...? – grita. Algo está tentando desmascará-lo!

CAPÍTULO QUATRO

O Homem-Aranha segura sua máscara com força e se afasta de tudo o que o está agarrando. É desorientador e desconcertante ao mesmo tempo, e ele não gosta nem um pouco disso. Ele faz força para trás com os pés e desliza em direção à placa quebrada perto do balcão de ingressos.

– Talvez você seja novo por aqui, mas *isso* é proibido, você... sei lá, quero tirar sarro de você, mas você precisa me dar um pouco mais de material para trabalhar.

Um leve sopro de ar passa por sua máscara e seu sentido-aranha começa a se acalmar um pouco. Como se o que estivesse lutando contra ele tivesse acabado de se... dissipar.

– Ei... olá? – pergunta ele para a sala vazia, sem de fato esperar, ou querer, uma resposta.

A única resposta é o alarme que ainda soa. Ele corre até onde o aparelho caiu, com a mão em um lado no qual ter machucado uma ou duas costelas. O Aranha sabe que vai acordar se sentindo novinho em folha, mas seria ótimo se isso impedisse que as coisas doessem por completo. Ele se agacha ao lado da máquina.

– Parece estar tudo certo – comenta ele em voz alta para si mesmo. – Não que eu saiba como deveria ser, imagino.

O som de sirenes interrompe sua inspeção. Ele tira uma foto rápida da coisa com o celular, coloca-a no chão com uma teia para o caso de o ladrão desconhecido ainda estar por lá tentando roubar, e então se esgueira de volta pelo caminho de onde tinha vindo Se há uma verdade, é que o Homem-Aranha não deveria estar por perto quando as autoridades apareciam. A maioria lê o *Clarim*.

O Aranha decide voltar para casa se balançando em vez de ir pelo metrô. Seu corpo lateja de dor a cada puxão da teia, e ele toma uma decisão consciente de não parar para comer arepas. Ele só quer ir para a cama e ignorar completamente o dever de trigonometria. Mas quando, por fim, avista sua casa e rasteja até sua janela, entra de fininho e cai na cama, só para que sua mente continue agitada por teimosia.

O que era aquela máquina estranha e por que um fantasma ia querer roubá-la?

Não que fantasmas sejam reais, mas seja lá o que fosse... sem dúvida era *algo* invisível.

Ele solta um gemido frustrado e sai da cama para abrir seu velho laptop. O ventilador entra em ação e a máquina ganha vida. Ele montou o computador do zero há alguns anos, mas as peças *já eram velhas naquela época*. Enquanto espera os dez minutos que vai levar para iniciar, ele se troca e enfia seu traje de aranha no fundo do armário, colocando uma camiseta e uma calça de pijama. Depois, há uma ida silenciosa ao banheiro para escovar os dentes e lavar o rosto e volta se sentindo *quase* revigorado. Suas costelas ainda doem, mas já estão melhores do que há meia hora.

Ele se acomoda à mesa e passa os dedos pelas iniciais K.M. gravadas fundo na fibra da madeira. Ele não tem ideia de quem é K.M. – ele e o tio Ben resgataram essa mesa de uma calçada quatro anos atrás. Quem quer que fosse o dono antes a tinha jogado fora. "Lixo de uns, luxo de outros, e coisa e tal" foi tudo o que tio Ben disse quando Peter perguntou por que alguém descartaria uma mesa perfeitamente boa.

O computador finalmente solta um zumbido agudo que avisa estar pronto. Ele digita a senha – MCMLXII – e assim que a área de trabalho carrega, abre um navegador. Depois de encontrar o site do museu, ele começa a pesquisar as exposições. *Não, não os Muppets, ou parafernália de filmes de terror clássicos, com certeza não brinquedos infantis de fast-food baseados em desenhos animados famosos… Ah, equipamento cinematográfico da virada do século. Parece uma boa aposta.*

Ele está rolando, e rolando, e rolando a página. Seus olhos estão começando a ficar desfocados quando ele vê. A mesma coisa bizarra que estava sendo arrastada pelo saguão!

– Lâmpada de arco voltaico alimentada por substância alienígena… – Lê em voz alta para si mesmo. Começa a passar os olhos pela descrição.

> LÂMPADAS DE ARCO DA FAZENDAS ARLO.
> No final dos anos 1800, a maioria dos teatros era iluminada por lâmpadas de arco de carbono. Projetadas para serem uma iluminação mais eficiente e mais forte para eventos ao vivo, as lâmpadas de arco se tornaram o padrão. Tradicionalmente, a eletricidade passava entre duas hastes de carbono próximas, resultando em um arco de luz entre as duas. Daí o nome.

Mas em 1899, a FAZENDAS ARLO revelou um protótipo da única lâmpada de arco conhecida que há muito se especula* usar substância alienígena para alimentar-se. Infelizmente, foi usada apenas uma vez, em um teatro minúsculo como uma caixa de sapato na Baixa Manhattan, e ninguém jamais se dispôs a falar de novo dela oficialmente. Muito do que sabemos é baseado em boatos e nas poucas testemunhas do lado de fora do edifício. Garotos que vendiam jornais do outro lado da rua viram uma luz brilhante saindo do saguão de um teatro na Mott Street, descrevendo uma luz mais brilhante do que qualquer outra lâmpada de arco já vista em seu único uso há mais de 130 anos. Hoje, temos o orgulho de apresentar ao público a lâmpada da Fazendas Arlo pela primeira vez desde 1899! Foi doada para uma exposição exclusiva e limitada graças a um doador anônimo.

Está PERDIDO
PERDIDO
LEVADO
PRECISAMOS
PRECISAMOS
PRECISAMOS DELE
ENCONTRAR
ENCONTRÁ-LO
QUEBRÁ-LO
TOMÁ-LO

* Não há consenso sobre o material usado para alimentar a lâmpada, pois os proprietários jamais permitiram que fosse estudada.

BIP! BIP! BIP!

– *Peter!* Você ainda está aqui?! Peter!

Peter abre os olhos turvos e vê o celular ao seu lado, o alarme soando alto. *Por que a tia May está gritando? E por que esse travesseiro é tão duro? Ele fecha os olhos. Só mais cinco minutos de sono...*

Então seus olhos se abrem novamente – ele está dormindo na mesa! Ele se levanta da cadeira e vai até o armário, vestindo uma calça jeans às pressas, antes de perceber que está tentando colocá-la por cima do pijama.

– Aff! – Ele tropeça e cai para trás, tentando tirar a calça do pijama e vestir a calça jeans ao mesmo tempo.

– Você vai perder o ônibus, Peter! – A voz da tia May está se aproximando. A maçaneta da porta começa a girar no momento em que ele tira o traje do Homem-Aranha do armário e enfia no fundo da mochila.

– Já estou indo! – grita. Ele corre até a porta, abrindo-a antes que a tia pudesse fazê-lo. – Desculpa, tia May! – exclama ele, já na metade da escada.

– Tem um bolinho e uma banana para você na mesa! – avisa ela do patamar do andar de cima, e ele pega os dois ao sair pela porta. Corre pela calçada, mordendo o bolinho.

– AI! – ele grita quando queima o céu da boca.

A manhã poderia ter começado melhor. Ele continua correndo pela rua e vira na esquina só para ver seu ônibus saindo do ponto.

– Droga. – Peter diminui a velocidade até parar, bolinho em uma das mãos, banana na outra e mochila pendurada precariamente em um ombro. – Que maravilha.

E ele começa a longa caminhada até a escola.

Vinte minutos depois – tendo pegado um pequeno atalho propiciado pelo Aranha –, Peter está a apenas alguns quarteirões da Midtown High. Se ele vai se atrasar de qualquer maneira, é melhor ir com calma e tentar pesquisar um pouco mais. Ele caiu no sono na noite passada sem encontrar mais nada significativo sobre a lâmpada de arco da Fazendas Arlo – apenas boatos ou fóruns e alguns sites científicos os quais eram tão avançados que pareciam estar em outro idioma. Mas agora alguém devia estar falando sobre a tentativa de roubo.

A página inicial do *Clarim* demora a carregar em seu celular e, quando termina, Peter arrasta o dedo pela tela para ver se alguém denunciou. Alguns toques e ele vê uma pequena manchete:

INVASÃO NO MUSEU DA IMAGEM
EM MOVIMENTO

Ele clica no link e passa o artigo. Nada de novo, só uma citação do diretor do museu.

INFELIZMENTE, DEVIDO A ESSE CLARO
INTERESSE EM UM ITEM TÃO VALIOSOS,
NÃO NOS SENTIMOS À VONTADE EM
AVANÇAR COM A EXIBIÇÃO. O MUSEU
DEVOLVERÁ A LÂMPADA DE ARCO AO
DOADOR O MAIS RÁPIDO POSSÍVEL.

Bem, isso é uma pena. Quem iria querer roubar uma lâmpada velha e empoeirada, afinal? Peter não se lembra de ter visto nada que parecesse particularmente alienígena na lâmpada em si. Ele vai até a galeria do celular e abre a foto da lâmpada, amplia o zoom o máximo possível no grande cilindro no topo – dentro, ele consegue ver apenas dois bastões de vidro, mas que parecem vazios e escuros. *Não é possível que essa coisa funcione depois cento e trinta anos...?*

Entre essa perturbadora tentativa de roubo e o Homem-Areia agindo de modo suspeito, o instinto de Peter está trabalhando sem parar. Nunca é um bom sinal quando coisas esquisitas e aleatórias acontecem tão próximas umas das outras. Ele está prestes a apertar o botão para fechar a tela do celular quando vê a palavra *estágio* em um banner no final da página. O *Clarim* está procurando um estagiário remunerado de fotografia!

Peter sorri. Isso é algo que ele pode fazer! Ele se lembra da foto horrorosa do Homem-Aranha que eles tinham no início do último artigo. Ele com certeza pode tirar fotos melhores do Homem-Aranha.

A entrada da Midtown High aparece, enquanto ele pensa nisso, e Peter corre os últimos passos. Ele coloca a mão na porta assim que o último sinal toca.

Ah, bem.

MJ já está sentada na aula do dr. Shah quando o último sinal toca. Ela está lá há trinta minutos, depois de decidir chegar mais cedo na escola para decidir em que acha que seu grupo deveria focar para o projeto preparatório do OSMAKER. Está olhando para o celular, que está em um bolso transparente no suporte pendurado atrás da porta do dr. Shah. Como chegou tão cedo à escola, sua ação do dia teve que ser postada mais cedo que o normal. Naquele dia, ela pediu aos seus seguidores que telefonassem para seus representantes no governo municipal para apoiarem uma lei de reconciliação orçamentária, que proporcionaria aos abrigos da cidade mais dinheiro para produtos de higiene pessoal e alimentos par dar às pessoas sem-teto.

Ela queria que houvesse uma maneira de ver se suas postagens estão de fato fazendo alguma diferença, mas, por enquanto, está se concentrando no que pode fazer – pode não ter idade suficiente para votar, mas ainda *vive naquela cidade*. Ela sente que merece ser ouvida. Está em sua agenda ligar para o escritório de seu representante logo depois da escola.

A turma está quase lotada, com alguns retardatários entrando enquanto o sinal toca. O dr. Shah está sentado à mesa. Ele é um professor legal, não costuma ficar muito estressado se alguém chega um ou dois minutos atrasado. Assim que o último toque da sirene termina, Peter se joga pela porta e desaba em sua cadeira, um pouco ofegante. O cabelo castanho dele está impressionantemente desgrenhado e há uma leve camada de suor em sua testa. Ele tira o suéter e MJ vê um buraco na costura no ombro de sua camiseta. Ela sorri. A luz de Peter estava acesa na noite passava – devia ter entrado escondido em casa de novo. Uma vez ela o viu entrando pela porta da frente às três da manhã. Talvez ela se oferecesse para começar a ligar para ele de manhã para que pudessem andar juntos até o ônibus na hora certa. A manhã anterior tinha sido divertida.

Todos ao seu redor ainda estão conversando, embora o sinal tenha tocado e a aula tenha, tecnicamente, começado. Liz dá um tapinha no ombro de MJ.

– Espero que estejamos juntas no grupo! – diz ela, se inclinando para frente e lançando um olhar brilhante para MJ. O cabelo de Liz está preso em dois coques altos, e ela tem uma gargantilha feita de arame preto fino. MJ faz uma nota mental para perguntar onde ela a comprou, porque é muito fofa. *Deve ter sido em alguma boutique*, pensa. Liz pertence ao tipo de família em que as crianças recebem mesada. MJ não.

– Contanto que não a gente não fique com o Flash. Lembra da última vez? Ele não fez *nada* – comenta MJ com um sorriso. Liz está prestes a responder quando o dr. Shah começa a falar na frente da sala.

– Muito bem, turma! Hoje é o dia e não se preocupem, não vamos esperar até o final da aula; vou definir seus grupos agora. Esperem até eu terminar e aí todos vocês vão poder se levantar e se sentar com seus grupos. Devem se lembrar de que o grupo com a melhor nota representará a Midtown High na feira da Oscorp OSMAKER em alguns meses, então, façam questão de pensar bem sobre o que querem fazer e como desejam se destacar.

Os alunos estão começando a se remexer nos assentos. MJ só espera, paciente. Tradicionalmente, a competição OSMAKER é muito importante. MJ nunca foi a melhor aluna de ciências, mas o projeto vencedor pode render bolsas de estudo, subsídios e possíveis estágios em diversas áreas diferentes! Os últimos anos foram muito voltados para a robótica, mas ela tem um bom pressentimento sobre sua ideia que soma tecnologia e ativismo. *Contanto que eu não tenha um grupo ruim.*

Ela se assusta, sem saber de onde veio esse pensamento. Mas então o dr. Shah começa a chamar nomes, e MJ afasta o pensamento para ouvir seu grupo.

– Agora, grupo um: Flash Thompson, Erica Grenier, Juhi Chokshi e Alice Tam.

Atrás dela, MJ ouve Alice se inclinar para Flash e sibilar:

– Acho bom você *fazer* o seu trabalho, Thompson.

O dr. Shah pigarreia e olha feio para a turma, e MJ fica surpresa com os óculos dele refletindo as luzes fluorescentes, como se ele tivesse olhos de laser.

– Como eu estava dizendo… – O dr. Shah passa a designar alunos para cada grupo. À medida que a lista fica cada vez mais curta, MJ mantém um registro contínuo de com quem poderia fazer o trabalho. Peter ainda está lá, assim como Ellen Park, Liz Allan… – Grupo cinco: Mary Jane Watson, Randy Robertson, Maia Levy e Peter Parker.

Peter se vira para sorrir para MJ, e ela faz um joinha com o polegar. Isso vai ser divertido! Randy é sempre bom em projetos de grupo, e o pai dele trabalha no *Clarim*, então, ele pode conseguir acesso a algumas fontes interessantes. Não conhece Maia muito bem, ela acabou de se transferir algumas semanas antes, mas sente que será um grupo muito bom. Ela olha para Randy e Maia, que estão sentados no fundo da sala. Randy já está acenando para ela, mas Maia está em seu celular, que deveria estar pendurado ao lado do de MJ na porta designada para celulares na frente da classe. MJ espera que o dr. Shah não perceba. Ele *é* legal, mas não tolera tanto celulares na aula.

O dr. Shah percorre os nomes restantes e, em massa, todos se levantam para ir para seus grupos. MJ chega ao lado de Peter alguns passos à frente de Randy e Maia.

– Então, estamos no mesmo grupo! – diz ela, e ele lhe dá um pequeno sorriso.

– Que bom – diz Peter. – Quero dizer, você e o Randy vão garantir o nosso sucesso, e eu posso só ficar sentado e saborear a vitória… brincadeira! – Ele ri, erguendo as duas mãos em sinal de rendição quando ela abre a boca em clara indignação.

– Quando foi que você trocou de corpo com o Flash Thompson?

A tentativa deles de mover quatro mesas em um quadrado falha, já que Peter está rindo demais para ajudar quando Randy e Maia se juntam a eles.

– Não queria se trocar mais tarde, Randy? – MJ brinca, enquanto eles colocam a última mesa no lugar. Ele já está usando seu uniforme para a partida de futebol daquele dia contra a Brooklyn Tech, o verde de sua camisa destaca sua pele escura.

– Fico bem nessas cores! Quem precisa se preocupar com o que vestir duas vezes no mesmo dia? – Ele lança um olhar para Maia e acrescenta: – Além disso, nem todo mundo consegue usar as roupas legais que a Maia usa. – Maia está vestindo uma roupa bem combinada de calça jeans de cintura alta e pernas amplas com uma leve camisa de botões de algodão amarrada à cintura. MJ olha para as roupas dela com mais do que um pouco de inveja. Então se encolhe e olha para seu moletom listrado e sua bermuda preta, que agora parecem sem graça em comparação. – Alguns de nós somos mais parecidos com o Pete – continua Randy.

Peter levanta a cabeça depressa, com uma expressão envergonhada, do lugar em que estava tirando um caderno e lápis da mochila.

– Ei, me deixa fora disso. Ainda não acordei.

– Vocês ouviram falar de alguém que tentou roubar o Museu da Imagem em Movimento ontem? – pergunta Randy, mudando de assunto. – Meu pai ficou acordado até muito tarde ao telefone.

Peter olha para Randy com uma expressão que MJ não consegue entender.

– Ah, é? Não ouvi falar – responde ele, seu tom neutro e desinteressado, como se não importasse. *Ele está tão estranho*, pensa MJ.

– Vi uma manchete sobre um museu sendo alvo, mas não sabia que era o MIMO! Eu estive *lá* ontem mesmo – comenta MJ, lançando um olhar estranho para Peter. Ela viu a notícia nos destaques, mas não clicou no link. Maia passou toda a conversa no celular, mas enfim ergue o olhar ao ouvir a admissão de MJ.

– Como é?! – exclama Maia.

Ao mesmo tempo, Peter pergunta:

– Você viu algo suspeito?

MJ olha entre os dois.

– Foi mal. – Peter pede desculpas a Maia. – Você primeiro.

Maia apenas sorri e gesticula para ele continuar.

– Não, essa ia ser a minha próxima pergunta.

MJ apenas dá de ombros em resposta. Foi uma visita bastante normal ao museu.

– Na verdade não, sério, eu só estava... – Mas enquanto fala, ela nota o dr. Shah andando pelo corredor em direção a eles, pausando e parando para conversar com os grupos ao longo do caminho. – Ah, o dr. Shah vai perguntar para gente o que estamos pensando em fazer, tipo, um segundo. Conto para vocês sobre isso mais tarde.

Peter olha para trás e MJ percebe que Maia olha para o celular antes de colocá-lo no bolso de trás. *Então, ela sabe que é contra as regras.*

– Eu estava pensando que talvez a gente fazer algo que une tecnologia e ativismo? – MJ começa. – Ainda estou organizando a ideia, mas foi por aí que comecei.

– Concordo! – Peter acrescenta com entusiasmo. – MJ faz uma coisa muito legal, ajudando as pessoas a descobrir maneiras fáceis de ajudar outras pessoas, compartilhando dicas diárias sobre como se envolver em várias causas.

Randy parece gostar do que eles estão descrevendo, mas MJ fica surpresa ao ver Maia revirar os olhos.

– Pode ser interessante – comenta Randy. – Talvez eu pudesse perguntar para o meu pai se ele conhece alguém com quem a gente possa conversar. Tenho quase certeza de que ele estava falando sobre direitos civis e mídias sociais outro dia...

– E posso ajudar na pesquisa. Quero dizer, *fazer* a *pesquisa*, porque essa é a minha nota também, é óbvio. – Peter ri sem jeito.

– Maia, a ideia parece boa para você? – pergunta MJ.

Maia dá de ombros.

– Tudo bem, quero dizer, não entendo o apelo de usar redes sociais para coisas assim...

– Cada um faz o que quer! – interrompe MJ. Ela sente que a conversa está azedando e tenta aliviar o clima. – Como hoje, algum influenciador aleatório curtiu uma das minhas postagens, mas não a compartilhou, apesar de que ele tenha, tipo, quinze mil seguidores ou algo assim.

Maia lança um olhar ofendido para ela que MJ não percebe de imediato.

– Fui eu – revela Maia sem rodeios.

Droga.

Randy e Peter observam MJ e Maia como se fosse um jogo de pingue-pongue, suas cabeças indo de um lado para outro.

– Ah, quero dizer, esse é direito seu – diz MJ em um tom hesitantemente diplomático. Mas não pode deixar de acrescentar em tom altivo: – É *a sua* plataforma.

Maia oferece um sorriso gélido em resposta, seus olhos se enrugam e seus lábios vermelhos fazem seus dentes parecerem ainda mais brancos. MJ se prepara, esperando o que a garota nova está prestes a dizer.

– Valeu. Só não gosto de usar a minha plataforma para nada que pareça encenação, sabe?

Encenação?!

Antes que MJ possa responder, a voz de Randy interrompe a conversa:

– Ei, Pete, por que está escrito “Creche Weinkle” na sua blusa?

Peter olha horrorizado para a blusa. *Por que eu não parei para trocar de blusa hoje?!* Tia May disse que tinha sido do pai dele, mas ele não tinha lembrança disso. Ele a encontrou em uma caixa velha e começou a usá-la como pijama aos doze anos. Ele *nunca* a tinha usado fora de casa antes.

MJ e Maia estão olhando para ele a discussão foi temporariamente adiada. O sorriso de Randy é um pouco tenso e Peter percebe que ele estava tentando quebrar a tensão do que quer que estivesse acontecendo.

– Ah, é, eu acordei tarde e pode ser que tenha vindo para a escola com… a blusa… que usei para… dormir…? – Sua voz vai sumindo no final, fazendo a frase ficar cada vez mais silenciosa. MJ e Randy caem na gargalhada e Maia não parece nem um pouco impressionada. Ele dá de ombros; qualquer coisa pelo grupo. A atmosfera na sala de aula está turbulenta agora, todos conversam e planejam seus possíveis projetos para o OSMAKER.

No canto, a voz de Alice Tam soa:

– Flash, *não vamos* fazer um projeto de clonagem do seu hamster de estimação!

Maia espia por cima do ombro para o grupo e se vira.

– Bem, tecnologia aliada ao ativismo *com certeza* é melhor do que isso.

MJ dá um sorriso tenso para ela, e Peter tem um mau pressentimento sobre como essa dinâmica de grupo vai se desenrolar. *Oh-oh.*

– Vamos ver o que a gente pode criar a partir disso – diz ele, apaziguador.

– A partir do quê? – O dr. Shah finalmente chegou ao grupo deles.

Randy empurra seus dreadlocks para o lado, os afastando dos olhos antes de responder para o dr. Shah.

– Tecnologia e ativismo, foi ideia da MJ. – Ele acena na direção dela.

– Mas estamos todos interessados nisso – acrescenta Peter.

O dr. Shah já está sorrindo. Ele lhes dá um aceno encorajador.

– Essa é uma ótima ideia! Há muitas áreas em que vocês podem se concentrar: mobilização, implementação, desinformação; há muito o que analisar. Gostei. Bom trabalho. Estou ansioso para ver o que vão criar.

Em seguida, o dr. Shah se volta para a classe.

– Muito bem, pessoal, muitas ideias interessantes estão surgindo hoje. Gostaria que vocês passassem o resto da aula se aprofundando em uma tese de verdade; então, na próxima, vamos elaborar um cronograma de apresentações. Alguma pergunta? – Ele faz uma pausa, enfiando as mãos nos bolsos da calça escura, esperando que alguém falasse. Quando isso não acontece, ele acena com a cabeça uma vez. – Muito bem, se precisarem de alguma coisa, estarei na minha mesa.

CAPÍTULO CINCO

Eles passam o resto da aula determinando exatamente por qual ângulo desejam abordar o projeto. Apesar do seu desentendimento anterior, MJ e Maia querem abordar a questão a partir de uma perspectiva de mobilização. Como usar a tecnologia, e não apenas as redes sociais, para unir as pessoas para gerar mudanças, foi como MJ explicou. Randy ficou de perguntar para o pai se ele conhece algum repórter ou professor com quem possam conversar sobre esse tipo de coisa, Maia vai investigar como podem complementar suas ideias com serviços de mensagens digitais e qual poderia ser seu foco, e MJ e Peter ficaram encarregados pesquisar tecnologias já existentes, novas ou reaproveitadas, que poderiam auxiliar na mobilização de comunidades.

Tudo isso parece um pouco intimidador para Peter.

– Está bem, muito bom, então a gente pode se encontrar na Biblioteca Pública de Forest Hills Queens no fim de semana, já que vocês dois são daquele bairro – diz Randy para Peter e MJ pouco antes do sinal tocar. Ele já tinha começado a arrumar suas coisas e a colocar a mesa de volta no lugar original. – E vou perguntar para o meu pai sobre as fontes.

O pai do Randy! Peter quase bate com a mão na testa por esquecer completamente o que pretendia perguntar a Randy para começo de conversa.

– Ei, Randy – chama ele. – Você acha que o seu pai pode me recomendar para o estágio de fotografia *do Clarim*? Vi que eles estão procurando um e preciso encontrar um emprego depois da escola.

Randy não para o que está fazendo, mas responde a Pete acima dos sons da sala de aula.

– Com certeza... sério, acho que eles estão tendo problemas para manter as pessoas, porque o chefe do meu pai não é, bem, um cara legal, acho. Ou, como diz meu pai, "brilhante, mas difícil", o que soa como...

– Uma desculpa para ser rude – sugere MJ.

O canto da boca de Randy se curva.

– Basicamente. – Ele assente com um aceno. – Mas de qualquer forma, sim, Pete, posso pedir para ele ajudar você.

Ele puxa a alça da bolsa tiracolo por cima da cabeça e a apoia no ombro.

– Ah, quer saber, tenho que ir lá amanhã depois da escola, porque eu e o meu pai vamos jantar na cidade. Quer ir comigo?

Pete pega a própria mochila e concorda com a cabeça, estendendo a mão para dar um toque na mão de Randy e bater os punhos.

– Isso seria demais. Valeu, cara.

– Vejo vocês mais tarde – diz Maia, já vendo algo em seu celular de novo. MJ olha para ela, balançando a cabeça.

– As próximas semanas vão ser divertidas – murmura ela. Peter ouve e percebe que MJ parece surpresa consigo mesma. Ela balança a cabeça uma vez e acena para Randy, dando a Pete um pequeno sorriso íntimo. Ou, ao menos, ele o entende como íntimo. Mas sabe que pode ser uma ilusão.

– Até mais tarde, Randy. Tchau, Peter. Quem sabe eu não te vejo mais tarde? – Ela sai, correndo para alcançar Liz Allan.

Randy acena para MJ e segue seu caminho em direção à porta.

– Vejo você amanhã, Pete – se despede. – Mando uma mensagem para você dizendo onde me encontrar.

– Beleza!

Peter vai fechar o zíper da mochila, mas o zíper prende e ele o puxa com força demais. A mochila vira e todos os seus livros e papéis soltos caem no linóleo desgastado ao lado de sua mesa. Fechando os olhos, ele respira fundo e geme antes de se ajoelhar para recolher tudo e colocar na mochila. Quando termina de arrumar as coisas e se levanta, a classe já está vazia, exceto pelo dr. Shah, sentado na frente da sala, lendo algo no enorme monitor antigo que ocupa metade de sua mesa.

– Tchau, dr. Shah – diz Peter enquanto vai em direção ao corredor. Dá para ver seus colegas indo e voltando e, quando está prestes a se juntar à multidão, o dr. Shah o chama.

– Peter! Pode me dar um segundo do seu tempo antes da próxima aula?

Peter se vira e entra de novo na sala de aula, esperando o dr. Shah falar. O professor está olhando para ele por cima das lentes sem armação, a boca sorri sob o bigode preto e espesso que ele usa.

– Bom trabalho hoje. Fico feliz em ver você engajado outra vez. Fiquei um pouco preocupado por um tempo. Eu só queria dizer para continuar com o bom trabalho.

Mas Peter não está ouvindo, não por completo. Sua atenção é atraída pelo que o dr. Shah estava lendo no computador.

– Senhor, foi essa coisa que quase foi roubada do museu ontem à noite? – Peter aponta o dedo para a tela. Nela está o mesmo artigo do *Clarim Diário* que tinha lido naquela manhã. O dr. Shah levanta as sobrancelhas e depois gira a cadeira para voltar a olhar para a tela.

– O quê? Ah, sim. A lâmpada de arco. Uma ideia tão interessante! – O dr. Shah franze um pouco a testa e balança a cabeça. – Eu estava muito ansioso para vê-la. É uma maravilha, sabe.

– Sério? – pergunta Peter, um tanto surpreso ao pensar que seu professor tem interesses. O dr. Shah ri da expressão que Peter se apressa em apagar do rosto.

– Sim, Peter. Eu costumava trabalhar em pesquisa eletromagnética na Empire State University. Só faz alguns anos que leciono aqui. – Seus olhos assumem uma expressão melancólica, como se não estivesse mais olhando para Peter ou para a sala de aula. – Essa coisa era uma *lenda* no campo eletromagnético. Em uma lâmpada de arco normal com, digamos, carbono ou lítio ou o que quer que seja, a luz é o resultado de um arco elétrico literal entre duas hastes elementares. Mas essa coisa, algo que supostamente usa *substância alienígena*? Como seria? Nunca foi confirmado, e só alguns de nós *de fato* acreditamos que era de natureza alienígena, mas o que mais poderia explicar o que dizem ter feito? – Suas mãos se movem depressa enquanto fala, e Peter não consegue evitar ficar animado com o entusiasmo do dr. Shah. – Dizem que foi a luz mais brilhante já criada na época, o que é claro que podemos superar hoje em dia, porém mais interessante do que isso foi o efeito que teve sobre as pessoas que a viram. A parte alienígena fez *alguma coisa*... – Sua voz vai sumindo e Peter fica parado, sem jeito, por um momento, mexendo nas pontas das alças da mochila.

– Senhor? Dr. Shah? – pergunta por fim, e o dr. Shah volta a si, com o rosto um pouco menos despreocupado do que no início da conversa. *Há algo errado aqui,* diz o instinto de Peter, mas ele não consegue entender o que é.

– O quê? Ah, desculpe, Peter. Me empolguei. Às vezes sinto falta da minha antiga vida. Obrigado por ficar... Ah, me deixe escrever um bilhete porque você vai se atrasar depois de me ouvir divagar. – Ele pega um caderno e seu sorriso contém um pouco de autodepreciação.

– Foi interessante! Mas, sim, a senhora Vasquez vai me dar uma detenção se eu chegar atrasado na aula dela de novo.

O dr. Shah rabisca um bilhete rápido e o entrega a Peter.

– Não vamos fazer disso um hábito. Obrigado pela conversa, senhor Parker. – O dr. Shah volta para seu computador e Peter segue para sua próxima aula, inquieto com o que aprendeu, mas sem saber o *porquê.*

Depois da escola, Peter vai direto para casa. Esteve pensando sobre sua conversa com o dr. Shah o dia todo e chegou à conclusão de que precisa descobrir quem é o dono daquela lâmpada de arco alienígena. Algo lhe diz que essa história ainda não acabou. A volta para casa é tranquila – MJ *nunca* pega o ônibus da tarde para casa, porque ela sempre tem algum clube ou esporte. *Não que se sentar ao lado de MJ seja a única coisa marcante que poderia acontecer no ônibus!*

Peter encosta a testa na janela e suspira, a condensação de sua respiração se acumula no vidro embaçado. As ruas do Queens passam: mecânicos, mercados, alguns McDonald's e Dunkin' Donuts. Ele pensa na lâmpada de arco, se há mesmo algo alienígena nela, *de verdade*, e é a única do tipo, então pode ser perigosa e deve ser valiosa. Alguém ainda está atrás daquela lâmpada, e se Peter não conseguir descobrir quem a possui, a pessoa que a doou vai acabar machucada.

O ônibus finalmente chega ao ponto de Peter, e ele desembarca e quase vai correndo para casa, disposto a tentar avançar no mistério do atacante invisível e da lâmpada de arco alienígena.

Quando o modesto prédio de tijolos de dois andares aparece, ele já está com a chave fora da mochila e na mão. Ele sobe as escadas às pressas e enfia a chave na fechadura, girando uma vez para a esquerda e depois para a direita e para a esquerda com mais força – a fechadura está quebrada há meses, e tia May ainda não conseguiu chamar um chaveiro, mas eles se viram de qualquer forma. Assim que a fechadura se abre, ele empurra a porta para dentro, tira os sapatos e começa a subir as escadas.

– Peter, aqui! – a tia o chama da sala.

Suas mãos se arrastam de volta pelo corrimão de onde ele estava se puxando para subir as escadas, e ele desce os degraus de costas para seguir a voz da tia May. Ela está sentada em uma poltrona na sala e digitando em seu laptop quando ele entra. Ela está usando um terninho cinza, o que significa que deve ter acabado de chegar do trabalho no abrigo. Tia May cuida da administração cotidiana lá, mas só voltou a trabalhar há alguns meses e tem sido uma curva de aprendizado íngreme – ela disse para Peter que precisava reaprender a fazer planilhas digitais.

Peter cruza os dedos em antecipação por seu encontro com o sr. Robertson no *Clarim* amanhã.

– Oi, tia May. – Ele se aproxima e a beija na bochecha. Ela sorri e segura sua mão, apertando-a uma vez antes de soltá-la.

– Só queria saber como foi o seu dia. Você saiu de casa tão tarde hoje que não conseguimos conversar. Chegou na escola na hora?

Ele dá a volta e se senta no velho sofá de veludo laranja-queimado, afundando nas almofadas. Ele brinca com as capas combinadas nos apoios de braço antes de mexer em um dos botões desgastados no assento ao seu lado.

– *Quase* não cheguei a tempo – admite, fazendo uma pausa antes de acrescentar: – Perdi o ônibus, aí tive que ir a pé.

Tia May levanta o olhar do laptop, as lentes dos óculos de leitura fazem seus olhos parecerem impossivelmente grandes. Peter se lembra de suas próprias lentes de aranha.

– Ah, não, Peter.

– Mas! – continua ele. – Estou em um projeto de grupo com a MJ, o Randy Robertson e uma garota nova, a Maia, *e o* Randy vai me levar para encontrar o pai dele no *Clarim* amanhã para perguntar sobre um estágio de fotografia.

Tia May fecha o laptop e une as mãos, a luz da janela se reflete na pulseira em seu pulso.

– Que notícia maravilhosa! – Ela pisca para ele ao acrescentar: – Parecem novos amigos para mim.

– Bem, amigos *escolhidos pelo professor* para um projeto de grupo *escolhido pelo professor* – retruca ele, seco.

– Isso pede um bolo de carne. – Ela ignora a tentativa de autodepreciação dele, colocando o laptop na mesa e se levantando para subir as escadas. – Vou me trocar e fazer o jantar. Que tal pavê de banana para a sobremesa?

– Parece perfeito, tia May.

Flint Marko está tendo um dia terrível. Ele perdeu a carteira, nenhum de seus associados atende suas ligações e não conseguiu nem entrar no Cafeteria Sem Nome, que todos os criminosos mais procurados de Nova York frequentam. Ele tentou, é claro, mas quando tentou passar pela porta na lábia, o segurança disse que nunca tinha ouvido falar dele. *Eu! O Homem-Areia! Estive na Jangada. Quantos desses zé-ninguém podem dizer que estiveram numa prisão de segurança máxima que flutua no meio do Hudson?*

Ele ficou tentado a jogar areia pelo olho mágico – direto nos olhos do segurança. A única coisa que o impediu foi que não tinha certeza de quem estava do outro lado daquela porta. Ele sabia que poderia ter sido qualquer pessoa naquele café, e a última coisa que Marko precisava era irritar alguém importante. Então, foi embora e pegou o metrô. *Como um cara normal*, pensou.

Agora, Flint está andando sem rumo por uma rua a alguns quarteirões do apartamento que odeia no Brooklyn, tentando descobrir o que fará a seguir. *Eu só estava tentando encontrar o meu próximo trabalho. Desde quando* isso *é crime?* A parte do crime vem depois. Ele para no meio do silêncio, cercado por fábricas vazias e caminhões estacionados, levanta os braços e grita uma vez para o céu noturno.

– AAAARRGHHH!!!!

Para sua surpresa, alguém lhe responde:

– Ei, Arenoso!

Ah, não...

– Hoje não, garoto inseto. – Marko olha para a escuridão de onde acha que veio a voz. Há algo naquela voz de tenor infantil que se choca contra seus ouvidos e deixa Marko nervoso. O Homem-Aranha rasteja das sombras para a luz de um poste, pulando para o alto e se agachando em cima dele. *Como uma espécie de, bem, não uma aranha, mas algo assustador e rastejante*, pensa Marko. *Isso com certeza.*

Marko chuta uma pedra e enfia as mãos nos bolsos. Olha para os pés e solta um suspiro queixoso.

– O que você quer, afinal? Eu não tenho feito nada.

– Ah, não fique tão triste, Flint. Vai fazer eu me sentir *mal* por você. Não quero me sentir *mal* por você. – O Homem-Aranha não saiu de seu poleiro.

– Eu tenho problemas maiores que você, Homem-Aranha, então, se não está aqui para brigar comigo por qualquer coisa, dá o fora.

Marko dá as costas para ele e começa a caminhar em direção ao seu apartamento. Uma sombra passa por cima dele, e ele ergue o olhar e vê que o Aranha pulou de um poste de luz para outro, e agora está agachado em cima daquele para onde Marko está caminhando.

– Olha, os policiais *já* falaram comigo hoje sobre aquela porcaria do museu! Se você está aqui por causa disso, isso é assédio e vou reclamar com a cidade.

Na palavra *museu*, o Homem-Aranha se lança da lâmpada e cai bem na frente de Marko na calçada. Marko olha para a cabeça arredondada e mascarada à sua frente. Flint percebe que o Homem-Aranha parece ser *muito* pequeno.

– Você disse "museu"? Que coisas de museu?

– Nada! Não tive nada a ver com aquele roubo ao museu! Aqueles policiais vieram até a minha casa só porque eu estava no museu do cinema durante o dia. Qual é, é crime ter *cultura* agora? Bem, foi mal por querer ampliar os meus horizontes. Não sei nada sobre uma maldita lâmpada. Além disso, eu não era o único "bandido" lá. Vi a Besouro perturbando uma senhora também. Mas eles a incomodaram? Que nada. Claro que não. Porque *tem que* ser o Flint, né? – A testa do Homem-Areia se franze, sua voz é baixa e áspera. – *Por que as pessoas continuam me enchendo?*

– Uma lâmpada?! – O Homem-Aranha agarra a gola da camisa listrada de Marko agora, puxando-o para baixo para que fiquem cara a cara. – O que você sabe sobre a lâmpada, Flint? Me fala!

Marko empurra o Homem-Aranha para trás, mas suas mãos pegajosas não o soltam. Marko empurra de novo, com mais força. Um rato corre pela calçada atrás deles e para a pilha de sacos de lixo na esquina.

– Uma lâmpada? O que me importa uma lâmpada velha e suja? A lâmpada seria capaz de me colocar numa nova equipe? Não? Próxima pergunta.

O Homem-Aranha finalmente o solta e dá um passo para trás. Suas lentes se estreitam e Marko se pergunta, não pela primeira vez, se ele é humano ou se a máscara faz mesmo parte de seu corpo. *Nojento.* Marko estremece.

– Se eu descobrir que você sabe *alguma coisa* sobre isso, você vai se ferrar.

– Cai dentro, inseto! – O punho de Marko começa a se transformar em uma enorme bigorna de areia. – Quero ver você me derrubar de novo. Você me enganou uma vez, não vai acontecer uma segunda vez!

O Homem-Aranha se agacha e então desaparece, já se esgueirando pela lateral de uma das antigas fábricas.

– Vou ficar de olho, Marko! Não se esqueça. – Sua voz repousa nos ombros de Marko como um albatroz, e Marko apenas faz a mão voltar ao normal e suspira mais uma vez. Então ele chuta outra pedra e continua andando.

CAPÍTULO SEIS

O Sol brilha sobre a cidade quando Randy e Peter saem da estação Grand Central e passam para a calçada movimentada. Peter aperta os olhos contra a luz do dia, enquanto suas pupilas se ajustam, parando brevemente para se orientar.

– Com licença! – Um homem com um blazer azul-escuro passa por Peter para entrar na delegacia, suas palavras soam mais como um xingamento que um pedido. Peter salta para fora do caminho, antes que possa ser derrubado contra sua vontade.

– Eu *odeio* esta parte da cidade – reclama Randy. – Tantos caras ricos e agressivos de terno. Vamos. – Ele segue para o leste e passam bem pelo Grand Hyatt e pelo Edifício Chrysler a caminho da sede do *Clarim Diário*. Peter às vezes se sente um pouco desconfortável quando está na cidade sem seu disfarce, como se de alguma forma não fosse natural. Ele percebe que terá que se acostumar com a sensação caso consiga o emprego.

– Se começar a trabalhar aqui, vou mandar uma lista de restaurantes para você – comenta Randy enquanto eles se viram para pegar a Segunda Avenida.

– Eu agradeceria. – Peter sorri, pensando que provavelmente trará comida de casa. Eles passam por mais alguns restaurantes e delicatessens enquanto caminham pela 39th Street, chegando, por fim, à enorme sede do jornal. As palavras CLARIM DIÁRIO se erguem no topo do telhado do edifício e lançam uma enorme sombra na rua abaixo. Peter olha para a calçada e vê que está bem no centro do R. Randy já alcançou a porta de entrada, que é quase indistinguível dos metros de vidro ao redor; janelas enormes sobem até as letras no topo. Peter sacode a cabeça e segue Randy.

Eles entram em um saguão moderno e de aparência cara. Os pisos são de mármore e a decoração é austera, com exceção de um enorme letreiro escrito CLARIM DIÁRIO ao longo da parede dos fundos e duas pinturas gigantescas de paisagens da cidade de Nova York nas paredes de cada lado. Uma delas é a pintura impressionista da Ponte do Brooklyn que conecta a Baixa Manhattan ao bairro que lhe dá nome; e a outra, é claro, é a Estátua da Liberdade em um plano geral do rio Hudson. São lindas, mas Peter nota que elas dão ao saguão um ar bastante turístico. Em frente ao letreiro do Clarim há uma mesa com dois seguranças. Um deles é corpulento e branco, com uma espessa barba loira; o outro tem constituição mediana, pele negra clara e cabelos pretos, penteados e bem divididos de um lado. Os dois estão olhando para algo atrás da mesa e Peter não consegue distinguir seus rostos.

Peter hesita e puxa Randy pelo moletom, de repente nervoso.

– Estou bem-vestido? Tipo, eu deveria usar um terno? – pergunta. Ele tentou escolher algo um pouco profissional naquela manhã, optando por uma calça cáqui e uma camisa de botão azul-claro em vez de sua abordagem à moda *do que quer que parecesse mais limpo e servisse por cima do seu traje de Homem-Aranha*. Mas agora está com medo de estar mal vestido. Não tem mais sapatos sociais que sirvam, então teve que usar tênis. *Isso vai me custar um emprego em potencial?*, ele se pergunta, olhando para os sapatos. Randy se vira para olhar para ele e levanta as sobrancelhas. Dá um passo para trás e avalia a aparência de Peter. Ele bate o dedo no queixo e balança a cabeça, franzindo a testa uma vez, antes de começar a rir.

– Sim, Pete, você está ótimo, cara. Vai ficar tudo bem. Meu pai é super tranquilo. – Ele dá um tapinha nas costas de Peter antes de ir direto até os seguranças. – Ei, Tommy, e aí, cara? – ele cumprimenta o guarda maior, sentado à direita.

– Senhor Robertson Jr.! Sabe como é, só relaxando aqui como um par de vilões. – Ele sorri, seus dentes brilham por trás de sua enorme barba. Ele estende a mão para bater na de Randy em cumprimento. – Passe pelos portões. – Ele aperta um botão em algum lugar atrás da parede alta da mesa, e os portões de segurança dos elevadores se abrem, permitindo o acesso dos garotos.

– Valeu, cara. E aí, Rodrigo. – Randy acrescenta enquanto eles passam.

Peter percebe que o segundo segurança esteve olhando para algo em seu celular quando se assusta e solta um distraído "Hum, ah, oi" antes de se acomodar de novo no assento.

Peter pode ouvir o guarda, Tommy, rindo, enquanto eles desaparecem de vista.

– Rods, cara, eu sei que esse programa é bom, mas não é *tão* bom assim!

No saguão do elevador, Randy se move com determinação, indo para o banco sob a placa FLR. 22–37.

– Por aqui, meu pai fica no trigésimo segundo andar. Fica perto do escritório do J. Jonah Jameson – explica ele, e depois acrescenta "infelizmente", baixinho.

Peter não sabe por que Randy diz isso, mas imagina que não pode ser nada bom. Randy digita o número 32 no teclado e uma voz feminina com sotaque britânico soa do alto-falante: "ELEVADOR C PARA O TRIGÉSIMO SEGUNDO ANDAR".

– Este lugar é tão chique – comenta Peter. Randy concorda com a cabeça. As portas do elevador se abrem e Peter tem uma visão de si e de Randy o encarando das paredes espelhadas. Ele franze a testa. Sua camisa está amarrotada e seu cabelo está espetado para o lado. *Aff.* O elevador começa a subir e o estômago de Peter começa a se revirar em nós cada vez mais apertados. A pequena tela ao lado da porta lhes diz em voz alta que será mais um lindo dia na cidade de Nova York, com temperaturas oscilando em torno dos quinze graus. Peter gostaria que houvesse um botão para silenciá-la. Passa a mão na lateral da cabeça, tentando abaixar o cabelo. Pode sentir Randy o observando de canto do olho.

– Cara, sério, vai ficar tudo bem! Meu pai já gosta de você por causa da feira de ciências do ano passado. Ele viu o seu projeto e disse que estava, abre aspas: "surpreendentemente além do escopo de um calouro do ensino médio".

Isso não faz nada além de deixar Peter mais nervoso, porque agora há *expectativas*.

– Ah, pois é, tá bom. Está tudo bem. Perfeitamente bem – responde Peter. – Sou uma pessoa confiante e sou bom em tirar fotos.

– Isso mesmo! – Randy dá um soquinho no braço de Peter. – Você consegue.

A campainha do elevador toca e as portas se abrem, levando a outra área fechada. Há um par de portas de vidro de ambos os lados do espaço, mas Peter segue Randy até as da esquerda. Há um jovem barbudo de pele morena e usando um turbante vermelho vibrante sentado à uma mesa de madeira lá dentro. Ele levanta a cabeça quando Randy bate à porta, sorri e acena. Há um zumbido alto e as portas são destrancadas com um *clique* para que Peter e Randy possam passar.

– Ei, Rand, e aí?

– Ei, Sushant. Meu amigo Pete e eu estamos aqui só para ver o meu pai. – Peter levanta a mão em um olá. Sushant acena para ele. – O que está fazendo aí? – pergunta Randy.

Sushant volta para o telefone.

– Estou apenas cobrindo para o Elliott enquanto ele foi pegar um café. Eu tenho que... descobrir como usar esse sistema telefônico para poder ligar para o seu pai. Ou – ele levanta os olhos do telefone complexo na mesa, com uma expressão um pouco suplicante nos olhos – você pode... ligar para o celular do seu pai.

– Já estou cuidando disso. – Randy não está mentindo, com o celular já na mão e digitando claramente para PAI (ROBBIE ROBERTSON).

– Alô? – A voz profunda de Robbie Robertson é ouvida até mesmo do minúsculo alto-falante do celular de Randy.

– Ei, pai, estou aqui com o Peter Parker. Lembra?

– Ah, sim! Venham aqui no escritório. Estou aqui.

– Tá bom, já chego aí. – Randy desliga e acena para Sushant, que está navegando preguiçosamente pelo feed do Twitter do *Clarim* com uma das mãos e acenando de volta com a outra.

Peter segue Randy por um andar extremamente movimentado; há várias pessoas ao telefone em seus cubículos, algumas delas brigam alto com quem está do outro lado da linha. Alguém parece estar gritando com uma fotocopiadora e pelo menos duas pessoas estão reproduzindo vídeos no volume máximo em algumas das áreas comuns que Peter pode ver. Há tantas janelas que o escritório recebe bastante sol, mas o teto é baixo e a iluminação é fluorescente. Quando chegam ao escritório do sr. Robertson, Peter está sentindo uma séria sobrecarga sensorial. *É assim que é trabalhar num jornal?* Randy parece inabalado, mas Peter lembra que Randy já esteve ali antes. *Provavelmente um milhão de vezes. Isso deve ser notícia antiga para ele.*

Peter reprime um sorriso com sua piada interna.

– Oi, pai! Lembra do Peter Parker? – pergunta Randy, entrando no escritório do pai. Um homem negro alto, o sr. Robertson, se levanta de onde estava sentado. O cabelo curto do sr. Robertson mostra apenas um leve toque de grisalho entre os fios pretos. Ele usa óculos finos e redondos apoiados na ponta do nariz, como se estivesse olhando por cima deles para ver a tela do computador, em vez de apenas tirá-los. Ele os empurra de volta pela ponta do nariz antes de oferecer a mão para Peter. Peter estende a mão e a do sr. Robertson a aperta com força, lhe dando uma sacodida e depois a soltando.

– Olá, Peter, é bom ver você de novo. Acho que não formos oficialmente apresentados na feira de ciências do ano passado, mas lembro de ter ficado muito impressionado quando passei pelo seu projeto.

– Ah, obrigado, bondade sua dizer isso, senhor.

O sr. Robertson aponta para a cadeira à sua frente.

– Por que não se senta? Randy, acho que tem refrigerante e salgadinhos na sala de descanso, se quiser dar um pulo lá e pegar? Vou conversar com o Peter por alguns minutos enquanto você estiver fora.

Randy faz um joinha com o polegar para o pai e sai pela porta.

– Boa sorte, Pete – diz ele antes de desaparecer de vista, fechando a porta. O sr. Robertson retorna ao seu lugar.

– Então, Peter, quer ser o nosso estagiário de fotografia?

Peter assente.

– Sim, senhor. Posso mostrar um pouco do meu trabalho no meu celular? Não tenho impressora em casa, mas trouxe um pendrive que peguei emprestado na escola, se for mais fácil. Tirei fotos para o anuário da Midtown High no ano passado e para o anuário do ensino fundamental na oitavo série. Usamos como destaque esportivo no jornal estudantil do ano passado.

– Vamos vê-las. – O sr. Robertson está sorrindo e Peter começa a relaxar um pouco. Seus ombros caem e ele se curva um pouco para trás na cadeira, só um tantinho menos nervoso agora que vê quão gentil o sr. Robertson é. Peter enfia a mão no bolso de trás, pega o celular e abre a foto que tirou no jogo de boas-vindas do ano passado. Quando ele estende a mão por cima da mesa para entregar o aparelho ao sr. Robertson, a porta do escritório se abre e uma voz de cadência áspera, profunda e *raivosa* preenche a sala.

– ROBBIE, POR QUE A ENTREVISTA COM O PREFEITO NÃO ESTÁ NA MINHA MESA?

O próprio chefe, J. Jonah Jameson, invade o escritório do sr. Robertson. Peter já tinha visto fotos de Jameson antes, mas não tem certeza se alguma coisa se compara à experiência ao vivo. O topete preto com as laterais totalmente grisalhas de Jameson ficam acima de um rosto com olhos azuis faiscantes e um bigode preto escovinha que treme de fúria. Ele está com as mangas arregaçadas e a gravata está voando atrás dele, caindo sobre seu ombro como se ele de fato tivesse corrido até ali. Há um maço de papéis enrolado em um punho fechado, e o outro está se estendendo para alcançar *Ah, não...*

– O que é isso? Quem esse?! – pergunta ele, pegando o celular e gesticulando para Peter.

– Hum... – Peter começa ao perceber que Jameson está passando as fotos, e tenta pegar o celular quase em pânico, percebendo o que mais tem no rolo da câmera. Mas é tarde demais.

– Minha nossa, garoto, onde você tirou essas fotos daquela ameaça mascarada?! – Ele olha do celular para Peter, e Peter imediatamente começa a se contorcer.

– Jonah, este é o Peter Parker. Ele veio por causa do estágio de fotografia.

Jonah segura o celular de Peter e aponta para a imagem na tela – é uma foto que Peter armou semanas antes, durante uma luta com algum ladrão qualquer, apenas como um experimento. Ele prendeu seu celular a um poste com uma teia e o programou para que tirasse uma foto a cada dez segundos. Na foto, ele está saltando no ar e usando seu disfarce. Ele está com os joelhos junto ao peito, os pés retos e apontados para fora, e ambos os braços esticados para a frente, atirando teias. Está quase roxo e verde, iluminado pelas luzes brilhantes da Times Square. É uma foto muito legal, ele sabe, mas nesse instante deseja desesperadamente tê-la apagado. Jonah sacode o celular na cara de Peter, que está coberta de uma leve camada de suor.

– Pode conseguir mais destas? – pergunta ele impetuosamente. Então ele dá um passo para trás. – Você tem idade para estagiar? Quantos anos tem, onze?

– Eu tenho dezesseis! – protesta Peter, mas em voz baixa, desejando não confrontar demais o barulhento e assustador jornalista. – E, sim, mais fotos como essas, posso fazer isso.

– Ele tem idade suficiente para o nosso programa de estágio júnior, Jonah – a voz do sr. Robertson interrompe. Peter tem a sensação de que passou muito tempo *sem* reagir à intensa energia de Jameson. O jornalista dá um sorriso que mal ergue seus lábios.

– Isso é uma ótima notícia. Está contratado, garoto. Não vou pagar muito, mas vou te dar uma pequena... *pequena!* compensação para lidar com as nossas mídias sociais. Isso é uma coisa que crianças fazem, não é? Postar coisas na internet? De qualquer forma, você receberá tudo isso e o guia de estilo. Também vai ter que cuidar de tarefas administrativas no escritório, um dia a cada fim de semana pela manhã. O que acha?

Peter olha para o sr. Robertson, que está sorrindo de forma encorajadora. Olha de volta para Jameson devagar.

– Sim? – pergunta, e sai abafado e hesitante, como se sua língua fosse feita de algodão.

– Isso foi uma pergunta? – Jameson retruca.

– Quis dizer, sim, senhor – repete ele, mas dessa vez sua voz permanece monótona e uniforme.

Jameson agarra sua mão e aperta com força e então está de volta à porta antes que Peter possa piscar.

– Robbie, consiga aquela entrevista para mim! Garoto, Kayla Ramirez vai cuidar de você. Começa agora mesmo. E seja grato por estar neste time; Robbie Robertson é o melhor editor do ramo, e você tem sorte de trabalhar para ele. E para mim.

Peter se recosta na cadeira, coloca as mãos atrás da cabeça e olha para o nada por um momento, sem dúvida um pouco impressionado com a experiência de J. Jonah Jameson.

Ele ouve o sr. Robertson rir. Peter ergue o olhar e os olhos castanhos do sr. Robertson brilham de alegria.

– Bem-vindo ao jornalismo, garoto.

MJ está sentada em sua poltrona velha favorita no escritório de sua mãe enquanto espera Liz atender sua videochamada no laptop compartilhado da família. Para passar o tempo, está rolando pelo perfil de Maia no Instagram em seu celular. Todo o perfil é um ciclo: selfie com biquinho de pato, roupa nova, jantar chique, brinquedo novo e repete. MJ solta um bufo alto no momento em que Liz finalmente atende.

– Por que fez *esse* som? – Liz pergunta em vez de dizer oi. Ela está olhando para algo fora da câmera, e MJ pode ver metade de um conjunto de manicure na cama ao lado dela.

MJ revira os olhos em resposta à pergunta de Liz.

– Eu estava olhando o perfil da Maia Levy.

Liz ergue as sobrancelhas em uma pergunta silenciosa enquanto sacode um vidro de esmalte.

– Estamos juntas no grupo para a aula de Shah. Ela está sendo horrível! Enviei um e-mail para o grupo, dizendo que a gente poderia fazer sobre tecnologia e mudanças climáticas, especificamente, e ela respondeu dizendo que não achava que era uma boa ideia! Sério, acho que ela só quer me dar o troco por causa daquele comentário sobre não compartilhar a minha postagem. Mas isso *é* bem superficial.

Liz levanta os olhos do esmalte das unhas de um azul brilhante, um pouco surpresa.

– Acho ela bem legal quando a conhece melhor. Você não tem como saber mesmo como alguém é de verdade com base em algumas fotos do Instagram.

– Tenho sim – responde MJ, petulante, e não sem um pouco de amargura na voz. – Acho que ela nem se importa com o projeto; não tem nada a ver com ela.

– Tá bom – concede Liz com um dar de ombros.

– O quê? – MJ morde a isca e depois hesita. Em geral, não fica com raiva tão rápido. – Ou melhor, o que você está querendo dizer? Não acho que estou errada. Não sei por que você não concorda comigo. – Mas, no final da frase, ela parece ainda mais irritada do que antes.

Liz parece surpresa.

– Porque você está sendo *implicante* e você não costuma ser assim. Vou desligar. Me liga quando se lembrar como ser legal com os seus amigos. – E ela desliga. *Isso foi tão mal-educado!* Mas então MJ respira fundo. *Espera, eu fui mal-educada, não a Liz!* MJ não costuma ser grossa. Ela lança um olhar perplexo para o celular, percebendo que estava se sentindo melhor antes de pegá-lo para olhar o Instagram. Entre isso e a maneira rápida como reagiu a Maia na aula do dr. Shah... *O que está acontecendo com o meu humor ultimamente?*

Acontece que quando o sr. Jameson disse "agora mesmo", o que ele quis dizer de verdade foi: assim que Peter tivesse uma permissão assinada pela tia May. Logo após a saída de Jameson, uma jovem negra entrou no escritório do sr. Robertson. Ela usava um vestido envelope preto e tinha o cabelo preso em um penteado afro alto e elegante. Seu sorriso era brilhante e acolhedor. Kayla Ramirez, ela se apresentou, e pediu que ele a seguisse. Peter agradeceu ao sr. Robertson e disse a Randy que o veria na escola. Foi então que ligou para a tia May. Felizmente para Peter, tia May estava em casa e pôde baixar e assinar digitalmente os documentos necessários na mesma hora. Agora ele está sentado em uma cadeira ao lado da mesa de Kayla, no décimo sétimo andar.

Kayla está digitando as informações dele no sistema e um pequeno cartão de identificação é impresso em uma máquina na mesa dela. Ele posou para uma foto rápida segundos antes.

Ela lhe entrega o cartão e ele olha para a foto; saiu piscando. Peter reprime um gemido, mas Kayla percebe o erro assim que lhe entrega o cartão.

– Ah, não – diz ela. – Quer saber, estou sem cartões porque não costumo lidar com essas coisas, mas a gente pode conseguir um novo para você assim que o nosso verdadeiro cara da segurança, o sr. Ambrose, estiver de volta ao escritório amanhã. – Ela dá um sorriso de desculpas para ele. Peter apenas dá de ombros.

– Está tudo bem, tenho a sensação de que demoraria um pouco para conseguir uma boa foto.

Ela lança um olhar indignado para ele.

– Não fale mal de você mesmo! Você vai usar isso para passar pelos portões de segurança e entrar nos escritórios. Vai se sentar na mesa vazia logo ali. – Ela aponta para trás, em direção a uma mesa que está coberta de papéis e pastas. – Agora, pelo que ouvi do senhor Robertson, você é uma boa pedida para nós. Eu costumo cuidar das nossas redes sociais, mas faço isso além do meu trabalho como assistente de repórter, então estou feliz por ter ajuda, Peter. – Ela está falando a mil por hora e Peter se pergunta se deveria fazer anotações. Ele se abaixa para abrir a mochila, mas ela levanta a mão para impedi-lo. – Vou enviar tudo isso por e-mail para recapitular; não se preocupe em anotar agora. Então, onde eu estava? Ah, é, para começar, acho que você deveria me mandar um e-mail quando tiver uma boa foto do Homem-Aranha e alguma sugestão de *copy*, isto é, o que poderia estar na legenda. Jameson quer que a gente poste pelo menos uma ou duas vezes por dia nas nossas redes sociais. Acha que pode me conseguir de uma a três fotos por semana? – Com exceção do breve aparte para impedi-lo de pegar um caderno, ela fala tudo isso enquanto digita outra tarefa no computador. Peter fica *muito* impressionado e um pouco intimidado.

– Hum, sim, acho que consigo fazer isso – responde ele, se preparando mentalmente para ter que fazer sessões de fotos específicas do Aranha no meio da noite. No entanto, está animado por poder recomendar o *copy*. *Isso parece tão oficial! E eu posso pedir para falarem coisas* boas *sobre o Homem-Aranha pela primeira vez!*

– Ótimo! – Ela faz uma pausa na digitação, os dedos pairam sobre o teclado. – Agora tudo o que a gente precisa é... – Mas ela é interrompida pelo toque do telefone em sua mesa. – Alô? – atende.

Peter se arrepia e percebe que é Jameson, porque o homem fala tão alto que Peter consegue ouvi-lo, mesmo que o telefone não esteja no viva-voz.

– Kayla! Acabamos de receber uma informação de que há algum tipo de distúrbio acontecendo outra vez no Museu da Imagem em Movimento! E foi lá que o Homem-Aranha quase cometeu um crime, roubando aquele negócio, como se chama, a luz, lâmpada, sei lá... os policiais não vão acreditar em mim, mas sei que é ele quem está tentando roubar...

– Ah, senhor Jameson, quer que eu mande alguém para cobrir isso? – Kayla o interrompe com tato. Peter fica feliz ao ouvir isso. Sabe que vai levar algum tempo para se acostumar com esse... Ele se vira para o lado, os olhos passeiam de um lado para outro, procurando a palavra perfeita para descrever o sr. Jameson... Então chega até ele. *Falastrão*, pensa ele. *Vou ter que me acostumar a ficar perto desse falastrão.* Mas espera que, como estagiário júnior, não tenha que passar muito tempo com o chefão. *Espera aí, ele disse o Museu da Imagem em Movimento?!*

– Sim! Coloque Leeds no caso agora mesmo! Descubra o que está acontecendo!

Peter também precisa ir para o museu. Ele pega a mochila de novo, só que dessa vez para colocá-la no ombro enquanto se levanta.

– É, Kayla, acabei de notar que se quiser chegar em casa para o jantar, é melhor eu ir.

Kayla está distraída, tentando falar com quem quer que seja Leeds. Ela acena para ele com uma das mãos enquanto disca com a outra.

– Tudo bem, Peter. A gente pode resolver isso por e-mail. Tenho suas informações e vou te enviar uma nota de orientação completa mais tarde hoje. Ned, atenda o telefone! – Peter imaginou que a última parte fosse dirigida ao repórter que não estava onde deveria estar.

– Obrigado, Kayla. Prazer em conhecer você! – Peter se despede, lhe dando as costas e tentando lembrar como voltar para o elevador. *Tenho que ir para o museu!*

CAPÍTULO SETE

O Aranha sobe no telhado do MIMO e espia por trás dele para ver se há alguém no pátio. Há apenas um funcionário solitário, cujo crachá do museu mal é visível no crepúsculo. Na verdade, ele não consegue ver muitos detalhes de quem está lá embaixo, talvez cabelos claros e óculos. Só isso. Parece que, qualquer que fosse a perturbação de que Jameson estava falando, já tinha acabado. O Aranha desce e pousa agachado na cadeira em frente ao funcionário do museu. O funcionário logo cai da cadeira e recua vários metros sentado no chão.

– *Aaaah!*

– Desculpe! Desculpe! Sou eu, o Homem-Aranha, um cara legal! – O Aranha aponta para si mesmo. – Cara legal. Eu. Sim.

O trabalhador coloca a mão no peito arfante e respira fundo.

– Caramba, *Louise*, não *faça* isso com uma pessoa – diz antes de levantar, espanando a poeira da parte de trás das calças. O Homem-Aranha agora vê melhor a pessoa e seu crachá e consegue ler o nome Alex em letras pretas sob a foto de quem está à sua frente. Há um grande adesivo elu/delu colado na parte inferior do suporte de plástico onde está o crachá.

– Desculpa por isso, Alex. Lembrete para mim mesmo: não descer e surpreender pessoas sentadas sozinhas ao anoitecer no pátio de um museu vazio. – O Aranha levanta as mãos em sinal de desculpas e depois se inclina para frente e apoia os cotovelos nos joelhos.

Alex se senta outra vez e aponta para a cadeira em que o Aranha está agachado.

– Você não pode... sentar, bem... com os pés tocando o chão?

O Aranha olha para baixo e dá de ombros.

– Assim é mais confortável.

– Então...? – Alex diz.

– Ah, sim! Bem, ouvi dizer que algumas coisas estranhas estavam acontecendo aqui hoje. Pode me contar alguma coisa?

Alex bate o crachá de funcionário na mesa e balança a cabeça.

– Quer dizer, posso te contar um *pouco*, mas só porque você é o Homem-Aranha. Apenas mantenha isso em segredo, combinado? Posso me encrencar.

O Homem-Aranha gesticula como se fechasse os lábios e jogasse a chave fora. O canto da boca de Alex se ergue em um meio sorriso. Alex começa a batucar com o crachá novamente. A luz fraca do quintal torna difícil ver sua expressão.

– Então, há cerca de uma hora, eu estava no computador, verificando alguns de nossos itens; quando os doadores iam entregar algum item, esse tipo de coisa. Temos uma nova exposição que vai ser inaugurada em algumas semanas e muitas novidades chegando – acrescenta. O Aranha acena com a cabeça, mas não interrompe. – Aí eu estava verificando as informações do nosso estoque e o computador começa a ficar maluco. Começou a abrir arquivos sozinho, a acessar as informações dos doadores. Algum tipo de invasão, suponho. Mas o mais estranho é... – Alex faz uma pausa nesse momento, e o Aranha percebe que está apertando o distintivo na mesa, apenas o torcendo e retorcendo até que o plástico no canto se parte e o próprio cartão comece a entortar e marcar o tampo de plástico branco da mesa embaixo. Alex percebe o que está fazendo e para as mãos, solta o distintivo, entrelaça os dedos e apoia as mãos entrelaçadas no colo. Respira fundo e continua: – O mais estranho é que não consigo me lembrar do que aconteceu depois que os arquivos dos doadores foram abertos. Tipo, simplesmente um branco cerebral completo. Quando o computador começou a enlouquecer, eram quatro e dezessete da tarde. Lembro disso porque olhei o relógio na tela. Então, de repente, eram quatro e vinte e quatro e não faço ideia do que aconteceu naqueles sete minutos.

O Aranha solta um murmúrio solidário. Está nesse negócio de super-herói há pouco tempo, mas já sabe mais sobre apagamentos aleatórios de memória do que gostaria de admitir.

– Isso é horrível, Alex. Você pode... ir para casa? – O Aranha não tem certeza de como empregos de adultos funcionam, mas acha que Alex pode ir embora se não se sentisse bem.

Alex sorri hesitante e balança a cabeça.

– Não, fiz uma pausa mais longa. Só tenho mais uma hora antes de poder ir para casa. É só *estranho*. Não sinto que me machuquei nem nada.

– Que bom. Posso perguntar só mais uma ou duas coisas? – o Homem-Aranha pergunta.

– Claro. Ainda tenho uns cinco minutos. Depois vou ter que ir.

O Homem-Aranha ri um pouco.

– Obrigado pela disposição de passar esse tempo comigo, respondendo perguntas. Pode me contar sobre a lâmpada de arco voltaico que quase foi roubada outra noite?

Com isso, Alex se anima.

– Caramba, sim! Não dá para acreditar que sou uma das poucas pessoas que realmente a viu em pessoa! É *lendária*, para um certo grupo de nerds, de qualquer forma. Mas não consegui tirar uma foto. E eu não *estava* quando Fátima sem querer a acendeu por um segundo, o que foi um problemão, porque o nosso chefe deixou bem claro que não a gente não deveria *acendê-la*. O doador colocou no contrato de empréstimo temporário e tudo mais! Mas só ficou ligada por uns dez segundos, pelo que eu soube. De qualquer forma, quer saber o pior? Temos que manter os nossos celulares nos armários durante o nosso turno; aí, se formos pegos com eles nas instalações, pontos serão descontados, advertências dadas, e tudo mais; aí *ninguém* pôde me mostrar como *era*. Droga. Bem, o doador deve ser tipo... o pentaneto, sobrinho-neto ou algo do tipo do cara que a inventou. Não sei de que outra forma ele a teria. Dizem que o inventor original encontrou a rocha alienígena que alimenta a coisa e só conseguiu usá-la uma vez. É meio triste... – Alex para, esperando por um sinal para continuar.

– Eu aguento a tristeza, prometo – diz o Homem-Aranha.

– Se você diz, de qualquer forma, o que ouvi no clube de audiovisual da minha faculdade foi que o cara fez um grande evento para mostrar às pessoas essa luz alimentada pela magia alienígena ou algo assim, e foi a última vez que foi visto vivo. E todas as outras pessoas que estiveram na plateia da apresentação naquele dia não conseguiram nem falar sobre o ocorrido. Foi como se nunca tivesse acontecido, embora familiares e amigos soubessem que tinham ido ao evento. Só fingiam que não sabiam do que os outros estavam falando.

Devia ser a isso que o dr. Shah estava se referindo, pensou o Aranha. A perda de memória? O doador? Isso pode ser uma pista!

– Acha que eu posso dar uma olhada nos arquivos que foram abertos? Ou você pode me contar quem é o doador?

Alex hesita.

– Na verdade, não sei o nome dele. Foi *super* sigiloso. Só o meu chefe teve acesso a esse arquivo. Foi por isso que hoje foi tão preocupante.

O Aranha franze a testa e suas lentes se enrugam, imitando o rosto de Peter por baixo da máscara. Nesse momento, o relógio de pulso de Alex emite alerta.

– Ah, meu intervalo acabou. Desculpa, não posso ficar mais – declara Alex.

– Você ajudou muito – protesta o Aranha. – De verdade. Obrigado!

Alex sorri em resposta e entra. O Homem-Aranha observa pelas janelas, enquanto elu atravessa a curta distância até a frente do saguão, mas então um homem alto e loiro se aproxima e dá um tapinha no ombro de Alex. O homem estende um passe de imprensa *do Clarim Diário*.

Aff.

Parece que Kayla finalmente conseguiu falar com Ned Leeds. Ele deve ficar ali o tempo que for necessário para conseguir a notícia para Jameson. O Aranha solta um gemido. Com sorte, Alex não vai mencionar que o Aranha já esteve ali. É melhor ele fugir enquanto pode. *Não* quer fazer parte dessa notícia quando for publicada pela manhã.

Depois de verificar a situação do metrô no celular e ver que ambos os seus trens estão apresentando atrasos enormes, o Homem-Aranha decide voltar para casa se balançando. Enquanto passa voando pelas vitrines e apartamentos, ele reflete sobre o que sabe. *A lâmpada de arco é única e alimentada por algo alienígena. Pode* pertencer *a um parente de quem a criou. Talvez eu possa descobrir isso pela internet em vez de ter que voltar para o museu... Qual era o nome? Fazendas Arlo... eu vi gravado na barra de ferro da lâmpada.*

Um cruzamento aparece e o Aranha corta a esquina para a direita, pairando sobre os prédios de dois e três andares abaixo. Está na metade do caminho de volta para Forest Hills e ansioso para tirar o uniforme e talvez até tomar um banho. Já se passaram alguns dias desde que lavou o traje de aranha e percebe que está começando a ficar um pouco fedorento. Seu rosto se contorce. *Ninguém me contou quanta* roupa suja *estava envolvida em ser um vigilante do combate ao crime.*

Ele está pulando por cima do telhado de uma combinação de Taco Bell e Pizza Hut quando seu sentido-aranha dispara na base de seu crânio. Antes que ele possa reagir, algo forte bate na lateral de sua cabeça e o faz tombar para o lado até que uma parede o interrompa. Ele cai no telhado abaixo, esfregando a cabeça e tentando clarear a visão. Por meio segundo, o Aranha pensa que é o fantasma de novo. Mas antes que sua visão se acalme, seres gêmeos alados caem nas telhas pintadas de prateado à sua frente, finalmente se estabelecendo em uma figura, conforme a visão dele volta ao normal. É a Besouro, a armadura dela reflete as luzes da rua e as mãos nos quadris. Ela não fala.

– Besouro? Que diabos? – o Aranha pergunta, saltando para uma plataforma mais alta no próximo prédio. Besouro não responde, apenas se lança com o punho fechado contra rosto do Homem-Aranha. O Aranha pula para fora do caminho, atirando uma teia do outro lado da rua, enquanto tenta encontrar uma área menos populosa para não ter que se preocupar com civis. Besouro claramente quer briga, embora ele não tenha certeza do porquê. *Ela me viu no museu? Estava envolvida de alguma forma?* As perguntas passam pela sua cabeça. Então ele se lembra de o Homem-Areia ter mencionado que a Besouro também estava no MIMO no dia do roubo.

Ele vê o Parque Juniper Valley a distância. Já é tarde o bastante para que esteja bem vazio. O Aranha avança rápido e consegue ouvir a Besouro batendo as asas atrás dele, tentando alcançá-lo.

O Homem-Aranha entra no parque e sai correndo pelo grande círculo de grama no meio. Está previsivelmente sossegado e ele sorri sob a máscara, feliz por algo ter funcionado a seu favor. O zumbido das asas de Besouro fica mais alto e ela pousa na grama atrás dele. A desvantagem de estar no parque é que é apenas um enorme espaço aberto, o que significa que não há nada para se balançar ou usar para se esconder.

– Besouro. – O Aranha levanta as mãos e dá alguns passos para trás. – O que foi? Esse exterior duro e brilhante não protegeu o seu interior macio e felpudo? – pergunta ele enquanto atira duas teias em direção ao capacete dela. Salta e dá uma cambalhota por cima dela, puxando o capacete da cabeça de Besouro com suas teias enquanto pousa do outro lado. Ela ainda não diz nada. O Aranha fica nervoso, então continua falando. – Devo dizer que estou um pouco magoado por você não estar falando comigo. A gente costuma ter uma dinâmica muito divertida com os nossos comentários debochados. Isso é por causa do que aconteceu no museu?

Besouro apenas dobra os joelhos e avança, atacando-o a toda velocidade, pelo visto indiferente à falta de seu capacete. Seu cabelo escuro é empurrado para trás pelo vento, seus dentes estão à mostra em um rosnado cruel, mas quando o Homem-Aranha encara seus olhos, eles parecem vazios. O Homem-Aranha tem um breve segundo para ficar chocado antes de sair do caminho, desviando do soco superblindado dela por segundos. *O que está acontecendo? Ela nunca é tão quieta e em geral não é tão violenta!* Ele se vira, disparando uma rápida rodada de teias para prender as asas da Besouro antes de saltar no ar. Ela começa a dobrar os joelhos mais uma vez, se preparando para correr para frente, mas o Aranha já está atirando teias em suas botas, prendendo-as no chão. Ela se esforça, puxando os pés, grunhindo e lutando contra a força da teia, sem sucesso.

O Aranha cai no chão a poucos metros de distância.

– Qual é o seu problema?

Em vez de responder, Besouro apenas ataca com os punhos; então, ele prende as mãos dela e enrola uma linha fina ao redor de seu corpo, de modo que seus braços fiquem para baixo e apertados junto ao torso.

– Você sabe o que era aquela coisa no museu? – pergunta ele. Mas ela ainda não fala. Ela o encara, inexpressiva, e continua lutando contra a teia. O Homem-Aranha não sabe o que fazer, mas sabe que não *pode* dar um jeito nela. O rosto inexpressivo, desprovido de qualquer reconhecimento, é tão perturbador que ele apenas dá as costas e a deixa ali, presa por teias na grama no meio do parque.

– A esquisitice precisa mesmo de umas férias – fala Peter para si mesmo a caminho de casa. *Essa luta foi bizarra.*

Que dia estranho. Droga! Ele percebe que esqueceu de tirar uma foto durante a luta para o *Clarim*. Pensa em voltar, mas foi algo tão perturbador que o deixa um pouco incomodado só de lembrar. Então, em vez disso, a alguns quarteirões de casa, coloca o celular na beira do telhado e aperta o cronômetro. Em seguida passa, segurando sua teia com as duas mãos, como se estivesse se lançando para frente, antes de voltar para pegar o celular. Ele para em um telhado, andando de um lado para o outro na borda em seu traje de aranha, segurando o aparelho e pensando no que deveria falar para eles escreverem sobre a foto.

Ele digita: *Acabei de encontrar o Homem-Aranha e a Besouro lutando no Parque Juniper Valley – tirei uma foto massa dele saindo de cena! A legenda pode ser: "O Aranha acaba com a Besouro!"?*

A resposta vem quase de imediato: *Que ótimo, Peter, valeu! Conseguiu alguma foto da Besouro? As autoridades já a pegaram?*. Logo seguido por: *Na verdade, vou ligar para eles, aí vão ficar nos devendo uma pista depois. Vou tentar vender essa legenda para a foto, mas pode não ser aprovada. Só para avisar. Obrigada pelo seu trabalho duro! – Kayla*

Peter bate com a mão ainda enluvada na testa, irritado por ter se esquecido de ligar para alguém. Envia uma mensagem rápida para Kayla confirmando que não, não tirou uma foto da Besouro, pois estava ocupado demais se escondendo, e que não, ia ligar quando chegasse em casa, mas agradece a ela por cuidar disso. Clica na tela inicial e enfia o celular de volta no uniforme.

Que dia estranho!

CAPÍTULO OITO

A sra. Nguyễn está no corredor conversando com o diretor, e a turma deveria estar lendo em silêncio a *Parábola do Semeador*, mas MJ terminou na noite passada e já começou sua redação. Então, em vez disso, pega o celular, contrabandeado por não ter sido colocado nas caixas de plástico na frente da sala. Está navegando em seu Instagram. Peter está sentado na sua frente. Ela nota que ele está distraído, porque ele não passou a página nenhuma vez nos últimos cinco minutos. *Será que ele é uma boa pessoa para conversar sobre a minha... rixa... com a Maia?*, ela pondera. *Rixa* parece uma palavra dura em sua mente. *Uma briguinha,* pensa. *Uma discordância.*

Na sua experiência, Peter costuma ter uma boa perspectiva sobre esse tipo de coisa – ele sempre foi muito equilibrado ao logo da amizade deles. Ela se lembra da primeira vez que passaram tempo juntos – ela ouviu quando a tia dele, brincando, chamou de encontro para brincar, mas era mais uma preparação para um encontro às cegas, na verdade! Ele apareceu na casa dela usando bermuda cargo e uma camiseta branca lisa, os cabelos desgrenhados, óculos manchados e, ela admitiu para si mesma, um sorriso muito, *muito doce*. Eles passaram o dia no parque Flushing Meadows e, embora tivesse tido algum constrangimento – Peter se sentiu mal depois de comer um pretzel estragado –, eles passaram a maior parte do dia conversando e observando as pessoas. MJ foi para casa naquela noite animada por como o dia havia sido. Mas depois disso, Peter nunca mais tocou no assunto com ela, então deduziu que ele só queria ser amigo. Agora já se passaram dois anos e eles são amigos, mas ele é sempre tão distante. Além disso, ela o viu entrar de fininho em casa de novo na noite passada. Ela sabe que sem dúvida há algo acontecendo com ele. Nesse instante, ele levanta a mão e coça a nuca, como se pudesse senti-la pensando nele. *Ops*.

MJ coloca o celular sobre a mesa, o Instagram ainda aberto, e apoia a cabeça nas mãos, as palmas pressionam a testa, enquanto ela olha direto para a tela. Não fica surpresa ao ver que o *Clarim* postou uma nova foto do Homem-Aranha. Ela murmura em apreciação pela qualidade da imagem. Em geral, as imagens são borradas ou cortes de um vídeo, mas essa é realmente ótima. *Ele é* muito *legal*, pensa. *Protegendo e ajudando as pessoas da comunidade*. Com certeza já salvou a vida *dela* antes – daquela vez que Rino acabou na escola e ela ficou presa sozinha no ginásio com Rino trovejando em sua direção. O Homem-Aranha entrou por uma das janelas e a tirou do caminho antes que ela se machucasse. Foi uma das coisas mais aterrorizantes – *porém, mais legais* – que já lhe aconteceram. Ela sorri com a lembrança. Mas mesmo tendo essa história extraordinária, de alguma forma, quando pensa no Homem-Aranha, o que sempre vem à mente é um vídeo que ela viu no YouTube em que ele carregava as compras de uma senhora para casa. Nessa foto, porém, ele está claramente voltando de algum tipo de luta. Sua máscara tem um rasgo ao longo do couro cabeludo, embora esteja escuro demais para ver a cor verdadeira de seu cabelo – deve ser preto ou castanho. Ele está no meio do salto, se puxando por cima dos telhados. Ela olha para baixo para ler a legenda: ÚLTIMAS NOTÍCIAS: *Besouro e Homem-Aranha se unem para arruinar o dia de todos. Aranha larga a parceira para trás.*

Nossa, o Clarim não poderia ser mais óbvio com seu viés, não?

Ela pega o celular de novo, pronta para acabar com qualquer funcionário *do Clarim* que esteja escrevendo essas legendas, seus polegares estão coçando para digitar as palavras: *como você ousa você não sabe de nada caramba como você é terrível, você é um lixo lixo lixo.* Ela se assusta com a raiva que borbulha em seu cérebro. *Liz tinha razão. Eu* não *costumo agir assim.* MJ deixa o celular cair na mesa com um baque e pressiona a palma das mãos nos olhos.

Peter ouve um *baque* atrás de si e se vira para olhar para MJ. Ela está com a cabeça entre as mãos e o celular na mesa à sua frente, o que é estritamente proibido. O celular está ligado e ele pode ver a foto que enviou para o *Clarim* na noite anterior na linha do tempo do Instagram de MJ. A nuca dele fica quente. Ela tira as mãos dos olhos e o vê olhando para o celular. Ela lança uma expressão para ele que parece dizer "*Espere até ver isso*" e vira a tela para que ele possa ler a legenda.

Depois que as palavras embaixo da foto são registradas, é como se todo o seu corpo vibrasse de irritação. Ele quase ri do absurdo daquilo.

Típico.

Ele franze a testa e fecha o punho na coxa, resolvendo tirar fotos que não podem ser editorializadas assim e tiradas do contexto. Talvez devesse ter posado vitorioso ao lado da Besouro, presa em suas teias. Ele faz uma careta. *Não. Não. Esse não é o caminho, Peter,* pensa. MJ pega o celular e digita algo nele antes de virá-lo para Peter. Ela abriu o aplicativo de anotações e nele estão as palavras:

SABEMOS QUE O ARANHA É O MAIS LEGAL, NÃO TEM NADA QUE O CLARIM POSSA FAZER PARA MUDAR ISSO (EXCETO FATOS DE VERDADE OU O QUE FOR). LEMBRA DE QUANDO O RINO ATACOU E ELE SALVOU UM BANDO DA GENTE? ELE É UM HERÓI.

Peter tenta não sorrir ao ver o quanto MJ gosta do Homem-Aranha, mas não consegue mentir, isso o faz se sentir bem. Ele pega o celular e digita uma mensagem rápida.

COM CERTEZA, ELES FALAM TÃO MAL DELE + SEI QUE AS LEGENDAS SÃO FALSAS PQ EU TIREI A FOTO! (CONSEGUI O ESTÁGIO DE FOTO NO CLARIM, CONTO MAIS TARDE!)

Ele observa MJ enquanto ela lê a mensagem, e há um lampejo de emoções no rosto dela, indo do aborrecimento à animação. Ela olha para ele com um sorriso tão grande que seu nariz se encolhe e ele mal consegue ver os olhos dela. Está distraído o bastante para não se perguntar por que ela ficou irritada. Então ela digita rápido no celular e o devolve para ele.

MDSMDSMDS!!!! QUERO SABER DE TUDO!! A GENTE PODE IR PRA MINHA CASA DEPOIS DA ESCOLA? FICAR CONVERSANDO? TAMBÉM QUERO PEDIR SEU CONSELHO SOBRE ALGO C/ MAIA

Ele não responde em voz alta, mas assente com a cabeça, se perguntando o que está acontecendo com a Maia. Voltando-se para a frente da sala, pensa qual foi a última vez que eles se encontraram como grupo. Achava que elas tinham dado uma trégua para o projeto, mas talvez estivesse errado.

A sra. Nguyễn entra novamente na sala de aula e chama a atenção de todos.

– Muito bem, pessoal, vamos discutir o capítulo quatro!

Peter reabre seu livro e pega a caneta antes de dar uma olhada no relógio. Restam apenas algumas horas do dia de aula; reprime o sorriso de novo, pensando em seus planos para depois da escola com MJ.

EM BREVE

    EM BREVE

Está próximo

    Próximo

Estamos perto

Fracos

  Fracos

Mas perto

– E aí, cara!

Peter tira os olhos do sanduíche de pasta de amendoim e banana que trouxe de casa para o almoço. Ele está sentado na ponta de uma das mesas do refeitório, tentando responder às últimas quatro perguntas de seu dever de trigonometria antes do sinal tocar para a aula. Randy Robertson se joga na cadeira à sua frente, deixando cair sobre a mesa uma caixa de salada do restaurante do outro lado da rua.

– Como foi o seu primeiro dia? O papai disse que todo mundo adorou a foto que você enviou do Aranha ontem à noite. É *muito* boa. – Randy sacode a salada com dois movimentos curtos antes de abri-la e espetar com um garfo pedaços de espinafre e frango.

O cheiro do molho de vinagre de Randy atinge o nariz de Peter e ele fecha o livro, largando o dever de casa pelos elogios. A satisfação aparece em seu rosto e ele sorri, feliz em saber que o sr. Robertson gostou de seu trabalho.

– Obrigado de novo. Estou muito agradecido por você ter me levado até lá. E foi tão legal que eles usaram a foto! Mas não usaram a minha legenda. E... meio que mentiram. O Aranha *com certeza* estava lutando contra a Besouro, não se unindo a ela. – Ele franze a testa.

Randy revira os olhos e ajusta o colarinho.

– Pois é, Jameson tem mão de ferro em *qualquer coisa* relacionada ao Homem-Aranha. Ele tem que aprovar todas as legendas e nunca vai deixar passar uma notícia boa sobre o Aranha. Verdade seja dita. O papai diz que é um bom jornalista quando não se trata do Homem-Aranha; ele simplesmente não consegue ser... como ele disse... ah, sim, *objetivo*. Basicamente, sobre o Aranha, ou é difamação ou não há opinião. – Randy ri de sua própria rima.

– Bem, isso é uma merda – responde Peter antes de dar uma grande mordida em seu sanduíche.

– Com certeza – concorda Randy, espetando outro pedaço de salada. – Mas meu pai também diz que, *fora* isso, é um lugar legal para trabalhar.

– Ah, cara, sim, ontem à noite, quando eu estava saindo, algo grande aconteceu de novo no MIMO e eles iam mandar um repórter para lá. Ainda não sei o que acabou acontecendo – mente ele, seguido de um pedido de desculpas silencioso por ter mentido.

– Meu pai chegou em casa ontem e contou que foi uma loucura, ele passou *horas* ao telefone. Eu o ouvi perguntar para alguém sobre uma antiga mansão perto dos Claustros.

Peter se segura para não se inclinar para frente, com interesse. Primeiro, ele toma um gole de refrigerante e depois pergunta, no que espera ser um tom indiferente:

– Ah, é?

– Mas quando perguntei, ele disse que não era da minha conta. – Randy dá de ombros. – Tipo, que saco, pai, estou só seguindo seus passos! – Ele ri novamente.

Peter ri com ele, mas seus pensamentos estão correndo a mil por hora. *Uma mansão perto dos Claustros? Deve ser aí que o doador misterioso mora!* Ele fez algumas investigações na internet quando chegou em casa na noite passada, mas não conseguiu encontrar nada sobre a Fazendas Arlo ou quem realmente trabalhou lá na época e, então, não conseguiu encontrar nenhum tipo de trilha genealógica. Desistiu por volta das duas da manhã. Por isso estava fazendo a lição de trigonometria na hora do almoço. Mas essa nova informação pode ajudá-lo a descobrir quem é esse doador misterioso e pode colocá-lo um passo mais perto de descobrir por que um ladrão fantasma invisível poderia querer aquilo.

– Então – comenta, tentando não deixar sua empolgação transparecer demais, mudando de assunto. – Está preparado para o jogo da próxima semana? – Toma outro gole do refrigerante.

– Quase tão preparado quanto você para chamar a MJ para sair – responde Randy, com malícia.

Peter engasga com a bebida.

– Brincadeira! Brincadeira! Tudo bem, cara. Vamos esperar até que você esteja pronto. – O sorriso de Randy é grande demais e Peter estreita os olhos para ele. Mas então Randy começa uma explicação detalhada de sua estratégia para a próxima partida de futebol da Midtown High, e Peter dá outra mordida em seu sanduíche e mastiga, assentindo enquanto ouve o amigo falar e tentando não se distrair com pensamentos sobre Mary Jane Watson.

DING.

O celular de Flint Marko emite um bip. É um aparelho barato que ele roubou de uma prateleira em uma loja de eletrônicos no Village. Ele o pega do chão para olhar.

– É melhor que seja você, Donnie – diz para si mesmo. Está esperando informações sobre um roubo e talvez um lugar para ele na equipe.

VOCÊ TEM MENOS DE VINTE MINUTOS RESTANTES NO SEU PLANO. FAÇA LOGIN NA SUA CONTA.

Ele solta um palavrão. É só uma mensagem de spam. Cai de costas no colchão de casal velho e desconfortável que veio com o apartamento. Está no chão. Ele olha ao redor. Não há muito que indique que ele mora ali, uma foto antiga dele e com a mãe tirada na praia está colada na parede. Ele não se lembra do dia, mas parece feliz. Há um caixote de leite virado que serve de mesa lateral e uma mini geladeira que ele roubou há alguns dias e que sabe que tem apenas um bagel que sobrou e meia garrafa de suco de laranja.

– Que bosta! – grita para o teto. Marko costumava ser um dos caras que todos queriam em seu time, e agora ele tem dificuldade em receber um retorno sobre um simples trabalho em banco. – Não faz o menor sentido. Sou o cara perfeito para se ter por perto! Posso entrar em qualquer lugar difícil. E pode ser que eu tenha perdido a calma algumas vezes, mas quem nunca perdeu? – Ele se vira de lado e encara a parede de tijolos a cerca de trinta centímetros. – E pode ser que eu tenha sido pego, mas foi preciso o *inseto* para me derrubar. – Ele sibila isso entre os dentes, como se a frase em si o irritasse.

Ele dá um soco no colchão e depois se deita pesadamente. Pega o celular de novo no momento em que uma batida forte ecoa na porta.

– EI, VOCÊ, SR. ARCHER!

Flint abre a porta. Seu vizinho está na sua frente, cabelos brancos nublam sua cabeça. Ele está com a testa franzida e tem um saco de lixo na mão que sacode na direção de Flint. Parece verde na penumbra do corredor, e uma sombra de reconhecimento ilumina o rosto de Flint quando se lembra de um antigo companheiro de batalha. Então o homem começa a falar e a ilusão se dissipa.

– Senhor Archer, esta é a quarta vez que digo: você não pode deixar seu lixo no corredor! As latas de lixo ficam *lá fora.*

Flint o encara com um olhar feio.

– Então você pode levar isso *lá fora para mim,* homenzinho – responde, com os dentes cerrados. O queixo do vizinho cai e ele começa balbuciar sons. Antes que ele possa formar qualquer palavra, Flint bate a porta na cara dele, voltando para sua cama triste.

A voz do vizinho atravessa a porta de qualquer forma, quando ele finalmente encontra as palavras.

– Você vai dar o fora daqui, Archer! Espere só para ver!

– Tente! – Marko fala de volta, rindo sem humor. – Tente – repete em um tom mais baixo, e parece mais cansado do que com raiva.

O celular toca de novo quando ele cai mais uma vez na cama. Ele o pega. *Se for outro spam ou mensagem automática, vou esmagar esta coisa irritante.* Olha para o aparelho e fica surpreso ao ver que não está mostrando nenhum número, apenas dez dígitos de vazios no topo. *O que...?*

OLÁ MARKO FLINT OLÁ MARKO VOCÊ QUER DINHEIRO QUE SEU BANCO DÊ PARA VOCÊ, PODEMOS FAZER ISSO ACONTECER

PODEMOS RESOLVER SEU PROBLEMA

PODEMOS FAZER BEM

DINHEIRO PARA VOCÊ FAZER UMA COISA ÍNFIMA PARA NÓS PRECISAMOS DE UMA COISA

UM TRABALHO

FLINT MARKO

HOMEM AREIA PRECISAMOS DO HOMEM AREIA

CONSIGA ARCO A LÂMPADA DE ARCO CONSIGA ARCO VOLTAR PARA CASA VOLTAR PARA CASA ARCO 2275 AVENIDA OCEANIC

Marko para de ler e desliga o celular. Seus olhos estão vidrados e seu sorriso é instável. Ele se sente... furioso; está tremendo de raiva e expectativa.

Um trabalho, ele pensa, *posso fazer um trabalho.*

– SR. ARCHER! – o vizinho grita novamente do corredor.

Um trabalho, pensa Marko, *logo depois dessa. Coisa. Rápida.*

Seus punhos se transformam em enormes montes de areia e vai em direção à porta.

CAPÍTULO NOVE

– Ei, tia May! – Peter tira os sapatos e entra na sala, mas não há ninguém. Está um pouco atrasado, tendo perdido o ônibus para casa graças ao que considera uma série de eventos extremamente injustos; ele cerra os dentes e espera que não haja nenhuma filmagem de câmera de segurança do Homem-Aranha se esgueirando para fora de um vestiário feminino em construção pelas aberturas de ventilação da escola. Seria muito mais rápido voltar para casa se balançando do que esperar o ônibus atrasado.

– Aqui em cima!

Ele segue a voz da tia May até as escadas, ela está no topo do patamar. Está segurando o celular, entusiasmada.

– Estou vendo um crédito seu na página inicial do *Clarim*? – pergunta ela, animada.

– Ahh. – Tia May ficou feliz pelo estágio dele no *Clarim* naquela manhã, quando Peter saiu correndo porta afora, mas ele tinha se esquecido de contar a ela sobre a foto do Homem-Aranha, sem saber como lidar com isso.

– Sim. – Ele esfrega a nuca quando finalmente chega ao último degrau.

– Isso é tão emocionante, Peter! Como conseguiu essa foto? Parece que é do ângulo perfeito e tudo mais. Meu sobrinho, tão impressionante. – Ela sorri.

Peter desconversa:

– Lugar certo, hora certa, tia May. Ele passou por mim ontem no meu caminho para casa! *De qualquer forma...* – Ele passa por ela a caminho de seu quarto, a mochila se prende desajeitadamente na parede e entorta um porta-retratos conforme ele passa. – Tenho que me trocar! Vou me encontrar com a MJ na casa dela em meia hora para sairmos.

– É mesmo? – pergunta ela, e Peter pode ouvi-la endireitando a foto atrás dele. – MJ? – continua ela, seu tom cheio de indiferença claramente fingida.

Peter se vira para protestar.

– Não é...

Mas ele para ao ver o olhar astuto da tia May. Ela bate no queixo e balança a cabeça, olhando para longe, como se estivesse apenas expressando seus pensamentos com inocência.

– MJ é uma boa garota, Peter. E você é um jovem excelente, pelo qual acho que posso receber *algum* crédito...

– Estamos *só passando* um tempo juntos, tia May. Por favor, não comece a fazer planos grandes e constrangedores – diz Peter, com a imaginação correndo solta com visões de tia May enviando convites ou ligando para a mãe ou a tia de MJ para "discutir" os dois. *Ah, cara, não, valeu. Sério, eu rastejaria para dentro da terra e nunca mais voltaria.*

– Se você está dizendo – responde ela, insinuando que, na verdade, não se trata do que ele diz, mas do que ela pensa que sabe. Peter desiste, balançando a cabeça. *Há coisas piores do que ter uma tia que só quer que você seja feliz com a garota linda da casa ao lado*, percebe. Ele dá um sorriso um tanto aflito para tia May e entra no quarto. – Divirta-se! – diz ela atrás dele.

– Aham, pode deixar, tia May, estou saindo agora! – responde ele e fecha a porta do quarto. Ele deixa cair a mochila no chão, liga o laptop e abre o armário. Não tem certeza do que deve vestir. Não é como se ele e MJ nunca tivessem saído antes, mas algo sobre essa vez parece diferente. Ele vasculha as roupas, separando camisetas e camisas de botão, tentando não deixar seu cérebro fazer suposições. Ninguém chamou isso de encontro. *Aff, Tia May, por que colocou essa ideia na minha cabeça? Não é um encontro. São só dois amigos saindo. Ninguém falou em encontro.*

Mas seria legal se fosse um encontro, uma parte dele admite, enquanto ele continua tentando encontrar algo apresentável. Por um breve momento, ele se esquece de ficar ansioso sobre o que o encontro significa enquanto lamenta o que está percebendo ser um guarda-roupa completamente desastroso. *Não tem* nada *aqui.* Ele se joga de volta na cama e apoia um braço sobre os olhos. *Talvez eu só precise de um minuto... Ainda tenho mais meia hora até me encontrar com a MJ.*

Seu computador emite um bip alto e Peter se levanta para fazer login. Decide fazer uma pequena pesquisa primeiro, esperando que depois esteja pronto para decidir o que vai vestir para esse não encontro.

– Parece um ótimo plano, Pete. – *E agora estou falando sozinho.* Ele abre um navegador e procura um mapa de Washington Heights, em Upper Manhattan; rola a tela até encontrar os Claustros: um antigo museu medieval que faz parte do Met. Ele esteve algumas vezes na parte principal do museu, graças a excursões escolares e às visitas ocasionais de fim de semana com seus tios quando era mais novo, mas nunca nos

Claustros. Sem saber por onde começar, ele arrasta o pequeno ícone de bonequinho na parte inferior da tela para uma rua aleatória para ver como é a área. O brilho de sua tela diminui à medida que ela passa do mapa ilustrado para uma visão de satélite do concreto e da vegetação da cidade.

Peter morde o lábio, movendo o cursor de um lado para outro, tentando encontrar algo significativo. Pelo que pode ver, são na sua maioria apartamentos, mas andando um pouco, mais para Noroeste e mais próximo do rio, encontra algumas casas de aparência cara que parecem um ponto de partida promissor. Ele marca a rua transversal em seu celular antes de olhar para a tela novamente. Clica em uma nova aba e digita a rua transversal na barra de pesquisa. Um milhão de resultados lhe dizem que, pelo preço baixíssimo de dez dólares e noventa e nove centavos, ele pode descobrir quem mora nessas casas.

Caramba.

Outro link diz: *Proteja suas informações – contrate-nos para apagar sua presença on-line todinha!* e ele fecha a tela do laptop. *Já chega. A internet é aterrorizante,* ele decide.

Peter olha para o celular de novo. Mais quinze minutos antes do encontro com MJ. *Aff, o que eu vou vestir?!*

Por fim, Peter decide algo chamado "casual descontraído" que pesquisou on-line. Está usando uma calça jeans limpa e um moletom escuro com capuz com a palavra Mitocondrial bordada na frente. Tia May não fala nada constrangedor quando ele se despede dela, mas seu alívio dura pouco quando ela estende a mão para alisar a lateral do seu cabelo antes de acenar e dizer para ele estar de volta em casa às dez. Quando ele sai, esfregando o cabelo para não ficar tão liso, vê que MJ já está sentada na varanda. O Sol está se pondo, e a silhueta de MJ está recorta contra ele, sendo assim, Peter não consegue ver o rosto dela, apenas sua forma sentada no velho balanço na beira da varanda da casa de sua família.

Mas ela deve conseguir vê-lo, porque a sombra escura de seu braço se ergue em um aceno. Ele acena de volta e cruza a curta distância, seu sorriso cresce à medida que ele se aproxima.

Quando ele chega perto o bastante, pode ver que os lábios dela estão bem abertos em um sorriso, e ela está dando tapinhas no assento ao seu lado.

– Oi, Peter.

– Oi, MJ.

Ele sobe os dois degraus curtos e se acomoda com cuidado no balanço ao lado dela. Os dois ficam em silêncio por um momento, e Peter está lutando para encontrar *algo* para dizer. *Ah, não, fiquei quieto por tempo demais e agora está esquisito e se... Nesse momento, MJ começa a falar e Peter solta um suspiro de alívio.*

– Então, já sabe sobre o que vai escrever para a aula de Inglês? Com certeza vou escrever algo sobre como o livro fala de clima e distopia e conectá-lo a, você sabe... – MJ acena com a mão na direção do mundo como um todo, e Peter pode ver as pulseiras trançadas que ela usa no pulso aparecendo sob a manga do cardigã largo que ela usa por cima de um short e uma regata.

Ele assente em resposta.

– Faz sentido. Ainda não sei sobre o que escrever, ainda tenho mais setenta páginas para ler, pelo menos – comenta ele, abaixando a cabeça, envergonhado.

– Claro que tem – comenta ela com um sorriso malicioso.

Seus batimentos cardíacos aceleram e ele pigarreia.

– Mas, é isso, e aí... o que está acontecendo entre você e a Maia?

MJ se inclina contra o balanço e empurra com as pernas para que haja um leve movimento para frente e para trás. Ela tira a franja do rosto e leva um segundo, organizando os pensamentos.

– Então, eu estava conversando com a Liz outro dia... – E ela conta a ele sobre ter encontrado o feed do Instagram de Maia e se sentido estranhamente irritada e crítica. – Liz tinha razão por me repreender.

Peter fica um pouco surpreso, porque isso de fato não parece a MJ que ele conhece. Ele tamborila os dedos nos joelhos e reflete sobre o que ela lhe contou antes de falar qualquer coisa.

– Posso ver o e-mail que a Maia enviou? Acho que não li.

– Ela respondeu para todos, acho? Mas o meu celular está lá em cima.

– Ah, então eu devo ter recebido, vou dar uma olhada. – Peter tira o celular do bolso e toca na tela, estremecendo com o estalo que fica evidente quando o celular acende. Ele o vira um pouco para que fique fora de vista para MJ e abre seu aplicativo de e-mail. Ele rola a tela por um segundo, seu dedo se move para cima em um leve S em vez de uma linha reta para evitar a borda irregular da rachadura. Demora alguns segundos, mas enfim encontra o e-mail em questão.

> **é uma boa ideia, mj, mas parece que pode ser um tópico grande demais para fazer JUNTO com nossa ideia de organização. mas estou aberta a tudo o que o grupo quiser –**
> **maia**

– É uma... mensagem bem inócua – diz Peter, hesitante.

– Pois é! É isso que é estranho! Voltei e reli depois da conversa com a Liz e não consegui nem entender por que fiquei tão brava com isso. É uma maneira perfeitamente agradável de discordar? Sei lá, quem sabe não foi algo que eu comi? – brinca ela, hesitante.

Ele não ri, porque não é esse tipo de piada. Em vez disso, inclina a cabeça para o lado, observando a postura curvada e o modo como ela esconde o rosto atrás das mãos.

– Eu conheço você, MJ, e sei que é uma pessoa gentil, então você é capaz de desvendar isso. – Ele faz uma pausa e bate o dedo no queixo, considerando seu conselho antes de continuar: – Talvez você seja apenas mais cuidadosa sobre como vai reagir nas próximas semanas.

Ela desvia o olhar, pensativa, antes de ele a ver sacodir a cabeça como se estivesse literalmente tentando limpar o cérebro.

– De qualquer forma! – declara ela, mudando de assunto. – Me conta sobre esse negócio com o *Clarim*! Acho que se estão usando seu material nos feeds sociais, você não precisa mais que eu te ensine, não é?

Peter não tem certeza se ajudou MJ a esclarecer alguma coisa, mas parece que ela não quer mais falar sobre o assunto, então, ele não pressiona.

– Não, ainda preciso! – responde ele, rápido demais, e ela o encara com os olhos arregalados. *Droga, eu sou um nerd, e ela vai descobrir que ela é legal demais para mim.* Ele se apressa para continuar falando. – Bem, então, eu fui lá com Randy depois da escola e de alguma forma consegui o emprego. Mas foi legal. Pude ver muitos deles em ação; a melhor parte foi ver o J. Jonah Jameson gritando com as pessoas ao telefone, para ser honesto. – Ele ri. – Pouco antes de ele ir embora, ele surtou tentando enviar alguém ao MIMO para saber o que estava acontecendo por lá... – Ele se interrompe, lembrando que MJ esteve lá naquele dia. Ele se vira para encará-la, se inclinando um pouco e esperando que sua ansiedade não seja completamente óbvia. – Ah, espera, você estava no museu no dia do primeiro roubo, não estava?

Ela balança a cabeça antes de explicar:

– Mas eu só fiquei lá por um segundo para usar o banheiro e pode ser que para roubar o Wi-Fi deles, porque estava tentando baixar um episódio de alguma coisa antes de entrar no trem. Em todos os outros lugares dessa área você tem que comprar algo para usar o Wi-Fi. – MJ franze o rosto com irritação. – Wi-Fi deveria ser um direito público.

– Com certeza – concorda Peter, mas sua perna está saltando, manifestando sua expectativa, e ele a incentiva a continuar. – Mas então você não viu nada?

– Nada mesmo, ouvi alguém falando sobre como os frequentadores estavam sendo mal-educados naquele dia... Ah! Na verdade, um dos funcionários estava levando um esporro por ter ligado sem querer algum novo item de exposição que ninguém deveria tocar. Acho que dois dos funcionários brigaram. – Ela faz uma pausa e depois dá de ombros. – Acho que isso não é tão interessante.

– É interessante! – protesta Peter. *Mas agora eu tenho até mais perguntas. Alex, a pessoa que trabalhava no museu,, disse que alguém ligou a máquina, mas no mesmo dia em que o Homem-Areia e a Besouro estiveram lá?* Antes que ele pudesse prosseguir com essa linha de raciocínio, MJ volta a falar.

– Obrigada, Peter – diz ela, inexpressiva. Ela está olhando para ele com os lábios um pouco curvados. – Mas você sabe que seria uma história muito melhor se eu tivesse visto, sei lá, um supervilão ou algo do tipo. Em vez disso, eu só, tipo, sim, usei o banheiro, baixei algo e depois saí. Que história legal, hein?

Ela ri de novo, e é contagiante. Uma gargalhada começa na barriga de Peter e sai de sua boca. A mão dela cai e ele pode sentir o dedo mínimo dela roçar o seu. Ele não afasta a mão e percebe que ela também não.

Horas depois, enquanto ele balança pelas ruas da cidade, o rosto do Aranha está quente, e ele ainda se agarra à sensação do dedinho de Mary Jane Watson bem ao lado do seu. Eles ficaram juntos até às 21h59, quando ele sabia que precisava entrar ou, por mais que tia May obviamente tivesse uma ideia sobre o que esperava dele, ele ainda enfrentaria a ira dela por entrar depois do horário. Mais tarde, passando pelas luzes brilhantes do cruzamento da 58th Street com a Nona Avenida às onze e meia da noite, a ironia não lhe passou despercebida.

Ele *lança* uma teia, fixando-a em uma varanda gradeada bem acima, e avança quase meio quarteirão. É uma longa, longa viagem até o Claustro. O Homem-Aranha relembra o que MJ lhe contou sobre seu humor. Não consegue imaginar MJ sendo tão mal-educada. Essa é mais uma pessoa que ele conhece que tem agido de forma estranha nos últimos dias. Há algo acontecendo... mas... *Aff!*

Ele não consegue definir o que é. Há todas essas coisas diferentes acontecendo, e seu instinto lhe diz que elas estão relacionadas, mas ele não consegue descobrir como. Não há como ser coincidência que Flint Marko e a Besouro estivessem no museu bem no dia em que aquele estranho roubo fantasma ocorreu. E que a Besouro o atacou depois que ele foi verificar novamente. O Aranha não gosta de acreditar em coincidências, porque isso em geral acaba em alguém levando a melhor sobre ele. Sua próxima teia se prende na parte inferior de um letreiro de neon e ele navega pela 78th Street. Seu ombro se alonga de leve com o esforço e ele geme baixinho. Deveria ter pegado o metrô.

Muito, muito mais tarde, ele finalmente passa pelo parque Fort Tryon e pode ver a entrada dos Claustros do outro lado da rua. Estão escuros e vazios, dado o horário. O Aranha sobe no telhado de uma mercearia do outro lado da rua em frente ao parque e se empoleira lá, com os cotovelos apoiados nos joelhos. Seus olhos se estreitam e ele olha em volta antes de pegar o celular. Ainda está a alguns quarteirões do cruzamento que havia notado, então coloca o celular de volta e avança os últimos quarteirões, pousando em uma rua com várias casas grandes e imponentes.

O que fazer agora?

Ele olha de um lado para o outro da rua. Existem enormes portões de ferro na frente da maioria das casas que dão a volta para separá-las da calçada e umas das outras. Os postes iluminam pontos brilhantes abaixo deles, mas não muito mais. Randy disse apenas que seu pai estava perguntando sobre uma "mansão", lembra o Aranha. *Bem, essas casas parecem mansões comparadas ao meu bairro.*

Talvez eu possa tentar ativar meu sentido-aranha. Isso não é algo que ele tenha feito antes, mas imagina que, teoricamente, se passasse pelas casas, talvez funcionasse. *Talvez meu o sentido-aranha dispare se eu chegar perto da lâmpada.*

Ele dá um passo em direção à casa mais próxima, sabendo que é uma ideia fraca, mas agora que está ali, está perdido. Ele geme, percebendo quão ingênuo foi ao não perceber quantas pessoas ricas vivem ali. Havia pensado: *Mansão? Quantas mansões poderiam haver?*

Ele balança a cabeça e atira uma linha de teia em um poste de luz, se balançando ao redor e por cima para poder pousar nele. Salta para o próximo, esperando pelo sinal revelador de vibrações na base do crânio, mas, para sua decepção, nada acontece. Ele olha para a rua novamente. Parece muito mais longa desse ponto de vista do que parecia do solo. O Aranha solta um suspiro profundo e tensiona os joelhos.

Talvez seja próxima…

CAPÍTULO DEZ

O Homem-Areia bate com o punho na parede bem ao lado da cabeça de Donnie.

– Você disse que me colocaria em uma equipe, Donnie. O que aconteceu? – pergunta ele com uma voz zombeteiramente doce.

A areia escorre de seu punho até o espaço ao redor do pescoço de Donnie. Ele e Donnie estão em um beco escuro em algum lugar de Baixa Manhattan. Ele está com um antebraço no peito de Donnie, mantendo-o pressionado contra a parede. Os sons da cidade são altos – carros buzinando, pessoas conversando enquanto passam em frente à entrada do beco –, ninguém percebe o Homem-Areia e Donnie.

Donnie se contorce junto aos tijolos, as mãos sobem para arranhar a areia que se acumula em sua garganta.

– Marko, eu falei, cara, o trabalho já era! Mas você sabe que eu estou do seu lado. O que você precisar, cara, estou aqui. Estou pronto.

Um sorriso selvagem surge no rosto do Homem-Areia, e ele se inclina para trás, tirando o peso de Donnie, que cai no chão, respirando pesadamente de alívio.

– É bom ouvir isso, Donnie. Porque tenho uma coisa que precisa ser feita. Há um assalto, um trabalho grande.

A coluna de Donnie se desenrola quando ele se senta, o cabelo loiro grudado na testa pelo suor e a camisa amarrotada e suja no peito.

– Qual é a situação? – pergunta ele e tenta ser agir com indiferença, como se o suor escorrendo por sua testa e sua voz vacilante não fossem sinais claros de terror. O Homem-Areia fica satisfeito; há algo dentro dele que respeita Donnie pela farsa.

– Você vai saber o que eu achar que precisa saber, beleza? Preciso de três caras. Um motorista para a fuga, um musculoso e um sorrateiro.

– Quem é o cérebro? – Donnie pergunta, perplexo.

O Homem-Areia sabe que essa é uma pergunta justa. Historicamente, quando há músculos envolvidos em um trabalho, é ele.

Não dessa vez.

– Eu. – Ele se inclina sobre Donnie, sabendo que isso intimidará o homenzinho e se sente bem com isso.

– Está bem, está bem, como você diz, Marko. Vou começar a perguntar por aí, tá bom? – Donnie desliza para a direita para escapar do olhar do Homem-Areia e acena uma vez antes de fugir. A expressão do Homem-Areia se transforma em algo parecido com um sorriso mais uma vez, mas há algo estranho nele. Ele joga os ombros para trás e avança, cada passo seguro. O caminhar poderoso. Ele se move como um homem no comando.

Desde que seu misterioso benfeitor entrou em contato, as coisas mudaram para Flint Marko. Há uma raiva instalada dentro dele, alimentando cada movimento seu. Ela o torna mais forte, de alguma forma. Em troca, ele só tem que roubar uma lâmpada velha. Mole-mole. Ele se pergunta se deveria suspeitar, mas raciocina que nada que o faça se sentir assim pode estar errado. Ele se lembra da conversa que teve com Jonny Two Rocks, um chefe secundário da família criminosa Maggia, mais cedo naquele dia. O Homem-Areia tinha feito um ou dois trabalhos para ele, então recorreu a Jonny para obter o que as pessoas do seu ramo costumavam chamar de financiamento.

O Homem-Areia chegou com tudo à casa de Two Rocks, atacando com um jato de areia os dois enormes seguranças que estavam na entrada antes que eles tivessem a chance de piscar. Estava sentado diante de Two Rocks em menos de noventa segundos. Two Rocks o encarou com ar avaliador – o cabelo branco penteado para longe da testa, e as bochechas manchadas, magras e côncavas sobre o queixo.

– E aí, Two Rocks – disse o Homem-Areia, tirando um pedaço de pão quente da cesta no centro da mesa. O chefe da Maggia se manteve calado, enquanto o Homem-Areia pegava uma faca de carne e aos poucos passava manteiga no pão, tomando cuidado para cobrir cada centímetro, antes de enfiar tudo na boca e mastigar alto. Ele engoliu em seco e apontou para Two Rocks. –Você e eu, Rocks, temos... uma oportunidade.

Two Rocks lançou um olhar firme para o Homem-Areia. Ele estava totalmente impassível. O Homem-Areia sabia que antes teria ido embora gaguejando, mas agora apenas esperava até que Two Rocks fizesse a pergunta.

– Temos, Marko?

– Temos. Tenho um trabalho grande, mas preciso de algum financiamento. Você me ajuda, e eu garanto que será bem recompensado.

As estranhas mensagens não lhe prometiam exatamente isso, mas o Homem-Areia sabia que, caso seu benfeitor conseguisse encher seus bolsos após esse trabalho, ele poderia fazer o que quisesse depois.

Até mesmo dar um calote na família Maggia.

Two Rocks se recostou na cadeira e juntou os dedos sob o queixo. Esperou um instante, depois dois.

– Gosto desse seu lado, Marko. Você nunca demonstrou esse nível de iniciativa. Pensei que você fosse só um capanga de aluguel. Muito bem – concordou ele. – Vamos fazer negócios.

Two Rocks forneceu *capital* para o Homem-Areia. Agora ele só precisava de uma equipe.

O Homem-Areia sai do beco e entra nas ruas movimentadas de Nova York. Ele inspira fundo o ar da cidade. A noite está cheia de possibilidades, todas à disposição do Homem-Areia.

Peter chega para seu primeiro turno de fim de semana no *Clarim Diário.* Ele esfrega os olhos e tenta lutar contra o cansaço. Está cansado demais para dar ao momento a emoção que merece. Ele passou as últimas três noites andando pelas ruas ao redor dos Claustros, indo e voltando, de um lado para outro, tentando descobrir onde a lâmpada está escondida, mas ainda não tem nenhuma pista. *Nenhuma!,* pensa com frustração.

A internet também não tem ajudado em nada. Ele tentou pesquisar tudo o que pôde sobre a Fazendas Arlo 1899 mais uma vez, mas sem sucesso. Cansado, ele mostra seu cartão de identificação para os seguranças na recepção. São os mesmos dois que ele e Randy viram alguns dias antes.

– Ei, amigo do Randy! O que foi, garoto?

– Oi, hã, comecei a trabalhar no *Clarim* – explica Peter. – Prazer em ver você de novo – Ele para, incapaz de lembrar o nome do cara.

– Tommy – diz o grandalhão, apontando para si mesmo. – E esse é Rodrigo. – Ele aponta para o colega de mesa, que acena.

– Oi – Rodrigo diz sem tirar os olhos do vídeo de segurança à sua frente.

– Prazer em conhecer vocês dois. Eu sou o Peter. Sou estagiário júnior no *Clarim*. – Ele não consegue evitar a nota de orgulho que transparece em sua declaração. Ele balança nos calcanhares, antes de parar abruptamente e se endireitar, tentando parecer profissional.

– Trabalhando para o Jameson? – pergunta Rodrigo, finalmente olhando para Peter e o observando de cima a baixo. – Boa sorte, garoto.

Tommy faz uma careta, mas assente.

– Sim, muito bom, garoto, mas como Rod disse, boa sorte! Basta tocar com seu crachá na parte preta do sensor para abrir o portão. Depois vá até o décimo sétimo andar. – Ele aponta para os portões entre Peter e o elevador. Peter se sente um pouco menos preparado para o primeiro dia após essa conversa, mas endireita os ombros e acena com a cabeça.

– Obrigado, rapazes. Vejo vocês na saída, imagino.

Ele bate o cartão no sensor preto e plano e se dirige para dentro do prédio. Quinze minutos depois, está sentado à sua mesa atrás de Kayla, que está digitando no computador. Ela deu a ele algumas fotos antigas para arquivar em pastas de arquivo de verdade e que ele terá que levar para a sala de arquivos mais tarde.

– Ah, Peter. – Kayla se vira na cadeira e entrega a ele algumas folhas grampeadas. Não são muitas. – Imprimi nossas diretrizes sociais para você; você está indo muito bem! Mas só para você saber que tipo de *copy* o Jonah espera.

A expressão dela se contorce de leve enquanto ela fala isso, e Peter suspira. Ele consegue dizer o que está por vir. Pega as páginas dela e passa para uma no meio. Há uma foto do Homem-Aranha sentado na lateral de um prédio. Peter se pergunta de quando é, ele não se lembra dessa foto ter saído no jornal. Abaixo da imagem há uma lista de indicações, e a de cima diz: MANTER O TOM SOBRE O HOMEM-ARANHA.

– Mostrando o caminho das pedras para o novato? – A voz de um homem ecoa pela lateral do cubículo atrás de Peter, e ele ergue o olhar e vê o mesmo repórter que viu no MIMO. Alto, com cabelo loiro bem penteado e parado do outro lado do cubículo de Kayla. Peter pode ver um pedaço de uma camisa xadrez com gola engomada e gravata vermelha. – Sou o Ned Leeds, repórter intrépido, a seu dispor.

Ele é um pouco exagerado, mas Peter acena mesmo assim.

– Este é o Peter – apresenta Kayla. – Ele é o nosso novo estagiário júnior de fotografia. Está ajudando com as coisas de mídia social. Sabe como é, já que Jameson se recusa a contratar uma pessoa em tempo integral para fazer isso. – Ela faz uma pausa e olha para Peter, se desculpando. – Sem ofensa.

– Tudo bem – responde ele, com um aceno. Ele olha de volta para o papel em suas mãos. – Mas... – Peter hesita, sem saber se deveria perguntar o que está pensando. *O que diabos "manter o tom" significa?*

– Sim? – Ela espera que ele continue. Ele olha para Ned e depois para Kayla e se prepara. *Eu sou um profissional,* lembra. *Posso fazer perguntas.*

– O que significa "manter o tom sobre o Homem-Aranha"? Fiquei surpreso ao ler a legenda outro dia porque, bem, não foi isso que aconteceu.

Kayla e Ned trocam um olhar. Ela cerra os dentes e encolhe os ombros antes de gesticular para Ned. Peter não tem certeza do que aconteceu, mas é Ned quem responde.

– Bem – começa Ned –, o chefe do jornal é o J. Jonah Jameson, que... tem uma opinião muito forte sobre que tipo de pessoa o Homem-Aranha é...

– Mas é uma opinião errada! Eu... bem o Homem-Aranha? Não há espaço para a verdade? – interrompe Peter, com a testa franzida em confusão. Ele está recostado na cadeira do escritório e encarando Ned, que tem simpatia estampada em suas feições.

– Eu gosto dele também! – afirma Kayla.

– Mas... – interpõe Ned, dando a Kayla outro olhar que Peter não consegue decifrar, e ela franze a testa. – Este jornal pertence ao JJJ. Ele decide como será a nossa cobertura. E eu não sei vocês, mas não vale a pena perder meu emprego por causa de um cara em um uniforme de elastano.

Peter o encara irritado e decide que ele e Ned Leeds provavelmente não serão amigos. Kayla já está pegando os papéis de Peter, mas ela olha de soslaio para Ned enquanto faz isso.

– Tem razão, Peter. O Aranha é *incrível,* e é meio que inacreditável que a vendeta de um homem possa moldar a perspectiva de um jornal inteiro. Achei que a imprensa deveria ser livre e independente, Ned. – O tom dela é leve, mas há tensão no ar, e Peter tem a sensação de que talvez Kayla e Ned já tenham tido essa conversa antes.

– LEEDS! – J. Jonah Jameson invade a área. Peter se pergunta se ele sabe como entrar em silêncio em uma sala. – Ah, você está aqui. – J. Jonah Jameson parece ser o tipo de pessoa com duas configurações: furioso e enfurecido. Peter nunca conheceu um cara assim antes na vida. *O que leva à pergunta: por que ele odeia tanto o Homem-Aranha?*

Jameson volta seu olhar azul para Peter, como se pudesse ouvir o que ele está pensando. Peter empurra a cadeira da escrivaninha para dentro do pequeno cubículo.

– Patrick!

– Peter – corrige Kayla, com a expressão séria.

– Peter! Certo. – Jameson não hesita, apesar da correção. – Ótimo trabalho nas fotos daquela aberração-aranha. Deixou nossos leitores muito entusiasmados. Não significa que vou dar um aumento para você, então *não* peça um. Nem olhe para mim. Na verdade, volte ao trabalho. Leeds! – grita novamente. – Venha comigo!

– Sim, chefe. – Ned lança um sorriso descontraído para Kayla e Peter e sai atrás de Jameson, que está caminhando em direção aos elevadores como um touro em uma missão.

– Talvez eu possa usar memes. Sinto que o senhor Jameson pode não entender os memes – sugere Peter para Kayla, e ela apenas ri.

– Agora você está pegando o jeito.

– *Por favor,* não fiquem chateados, por favor, não fiquem chateados, por favor, não fiquem chateados. – Peter está repetindo as palavras para si mesmo sem parar, esperando que elas entrem por magia no cérebro de seus companheiros quando finalmente chegar à biblioteca de Forest Hills. Ele saiu do *Clarim* na hora certa, mas o trem em que estava parou embaixo do rio. Pela primeira vez, não foi uma emergência do Aranha que arruinou seu dia. Não havia vilões para culpar, apenas infraestruturas defeituosas.

Correndo ao dobrar a esquina, ele sobe as escadas quando chega à entrada da biblioteca. Ele usa um pouco de força demais na porta, e ela bate contra a parede, fazendo um barulhão. A bibliotecária que está colocando livros em um carrinho ao lado da recepção lhe lança um olhar ofendido.

Desculpe, ele murmura para ela antes de caminhar o mais rápido que pode em direção à área onde o grupo combinou de se encontrar. Ele vê a nuca de MJ e Randy de perfil. Maia está de frente para ele e parece entediada como sempre. Randy deve tê-lo visto de canto de olho, porque levanta a mão em cumprimento antes que Peter possa dizer qualquer coisa.

– Pete, oi, cara! – Randy parece estranhamente aliviado.

MJ se vira e lhe dá um sorriso tenso; Maia acena para ele.

– Desculpa pelo atraso! Problemas no trem... – explica Peter, enquanto se senta no assento vago da mesa quadrada em frente a Randy e tira o caderno da mochila. Maia está com o tablet em cima da mesa e a tela está escura.

– Sim, imaginamos mesmo que você ficou preso. – Randy acena para ele. – Sem problema.

– Na verdade, mal começamos – acrescenta MJ, mas ela está olhando para o celular. A energia está tensa e fica claro que algo aconteceu antes de Peter chegar. – Então, de qualquer maneira – continua MJ. – Como eu estava *dizendo...*

– *Palestrando* – Maia murmura, baixinho. Peter se encolhe e tenta trocar um olhar com MJ, mas é como se ela estivesse evitando de propósito o olhar dele. Em vez de encará-lo, ela estreita os olhos para Maia.

– Vamos fazer sobre mudanças climáticas e tecnologia – afirma MJ, um pouco alto demais. Alguém pigarreia numa mesa perto deles, mas ela não percebe ou não se importa. – Porque *faz mais sentido.* – Peter olha para ela com atenção, surpreso com a animosidade em seu tom. Ele se lembra da conversa e se pergunta se ela percebe como está falando.

– É uma boa ideia! – Randy diz. – Então, vamos elaborar uma tese.

Maia dá de ombros, traçando oitos na madeira da mesa com a unha.

– Talvez energia renovável? – sugere ela.

MJ revira os olhos e zomba. Peter passa a mão pelos cabelos, frustrado com uma cena que não entende.

– Não é uma escolha ruim, MJ – tenta dizer. Mas Maia já começou a falar.

– Sabe, MJ – diz ela, franzindo a testa –, as pessoas disseram que você era muito gentil e acolhedora, mas você realmente me parece mais uma valentona. – Ela está encarando MJ com algo parecido com pena, e Peter fica consternado ao perceber que, se ele não *conhecesse* MJ, concordaria com Maia com base naquele dia.

O rosto de MJ fica vermelho e abaixa o queixo para que seu olhar fique sombreado. Ela pega o caderno e a bolsa e se levanta.

– Está bem – diz. – Energia renovável, que seja. É básico, mas é claro que podemos fazer o que você quiser. Já que ficou óbvio que a minha opinião não importa, eu vou para casa. E, Peter – ela se vira para ele –, se quiser ter uma opinião, talvez devesse se importar o suficiente para chegar *na hora certa*. – Ela cospe o resto da frase antes de se virar e deixar os três se entreolharem, com expressões chocadas em seus rostos.

Peter sente que deveria dizer algo, mas não tem certeza do quê. Ele fica boquiaberto e busca palavras.

– MJ não é… não costuma ser… – Ele hesita, o final da frase paira no ar.

– Assim – completa Randy, ainda olhando para a entrada da biblioteca, como se MJ fosse se virar e voltar.

Maia dá de ombros.

– Não sei não, ela não tem sido muito legal comigo.

Ela abre o caderno e coloca uma caneta na página.

– Podemos muito bem trabalhar nisso. Não quero desperdiçar meu domingo inteiro só porque ela está de mau humor.

Randy concorda.

– Ela tem razão... eu conheço a MJ, e ela vai estar de volta em alguns minutos se desculpando, é o meu palpite.

– Tanto faz – diz Maia, abrindo um navegador em seu tablet. – Vamos começar.

Peter olha novamente para a entrada da biblioteca, dividido entre ficar para ajudar no projeto e ir atrás de MJ. Do ponto de vista dele, não parecia mesmo que ela queria estar perto de alguém. *Se eu estivesse com esse tipo de humor, com certeza preferiria ficar sozinho.* Ele ouve as unhas de Maia *batendo* na tela do tablet e decide. Vai enviar uma mensagem, é isso que vai fazer. Ele pega o celular, digita uma mensagem e clica em enviar, depois volta sua atenção para o grupo.

– Está bem, então... que parte da energia renovável? Etanol geotérmico, hidro, celulósico?

Maia e Randy olham para ele de queixo caído.

– O que foi? – pergunta ele, sorrindo. – Eu leio!

CAPÍTULO ONZE

MJ irrompe pelas portas da biblioteca e o ar fresco lá fora é agradável em seu rosto. Ela está com tanta raiva. *Energia renovável é um assunto tão básico; deveríamos estar fazendo algo visionário.* Ela desce as escadas com passos pesados, se joga em um banco do lado de fora e fica sentada, fervendo de raiva. Ela sabe que a maioria das pessoas mal compreende como funciona a energia renovável, que as pessoas *mal* compreendem as alterações climáticas. MJ suspira. Seu coração se acalmou e ela consegue pensar com mais clareza. *Talvez energia renovável não seja uma ideia tão ruim assim.*

Ela olha para as mãos fechadas em punho no colo e as relaxa intencionalmente.

Em seguida, faz uma careta, confusa e frustrada com a própria reação.

Não tem medo de ficar brava ou mesmo furiosa. Aprendeu que a raiva pode ser útil. Mas sabe que ficar com raiva e usar essa raiva não é o mesmo que ser mal-educada com alguém sem motivo. Maia discordou dela, e MJ se lembra de estar sentada na biblioteca ficando cada vez mais exaltada. O celular de MJ vibra no bolso e ela o pega, vendo uma mensagem de Peter.

VC ESTÁ BEM? QUER CONVERSAR?

OU FICAR SOZINHA?

DE QUALQUER FORMA, TUDO BEM! SÓ ME AVISA

Ela deixa o celular de lado e se larga no banco, deslizando para frente, apoiando a cabeça no encosto. Conta as nuvens no céu por alguns instantes. Ela não deveria ter falado com Maia daquele jeito… ou com Peter. Simplesmente não conseguia se conter. Parecia tão certo no momento. Há um fio soltando da bainha do suéter, e ela o puxa, observando a linha se desenrolar lentamente. Ela se sente desequilibrada e não gosta disso.

O celular vibra de novo e ela olha para ele, perplexa. Duas horas atrás, estava de ótimo humor. Ela estava ansiosa pelo planejamento do projeto, porque isso significava que estaria trabalhando em coisas que são importantes para ela. E seu coração estava um pouquinho disparado por poder passar cerca de uma hora com Peter, por quem – ela está disposta a admitir – pode ter uma queda. Passou uma quantidade excessiva de tempo naquela manhã planejando sua roupa e cacheando o cabelo. Na noite passada, leu páginas e mais páginas sobre como os ativistas estavam usando a internet para se encontrar uns aos outros e trabalhar juntos para apoiar suas causas. Ela estava preparada para que fosse um bom dia. Então, durante o café da manhã, passou a maior parte do tempo mexendo no celular. Primeiro, tirou algumas selfies divertidas para enviar para Liz. Em seguida, postou sua ação do dia: links para organizações que lutam por salários iguais e algumas oportunidades de voluntariado. Um de seus tuítes voluntários para um banco de alimentos local viralizou no início daquela semana, e *todas as* vagas de voluntariado para os meses seguintes foram ocupadas. Parecia mesmo que ela estava ajudando a fazer a diferença além do próprio tempo, ajudando outras pessoas a usarem *o* tempo *delas*. Estava sentada à mesa do café da manhã, terminando seu cereal, mas sem sentir a habitual sensação de realização que sentia depois de colocar algo positivo no mundo. Na verdade, quanto mais navegava sem foco pelas linhas do tempo, mais raiva começava a penetrar em seu cérebro. *Essas pessoas não tinham coisas melhores para fazer?* Quando saiu para a biblioteca, ela estava de péssimo humor.

Foi exatamente como tinha descrito para Peter algumas noites antes.

Ela pega o celular e o desbloqueia. Está estranhamente quente em sua mão, mas ela imagina que seja apenas a bateria do modelo antigo. Os quadradinhos se acumulam na tela e ela mantém o dedo pressionado no vidro até as caixas começarem a tremer. Então ela começa a excluir os aplicativos de redes sociais um por um.

– Espero que funcione – diz em voz alta, como se para torná-lo realidade. Parte dela suspeita que essa seja apenas uma medida provisória. Mas é uma experiência que afeta o seu humor; ela *saberá* com certeza que algo ruim está acontecendo.

O Aranha está agachado em cima de um outdoor perto dos Claustros, na zona oeste de Manhattan. Tem examinado a área por várias noites seguidas, na esperança de encontrar qualquer pista de algum velho rico que esteja escondendo o artefato alienígena. Infelizmente, ainda está se sentindo mal por causa da briga daquela tarde. MJ respondeu à sua mensagem com um joinha e uma mensagem que dizia: "*Sinto muito por ter sido uma imbecil, vamos conversar mais tarde?*". Ele respondeu logo em seguida com "*Sim!*", mas não teve notícias dela o dia todo. Pensou em passar pela casa dela quando voltasse da biblioteca, mas se encolheu diante da ideia assim que lhe passou pela cabeça. Parecia muito estranho. *Quem simplesmente aparece na casa de outra pessoa?* Ele lembra que vão se encontrar para que MJ possa lhe dar algumas dicas de mídia social ainda nessa semana e respira mais aliviado. Como ela não cancelou, ele acha que ainda vão se encontrar. Outro dia, enquanto esperava o trem, ele criou uma conta HomemAranhaNY, um pouco irritado por não poder incluir um hífen no nome usuário.

Até agora, não postou nada, exceto uma selfie de uniforme no topo do Empire State Building. Nela, ele está fazendo o sinal de paz. *Consigo chegar ao* topo *do Empire State Building. É uma pequena ostentação, mas preciso postar,* foi todo o seu processo de raciocínio.

Para seu desgosto, ninguém dá atenção. Sua postagem teve três curtidas e um único retuíte. E a pessoa que retuitou apenas disse: *Uau, esse fundo verde parece falso pra caramba.* Seu único seguidor é xxxxxxxxxxx. Ele se lembra das informações de MJ sobre números e presume que seja um bot. *Como vou assumir o controle da minha própria imagem se não consigo nem fazer as pessoas me notarem? Que saco.* O *Clarim* tem cinquenta milhões de seguidores. Ele faz uma nota mental para perguntar a MJ como conseguir seguidores. *Contanto que ela não cancele.*

Antes que possa continuar pensando nisso, ele ouve o som de um alarme tocando alto em algum lugar a alguns quarteirões ao Sul. Ele pula do outdoor, lança uma teia e se impulsiona pela avenida. Há algumas pessoas nas ruas, apontando para ele enquanto passa, e ele tenta acenar e quase se solta.

– AH! – Ele se esforça, agarrando a linha da teia. – Eu pretendia fazer isso! – grita para a multidão, esperando que não percebam e que ninguém esteja com o celular na mão. Os alarmes estão cada vez mais próximos e mais altos; finalmente, ele pula por uma rua lateral e vê a origem.

Há uma pequena loja escura com uma janela quebrada a alguns degraus para baixo do chão. Sirenes soam em algum lugar a distância, mas ainda estão tão longe que o Aranha se sente à vontade em saltar para o chão para investigar. Parece um golpe que deu errado, exceto que é uma loja de ferragens, não uma joalheria. A placa acima da janela quebrada diz FERRAMENTAS WILLIAMS & FILHOS, em tinta branca com borda vermelha. *Quem quebra uma janela por alguns pregos extras?*, ele pensa. Só então, uma cabeça branca e careca aparece pela porta, e o Aranha vê um par de olhos se arregalar quando o notam parado na frente. A figura solta um grito rápido e corre de volta para a loja.

– Mas o que...?

O Aranha salta da escada, enfia a cabeça pela porta e grita:

– Olá? Você sabe que eu vi você, não sabe?

A loja é uma massa de prateleiras repletas de ferramentas e diversos itens. Algo grande e metálico chacoalha e depois cai pesadamente no chão com um clangor alto. Está escuro e o alarme reverbera pelas paredes e dentro da cabeça do Aranha. De repente, seu sentido-aranha enlouquece e ele se agacha e dá uma cambalhota para dentro da loja, no instante em que dois pregos se cravam na parede onde sua cabeça esteve um segundo antes.

– ÔH, ÔH, ÔH! – grita o Aranha. – A gente pode se entender, cara! Vamos conversar! – Ele se agacha próximo à parede e sobe devagar, tomando cuidado para não mexer em nenhum dos itens da prateleira ao seu lado. Pode ouvir algo deslizando nos fundos da loja. Ele pressiona os dedos das mãos e dos pés de leve ao longo da parede, subindo até chegar ao teto. Hesita por um momento e, então, um segundo estrondo o estimula a se mover para o teto, avançando devagar, observando o chão abaixo em busca de qualquer movimento. Ele avança um passo, depois dois, três, quatro, cinco, mas os ladrilhos verdes e brancos abaixo permanecem vazios.

Por fim, a cerca de quatro metros da entrada, ele vê uma figura agachada atrás de um grupo de rolos de pintura de cabo longo. Ele está espiando pelo canto, segurando uma pistola de pregos. O Homem-Aranha estende a mão e aponta seu lançador de teia para baixo, pressionando a palma da mão. Sua teia atinge a pistola de pregos e ele a arranca, atirando-a para o outro lado da loja.

– ACERTEI EM CHEIO! – o Aranha grita alegremente, antes de cair no chão bem na frente do ladrão.

Ele fica surpreso ao ver que é alguém que conhece.

– Corey?! – o Aranha pergunta, com as lentes arregaladas, enquanto o homem em questão dá um soco em sua direção. Ele se esquiva com facilidade. Corey é um criminoso de baixo escalão com quem o Aranha já lidou antes – geralmente ele apenas pega coisas de mercearias de esquina e foge, o Aranha costuma deixá-lo escapar com um aviso. Esse tipo de coisa é muita estranha para o ladrãozinho. O Aranha inclina a cabeça para a esquerda quando Corey atira uma caixa de lâmpadas nele. – Pensei que éramos amigos.

Da última vez que nos vimos, você me disse que gostou do meu uniforme e *tudo mais.*

O Aranha se abaixa, enquanto Corey tenta acertar outro soco.

– Tudo bem, já chega. – Ele se agacha e estica uma perna para fazê-lo tropeçar, e Corey cai de cara com força. – Cara, o que você está *fazendo*? – o Aranha pergunta, ainda agachado e apoiado na ponta dos pés perto da cabeça do homem. Há um brilho na parte de trás da cabeça careca e reluzente.

Corey apenas geme em resposta. As sirenes estão mais próximas agora, então o Aranha prende os pés de Corey no chão com teias e tenta novamente.

– O que está fazendo aqui? Esse não costuma ser o seu modo de agir... – Ele para e inclina a cabeça, observando a cena. Há algo quadrado saindo do bolso de trás de Corey. O Homem-Aranha se abaixa e puxa. – Ora, o que é isso? – Ele se levanta para ver melhor na luz fraca da loja.

A caixa diz ARROMBADOR 9000 – *trancado do lado de fora? Estamos aqui para ajudar!* A etiqueta de preço no adesivo diz *900* ao lado de um símbolo monetário que ele não reconhece. O Aranha quase deixa cair.

– Novecentos o quê? Dólares? Este deve ser o melhor arrombador de fechaduras do *planeta.* – Ele se agacha próximo à cabeça de Corey mais uma vez. – Agora, o que *você,* um criminoso comum, ia querer com algo de primeira como isto aqui?

Corey está resmungando algo em resposta, mas o Aranha não consegue entender. Ele se aproxima, mas volta a ficar de pé quando finalmente ouve o que Corey está repetindo para si mesmo.

– Tenho que pegar isso e conseguir a lâmpada. Tenho que pegar isso e conseguir a lâmpada.

Está sussurrando sem parar. Parece completamente aterrorizado. O Homem-Aranha olha para a caixa de arrombamento novamente e depois se volta para Corey no chão, refletindo de novo sobre como se sente em relação a coincidências. Está prestes a fazer mais perguntas a Corey quando as sirenes dobram a esquina. Isso significa que ele ultrapassou seu tempo ali. Deixa o arrombador em uma prateleira alta e sai correndo pela frente da loja no momento em que os carros de polícia param.

– Ei! – Ouve, enquanto usa a teia como um guindaste e começa a balançar. – Volte aqui!

De jeito nenhum, pensa. Balança por vários quarteirões em direção ao Sudeste antes de finalmente encontrar um telhado tranquilo onde descansar. Tira a máscara para limpar o rosto. Há algo rolando ali; precisa encontrar a quem aquela lâmpada pertence e rápido. O que quer que esteja acontecendo com Corey não é exatamente o mesmo que aconteceu com a Besouro. A Besouro parecia *vazia* e cruel. Corey estava *com medo.*

Chega de bisbilhotar na esperança de encontrá-la. Ele tem que ser muito mais proativo. Mas todas as suas pistas estão esgotadas. Ele considera retornar de fininho ao MIMO. Ou, percebe, terá aula com o dr. Shah no dia seguinte. Ele recorda a conversa anterior deles. Na verdade, Peter não perguntou quem *era o dono* da lâmpada. Há uma chance de que o dr. Shah saiba. Caso contrário, como segunda opção, pode tentar novamente a sorte no museu.

O Aranha enxuga o rosto mais uma vez antes de recolocar a máscara. Mas, primeiro, precisa dormir. Ele atira uma teia nas ruas da cidade e parte balançando.

CAPÍTULO DOZE

Peter entra correndo na sala do dr. Shah, deixando o celular cair no suporte de plástico pendurado atrás da porta. Ele vê MJ sentada no lugar dela algumas fileiras atrás dele e lhe dá um aceno constrangido. O aceno dela para ele é igualmente constrangido. Ele suspira. Os dois não se falavam desde o dia anterior na biblioteca. *Algum dia,* pensa, *vou acordar cedo o suficiente para pegar o ônibus de novo e ter um momento agradável e tranquilo com a MJ.*

O sinal toca e Peter nota a mesa vazia na frente da sala. É estranho que o dr. Shah ainda não tenha chegado, mas significa que Peter tem tempo de chegar ao próprio lugar e se acomodar, apesar de estar tão atrasado. Espera que não haja um substituto naquele dia. Ele ignora o burburinho da conversa ao redor, batendo a caneta em um ritmo rápido contra o compensado de sua carteira, ansioso. Precisa perguntar mais sobre a lâmpada de arco ao dr. Shah. A experiência com Corey na noite anterior o deixou inquieto – em geral, Corey é um cara sociável. Muito amigável, embora seja um crônico tomador de decisões erradas. Peter mal reconheceu o homem com quem lutou na noite passada. Seus pensamentos são interrompidos quando a voz alta de Flash Thompson soa.

– Se ele não estiver aqui em cinco minutos, legalmente podemos sair – comenta ele do fundo da classe.

– Isso não existe, Flash – retruca Liz.

– Sim, com certeza não é verdade – comenta alguém, rindo.

– Bem, deveria ser – responde Flash, com um leve tom de queixa em sua voz.

E pela primeira vez, Peter está inclinado a concordar com Flash. *Não que algum dia eu vá contar isso* para ele.

No momento em que a turma começa a ficar mais animada do que o esperado para as oito e meia da manhã, a porta se abre de súbito e o dr. Shah entra, parecendo um pouco desgastado. Normalmente meticuloso em sua aparência, naquele dia, a camisa branca de botões do dr. Shah está para fora da calça, seu blazer está amassado e há olheiras profundas sob seus olhos, fazendo sua pele negra parecer quase roxa. Ele larga a pasta e encara a turma. Em seguida, respira fundo.

– Sinto muito pelo atraso; foi uma manhã difícil. Começaremos lendo o capítulo dezessete: a aplicação prática da ionização. Na segunda metade da aula, faremos alguns exercícios. – Ele não espera por perguntas e se senta à mesa, ligando o computador. Peter abre o livro no capítulo, mas seus olhos ficam vidrados e ele continua a remexer todas as peças díspares em sua mente.

O Homem-Areia. O estranho inimigo invisível. A Besouro. A lâmpada. As mudanças de humor. A fechadura. O doador misterioso.

São apenas peças de um quebra-cabeça flutuante, se recusando a se conectar. Ele abaixa a cabeça sobre a mesa, como se pudesse ingerir a leitura por osmose. Nada acontece. Ele suspira e se endireita, olhando para o dr. Shah na frente da classe.

O professor nem finge prestar atenção aos alunos. Peter pode ouvir Liz e MJ conversando baixinho atrás, e os sons de outras pessoas que não estão fazendo a leitura. Como não está se concentrando no capítulo, ele decide lidar com o outro problema que está em sua cabeça. Se levantando da cadeira, ele se aproxima da mesa do dr. Shah e dá uma olhada na tela do computador. Parece um trabalho de pesquisa sobre ondas eletromagnéticas.

– Ei, dr. Shah, o que está lendo? – pergunta Peter. O dr. Shah se sobressalta e Peter pede desculpas. – Desculpe, desculpe, não queria assustar o senhor!

O dr. Shah balança a cabeça.

– Não, não, Peter, está tudo bem. Eu estava lendo sobre o que a minha antiga equipe da Empire State University está fazendo. É muito empolgante. – Apesar do que está dizendo, o dr. Shah parece triste. Peter estremece, pensando como é estranha a ideia de um professor ter sentimentos. O dr. Shah ri um pouco da expressão de Peter. – Eu sei, é difícil pensar em nós como pessoas reais – diz ele, lançando um olhar astuto para Peter. Peter fica feliz em ver um pouco da disposição normal dele voltando à tona. Mas então o olhar do dr. Shah se distancia quando ele se volta para o computador. – Eu *costumava* ser importante no mundo da pesquisa eletromagnética.

– Você diria que o seu trabalho era... *magnético,* senhor? – Peter pergunta com uma risada indiferente, tentando quebrar o clima melancólico. O dr. Shah sai de seu devaneio e solta uma risada curta.

– Na verdade, era – responde ele para Peter. – Mas eu tive que... desistir de tudo há alguns anos. – Ele balança a cabeça e seus olhos clareiam, como se de repente percebesse que falou demais. – De qualquer forma! Você veio aqui para fazer uma pergunta, presumo. O que posso fazer por você, senhor Parker?

– Ah, é, bem, na verdade, tem a ver com aquela coisa da lâmpada de arco de que falamos na semana passada. Eu só não consigo tirar isso da cabeça, para ser sincero – diz ele. – Eu queria saber se o senhor sabe quem é o dono?

O dr. Shah balança a cabeça.

– Ninguém vem à mente, não. *Mas* um antigo colega meu fez uma pesquisa sobre isso anos atrás, e acho que pode ter encontrado um nome, se bem me lembro. É um segredo que não é muito segredo entre as pessoas certas, se é que me entende. – Ele dá uma piscadela. – E o que quero dizer é doutores em pesquisa eletromagnética. – O dr. Shah faz uma pausa, como se estivesse esperando uma reação, e Peter percebe que deveria rir. Ele solta um riso curto e o dr. Shah faz uma careta. – Não é tão engraçado quanto eu pensava, hein?

– Desculpe, senhor. – Peter sorri sem jeito.

– Então, para responder à sua pergunta de forma mais sucinta, não, mas acho que tenho um antigo artigo que posso enviar para você e que pode conter essa informação em algum lugar.

– Isso seria incrível! Obrigado, dr. Shah!

Finalmente, pensa ele, retornando para seu lugar, talvez seja um passo na direção de entender tudo isso!

O Homem-Areia está furioso. Mas não do jeito que considera bom, não de um jeito que o faça se sentir poderoso. Donnie recomendou um colega, Corey, para uma parte importante do trabalho, e Corey estragou tudo. Flint se lembra de sua areia se transformando em uma ponta fina, a centímetros do rosto de Corey, tentando incutir nele o medo de um roubo perfeito. Para lembrá-lo de que bastava entrar e sair da loja de ferragens com a peça de que precisavam. Não deu certo.

Aquela loja era o único lugar da cidade que tinha a ferramenta que procuravam. É tão poderosa que os Estados Unidos a colocaram numa lista de vigilância, não permitindo que alguém entrasse no país com ela – o que significa que apenas pessoas como o Homem-Areia, que gostam de viver do outro lado da lei, podem obtê-la. E há muito interesse no dispositivo, muitas pessoas poderosas em busca dele. O Homem-Areia precisa ser o primeiro. Está parado em uma esquina agora, não muito longe de onde a tentativa de roubo deu errado.

As instruções de quem está dando das ordens são claras em sua mente: entrar em uma casa gigante na avenida Oceanic e roubar uma lâmpada velha. Ele vira a esquina para a rua escura e sua fúria atinge níveis mais elevados ao avistar a faixa policial a distância. Ele sabe que fez Corey ficar apavorado quando o enviou para realizar a missão. *Eu deveria ser capaz de delegar! Tenho que fazer tudo sozinho?!*

Ele se aproxima da Ferramentas Williams & Filhos. A rua está deserta, e a faixa policial na vitrine oscila suavemente para frente e para trás com o ar leve que sobe das grades abaixo. O Homem-Areia sabe que há uma chance de o dispositivo que ele deseja nem estar ali, de o proprietário o ter movido ou levado para casa, mas precisa tentar. Ele derrete em uma poça de areia e desliza escada abaixo, passa pela porta por baixo da fita policial e se espalha, inundando o espaço, cobrindo todos os cantos para encontrar o que procura.

O Homem-Areia adora fluir assim. Sua percepção cresce exponencialmente quando está tão grande. Ele sente cada pedacinho da loja, desde os martelos até as ratoeiras. Como todos os bons pequenos negócios de Nova York, o lugar tem até uma variedade de itens aleatórios de drogaria: analgésicos de venda livre, removedor de esmalte, hidratante labial; mas não é o que ele está procurando. Continua e vai até o escritório dos fundos, passando pelo balcão e caixa. Os grãos que controla passam sobre os azulejos e as tábuas do piso. Cobrem a cadeira de escritório desgastada e deslizam para dentro da mesa trancada – *ali.* A gaveta de baixo da escrivaninha, atrás de um fundo falso. Ele consegue sentir.

Ele volta ao seu corpo normal no escritório e abre a gaveta, quebrando a fechadura no processo. É de metal, mas não é páreo para a força do Homem-Areia. Ele segura a pequena caixa nas mãos e metade de sua boca se abre em um sorriso satisfeito. Mas o sorriso não é bem um sorriso, e ele está prestes a mostrar os dentes. Ele sacode a cabeça e vira a caixa na mão. *Todo esse trabalho por causa desta coisinha?*

Mas ele sabe que é importante. Os boatos nas ruas são de que a engenhoca é capaz de neutralizar *qualquer sistema* de segurança doméstico. É por isso que o governo não está muito interessado em que isso apareça por ali. Todas as tentativas de contrabando haviam sido frustradas, exceto essa única unidade.

Graças a Deus por Nova York e seus excelentes entusiastas do crime. O Homem-Areia enfia a caixa no bolso e sai pela porta, confiando no que quer que esteja lhe dando essa boa sorte para continuar. Sente-se intocável, como se não houvesse nenhuma maneira de ser pego naquela noite. Ele sobe as escadas e sai para a rua, assobiando uma música enquanto caminha.

Peter está sentado em frente ao seu laptop em casa. Acessa o e-mail da escola e encontra algo do dr. Shah; é um link para o artigo que ele mencionou.

> **Olá, Peter,**
> **Eu não reli o artigo, então não tenho certeza se a informação você quer está nele, mas acho que pode estar. Se não estiver, procure trabalhos adicionais da dra. Monica Diaz. Boa sorte!**
> **Dr. Shah**

Peter clica no link e uma enorme parede de texto se abre em uma nova aba. Ele lê na parte superior da tela.

AMPLIFICAÇÃO E PENETRAÇÃO DE ONDAS ELETROMAGNÉTICAS EM SERES HUMANOS

Bem, isso vai ser divertido. Ele começa a ler e fica surpreso ao descobrir que está mesmo *muito* interessado no que a dra. Diaz está discutindo. Ela teoriza que um nível suficientemente alto de radiação eletromagnética poderia alterar o cérebro de um ser humano. Mas até agora não há nada sobre a lâmpada além de uma breve menção à sua existência.

Muito da ciência está acima do nível dele, mas Peter consegue entender o básico. Uma hora se passa e ele finalmente chega ao final do artigo sem nenhum nome associado à lâmpada de arco. Agarrando a borda da tela do laptop, ele quase fecha o computador, mas respira fundo, coloca as mãos de volta para as teclas e abre uma nova aba. Ele digita "dra. Monica Diaz, lâmpada de arco, alienígena" na barra de pesquisa. Os primeiros resultados são sobre premiações recentes conquistadas pela pesquisadora. De acordo com algumas manchetes, a Empire State University acabou de trazê-la de Oxford e ela tem sua própria divisão na universidade.

Ele continua navegando. Verifica uma página de resultados de pesquisa e depois duas, e três, e quatro. Então, na quinta página, vê um link para uma postagem antiga em um fórum de mensagens. Está em um servidor da Empire State University e parece um fórum praticamente extinto de cerca de uma década e meia atrás. Ele clica nele e se afasta da mesa, sua visão agredida pelo que ele só pode descrever como um web design horrível. *Era assim que a internet era?!* As mensagens estão em fonte de máquina de escrever e todas em uma tabela com bordas grossas, com nomes de usuário sublinhados em azul e links quebrados de imagens como ícones à esquerda e as mensagens à direita. Há apenas uma mensagem nela – claramente é um fórum que quase nunca era usado. O nome de usuário é DocDiazFezDeNovo, datado de quatorze anos antes. A mensagem diz:

EU CONSEGUI ☺☺☺☺☺
CERTEZA QUE ENCONTREI QUEM É O DONO DA LÂMPADA
UM CARA CHAMADO ALREDGE

Há uma única resposta, também de DocDiazFezDeNovo, um mês depois. Apenas diz:

E ACHO QUE NINGUÉM LIGA! ;(

Alredge, pensa Peter. *Posso trabalhar com isso.* Ele aperta o botão para voltar e acessar a página de resultados e faz uma nova busca por "Alredge, Nova York" quando vê o nome do dr. Shah em um dos resultados da dra. Diaz.

CÉLEBRE DIRETOR DE PESQUISA DA EMPIRE STATE UNIVERSITY TIRA LICENÇA

Peter hesita, o dedo paira sobre o painel tátil, sem saber se deveria clicar nele. Isso seria uma violação da privacidade do dr. Shah? Afinal, está em um site público. Peter não consegue se conter e pressiona o botão. O artigo abre. Ele folheia as primeiras frases e coloca a mão sobre a boca. *Ah, não.*

> O dr. Samir Shah deixa a Empire State University hoje, após alguns meses tumultuados. O professor, que recentemente sofreu uma enorme perda – sua esposa e filha foram mortas durante uma tentativa de assalto a banco por Max Dillon, também conhecido como Electro – deixará a vida universitária para ser professor do ensino médio, ao que parece. Seus colegas citam a falta de foco como fator decisivo. "É uma grande perda para nós", comenta a dra. Monica Diaz. "O dr. Shah é um amigo e parceiro em nosso trabalho. Sentiremos muita falta dele no laboratório, mas todos lhe desejamos boa sorte."

É aí que Peter para de ler – aquilo aconteceu alguns anos antes de ele vestir seu traje de aranha. Ele prendeu Electro há alguns meses e se sente ainda melhor por ter feito isso. Dor reconhece dor. Ele olha para uma foto sua com tio Ben e a tia May no canto da mesa. O dr. Shah perdeu todo mundo. *Vou ser melhor,* pensa. *Serei mais atento na aula do dr. Shah. Juro. Vou parar de me atrasar.*

Peter sabe que isso não vai consertar o que aconteceu, mas se vai tornar o dia do dr. Shah um pouquinho mais fácil, então vale a pena. Decisão tomada, ele aperta o botão voltar novamente. *Agora preciso descobrir quem é esse Alredge.*

O mecanismo de busca traz dois resultados de Alredge em Nova York – o primeiro é de um jovem profissional de marketing chamado Brian Alredge, do Brooklyn, de acordo com seus perfis sociais, então isso está errado. Mas o outro se mostra promissor.

ADDISON ALREDGE

Ele atualiza seus termos de pesquisa com o primeiro nome, e surge uma série de artigos de jornal sobre Addison Alredge, um milionário recluso. *Bingo.* Ele clica e vê uma imagem borrada de uma figura encurvada, caminhando em direção a uma casa, e Peter a reconhece! Ele passou por ela pelo menos sete vezes em sua busca pela lâmpada. Fica numa das tranquilas ruas laterais que ele investigou, com uma barreira alta de muro e sebe.

Quando começa a ler a legenda, Peter vê seu celular acender com o canto do olho. É um alerta de notícias do *Clarim*:

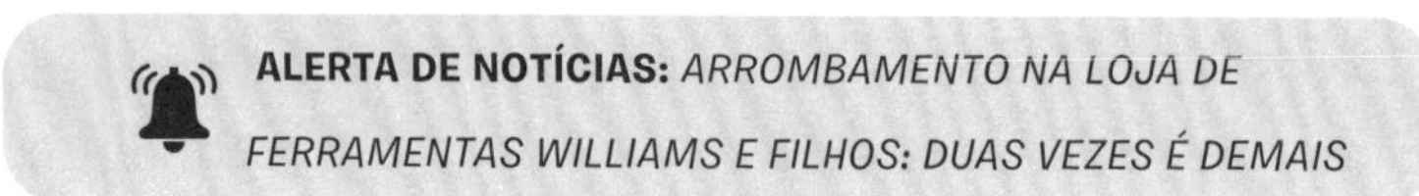

ALERTA DE NOTÍCIAS: ARROMBAMENTO NA LOJA DE
FERRAMENTAS WILLIAMS E FILHOS: DUAS VEZES É DEMAIS

Peter encara a tela sem acreditar. A sinopse do alerta continua: "A única coisa que falta é um protótipo de dispositivo, único do tipo, diz o proprietário. E que ele está muito desesperado para recuperá-lo".

Peter solta um grunhido. Pode adivinhar *qual* é.

CAPÍTULO TREZE

O Homem-Aranha se agacha em frente à vitrine ainda quebrada da Williams & Filhos. É fim de tarde, então o Sol ainda não se pôs por completo e ele pode ver alguém se movimentando dentro do prédio. Ele desce as escadas correndo e passa por baixo da fita policial.

– Olá? – chama, esperando que quem está nos fundos venha para a frente.

– Quem está aí?! – responde uma voz com forte sotaque nova-iorquino.

– É, o Homem-Aranha – responde o Aranha.

– Eu já disse, estou cansado de pegadinhas... ah, *é* você. – Um homem branco e baixo passa pelas prateleiras e estaca ao ver o Homem-Aranha parado à porta. Ele está vestindo uma calça e um suéter marrom. Seu cabelo ralo é castanho escuro e se transforma em uma barba bem cuidada sobre um queixo arredondado. O Aranha ergue a mão em um aceno. O homem o encara com expressão fechada, nem um pouco impressionado.

– Sou eu. – O Homem-Aranha faz uma pausa. – Bem, você é o senhor Williams?

– Espero que sim. A loja é minha – responde o proprietário, o senhor Williams. – O que está fazendo aqui? Decidiu deixar outra pessoa me roubar? Quer deixar aquela teia nojenta espalhada pelo meu chão de novo?

O Aranha fica surpreso.

– Eu o quê?

– Você não podia pegar o *segundo* cara? – Williams pergunta enquanto começa a varrer um pouco da poeira do corredor. – Aff – diz ele, olhando para o chão e o esfregando com a bota. – Sei que mandei o Park varrer ontem à noite e *mesmo assim*, ainda tem areia por toda parte!

É oficial, pensa o Homem-Aranha. Ele não gosta desse cara. Mas se concentrou em uma palavra nas reclamações de Williams.

– Você disse *areia*? – O Homem-Aranha pergunta, avançando e se ajoelhando para ver o que Williams está varrendo. Ele pega alguns grãos e os aperta entre dois dedos. Ele os esfrega e é exatamente como Williams diz: areia de verdade. O que faz o Aranha pensar em exatamente uma pessoa. Ele olha para Williams. – Existe alguma razão para haver areia no chão? Tipo... você vende... areia?

– Se eu vendo *areia*? Eu vendo *terra*. Mas não, Homem-Aranha, eu não vendo *areia*.

O Homem-Aranha olha para a areia novamente. *Outra coincidência ou algo mais?*, se pergunta. Se o que levaram foi o equipamento de arrombamento que o Aranha viu na noite em que Corey invadiu, então quem fez isso quase com certeza vai atacar a mansão de Addison Alredge, presumindo que é onde está a lâmpada de arco. Ele pensa no que Corey repetia:

Tenho que pegar isso e conseguir a lâmpada. Tenho que pegar isso e conseguir a lâmpada.

Se for esse o caso, significa que a noite será toda de vigilância.

– Então essa coisa que foi levada… – A boca do sr. Williams se contrai em uma linha fina e estreita sob o bigode, mas o Aranha continua: – É um dispositivo para arrombar fechaduras?

– Era apenas um… protótipo de algo que eu estava pensando em produzir aqui nos Estados Unidos. Só isso – responde ele, suas palavras entrecortadas.

– Um protótipo – repete o Aranha, com descrença em seu tom. Ele tinha visto a embalagem. Não era um protótipo. – Quão poderoso é?

– Sim, um *protótipo* – repete o sr. Williams. – E quanto a quão poderoso, quem sabe. Mal consegui estudá-lo, recebi de um primo que veio do exterior há apenas três dias, e logo algum idiota o tomou de mim. – Pela sua falta de resposta, o Aranha tem a sensação de que o sr. Williams não vai lhe contar a verdade. Esse "protótipo" era um arrombador de fechadura de verdade, provavelmente usado apenas por um seleto grupo de *criminosos,* e esse cara não ia se incriminar admitindo isso. – Mais alguma coisa que queira me perguntar, lembrando que você não impediu alguém de ME ROUBAR? – questiona o sr. Williams mais uma vez, largando a vassoura e colocando as mãos nos quadris, encarando o Aranha com desprezo.

– Talvez o senhor pudesse investir em um sistema de segurança que não me envolva passando por acaso pela sua loja quando ela estiver sendo roubada – o Homem-Aranha sugere, com um pouco de deboche em resposta à grosseria do sr. Williams.

– *Como é?* – O sr. Williams o encara. – Está dando uma de espertinho comigo?

O Aranha dá de ombros.

– Eu *sou* esperto. Tenho uma média alta para provar.

Com isso, o queixo do sr. Williams cai.

– Média alta em quê? Quantos anos você tem? – *Ah-ha. O* sr. Williams estreita os olhos para ele. – Você tem idade suficiente para isso? Você *é* bem baixinho...

O Aranha esfrega a mão na nuca.

– Eu, bem... – Ele dá um passo para trás antes de sair correndo da loja, deixando sua despedida pairando no ar atrás de si. – Tenho que ir! Obrigado pela ajuda!

Peter pula os dois últimos degraus que levam à varanda de MJ – está atrasado *de novo.* Em sua defesa, teve que impedir um cara de assaltar uma mulher em um caixa eletrônico e depois literalmente tentar tirar doce do bebê dela. Peter não pode ter certeza absoluta, mas parece que os ladrões estão ficando mais abusados ultimamente. Chegou em casa, vestiu algo parecido com uma roupa normal e correu para a casa de MJ.

Ele toca a campainha, bufando um pouco e esperando não estar com o cheio do uniforme suado do Homem-Aranha. A sra. Watson abre a porta, os cabelos ruivos, iguais aos da filha, presos em um coque alto; um par de óculos de armação grossa aumentam seus olhos.

– Peter, que bom ver você! – Ela abre mais a porta, lhe dando as boas-vindas.

– Olá, senhora Watson – cumprimenta ele, mas ela começa a falar antes que ele possa perguntar onde MJ está.

– Então, você e a MJ estão... saindo juntos? – pergunta ela, com uma expressão tão exageradamente inocente no rosto que não pode ser real. Ele tem certeza de que ela parou antes de erguer as sobrancelhas para ele.

– Hum, sim – diz ele, se sentindo extremamente estranho.

– Parece que vocês têm passado muito tempo juntos – comenta ela com indiferença, e ele pode estar enganado, mas acha que ela está mordendo a parte interna da bochecha, com base na estranha marca que apareceu na lateral de seu rosto.

– Acho que sim – responde ele. – Quero dizer, talvez? – Eles estão juntos na entrada. A casa dos Watson é semelhante à residência dos Parker. Há uma escada a alguns metros da entrada, uma porta aberta para uma cozinha à esquerda e uma abertura para a sala mais perto da base da escada. Mas enquanto os Parker têm um piso genérico de madeira ao longo do primeiro andar da casa, nessa o piso é coberto com ladrilhos laminados estampados. Há uma pilha de sapatos perto da entrada, então Peter tira os seus enquanto conversa com a sra. Watson.

– Fico contente em ver a MJ sendo amiga de um jovem tão gentil...

– MÃE! – A voz de MJ surge de algum lugar no andar de cima. – Por favor, deixe o Peter subir para que eu possa mostrar ao meu AMIGO como ser engraçado e cativante on-line!

A sra. Watson solta uma risada alta e Peter se vê sorrindo, gostando ainda mais dela por isso.

– É melhor você subir, Peter. Vou levar alguns lanches para vocês em alguns minutos.

– Obrigado! – responde ele, com sinceridade, antes de subir as escadas. Ele chega ao topo, passando por uma série de fotos emolduradas, e é engraçado ver a pequena MJ se tornar aquela que ele conhece quando chega ao patamar. – MJ? – chama ele, um pouco baixinho, sem saber se há mais alguém lá em cima.

– Aqui! – responde ela de um quarto no fim do corredor. Ele anda pelo carpete azul escuro e para diante de uma porta entreaberta. Ele empurra de leve, mas assim que começa abri-la, é puxado por dentro. MJ fica de pé, com a mão ainda na maçaneta, parecendo mais relaxada do que nas últimas vezes que ele a viu. O cabelo dela está preso em uma espécie de trança bagunçada, e ela está usando uma camiseta larga com calça esportiva cinza coberta de pequenas estrelinhas. Peter respira fundo. *Ela está perfeita.*

– Oi, Peter – diz ela.

Ele sorri se desculpando.

– Desculpa o atraso, MJ. Eu estava...

– Tudo bem! Eu estava só relaxando – interrompe ela, os cantos da boca erguidos. Ele entra. Não é como se nunca tivesse estado no quarto de MJ antes, mas já faz um *tempo* e agora parece diferente. MJ o segue e se acomoda na beira da cama. Ele fica parado no mesmo lugar, a uns trinta centímetros para dentro do quarto, a porta aberta atrás dele, sem saber onde se sentar. Ela aponta para um pufe velho no canto.

– Pode sentar. – Ela ri. O quarto dela não é muito grande, então eles estão separados por apenas um curto espaço.

– Parece que você está... melhor do que no outro dia? – Sua frase se transforma em uma pergunta no meio e ela faz uma careta.

– Sim, devo um *sério* pedido de desculpas para você. Me desculpa *mesmo* pela maneira como agi. Aquela *não* era eu – declara ela com veemência. – Nem sei quem era. Maia e eu vamos comer pizza amanhã para conversar. Bem, eu vou pagar uma pizza para conversar com ela. É compreensível, mas ela não estava muito a fim de sair comigo. – Ela ri por um instante, sem nenhum humor de verdade. – E o Randy, bem, é o *Randy*. – Ela dá de ombros. – Pedi desculpas e me ofereci para pagar o almoço para ele, e ele me deu um tapinha nas costas, disse: "Todo mundo tem dias ruins, MJ" e foi embora com um pessoal do clube de Francês. Eu queria ser tão legal quanto ele. – Ela está divagando um pouco e Peter fica impressionado com um forte sentimento de afeto pela amiga.

– Está tudo bem, MJ – diz ele.

– Não está não. – Ela franze a testa. – Mas obrigada por dizer isso de qualquer maneira.

– Então – pergunta ele –, o que aconteceu? Quero dizer, não precisamos falar sobre isso...

– Não! – responde ela. – Não, quero dizer... – Ela faz uma pausa, como se estivesse considerando o que quer dizer. – Bem, sei que a gente deveria conversar sobre usar a internet, e como ser melhor nisso, e todas essas coisas hoje, mas meio que comecei... a limitar o meu uso do celular, e isso afetou *por completo o* meu humor. Eu simplesmente me sinto uma pessoa diferente. Parece que eu estava gastando muito tempo nisso e deixando coisas pequenas me afetarem.

Ele acena em compreensão. Com isso pode se identificar.

– A gente não precisa fazer esse negócio das redes hoje – sugere.

– Não, não, está tudo bem! Sério. Eu me sinto ótima.

– Está bem – diz ele enquanto sorri, se recostando no pufe para ficar mais confortável. – Bem, fala primeiro sobre a ação da MJ de hoje.

– Hoje – ela adota uma pose de apresentadora de televisão –, estamos pedindo às pessoas que ajudem a financiar uma horta comunitária em Forest Hills, ou onde quer que morem, se não morarem no Queens.

– Eu nem sabia que tínhamos espaço para uma horta comunitária.

– Você *tem que* sair mais. – Então ela bate palmas. – Está bem, está bem. Meu humor melhorou, Peter. – Ela dá um sorriso brilhante para ele. – *E* tenho permissão para ficar com o laptop hoje, então estamos prontos para começar! Vamos começar com uma introdução à internet, Parker. – Ela abre o laptop sentada na cama, mas então se levanta para se sentar no chão ao lado dele e ele desliza para fora do pufe para poder se juntar a ela, enquanto os dois se debruçam sobre a tela do laptop. Os olhos de Peter se desviam para o lado quando seus ombros se tocam, e ele espera que ela não consiga ouvir quão rápido seu coração está batendo. – Então – começa ela, se virando para ele –, você nunca teve nenhuma conta própria *mesmo*?

Ele dá de ombros.

– Só tive meu próprio celular, tipo, alguns meses atrás. E o meu laptop tem cem anos. Como falei, a última coisa que tive foi o Facebook, e eu nem tinha permissão para usar. Para ser honesto, uso meu computador mais para assistir a clipes de videogame. – Ele não conta, mas foi só quando tia May conseguiu o emprego que eles puderam comprar o celular. Ainda assim, é um plano bastante limitado, então Peter tenta ter cuidado com a quantidade de dados que usa. Mesmo *com* todas essas coisas que MJ está lhe mostrando, ele sabe que vai limitá-las para quando estiver em lugares com Wi-Fi. – Para ser sincero, quando fui dar uma olhada, havia um bilhão de redes sociais, então nunca senti que precisava estar nelas, sabe. A parte de programação é muito mais interessante, desenvolver programas de computador. Além disso, basicamente todo mundo com quem eu gosto de conversar está, hum, por perto. – Ele tosse um pouco, tentando esconder o que acabou de dizer. A verdade é que tem estado tão ocupado sendo o Homem-Aranha que, quando as pessoas que conhece começaram a se importar com essas coisas, ele não teve tempo nem interesse. Sempre sentiu que havia coisas mais importantes para fazer.

– Faz sentido, mas se quer aprender, seja bem-vindo ao vasto mundo das mídias sociais, Peter Parker. – Ela sorri, apertando Enter na URL que acabou de digitar.

– Ah, então só tenho uma pergunta. – MJ olha para ele com expectativa. – Preciso de passaporte para isso?

As bochechas de Peter esquentam, e ele fica satisfeito ao ouvir uma risada alta e genuína da garota ao seu lado, mesmo quando ela responde com:

– Essa piada foi *horrível*.

Horas depois, ele ainda está sentindo a alegria de sua noite com MJ enquanto atravessa a cidade em direção à casa de Addison Alredge. Vai ser uma noite boa.

Está extremamente escuro lá fora quando o Homem-Areia e sua equipe chegam à grande casa de tijolos no meio da avenida Oceanic. O poste de luz mais próximo da mansão foi convenientemente quebrado naquele dia, então a cerca de ferro forjado e pedra ao redor é apenas uma silhueta, e o jardim interno está completamente indistinguível.

– É esta, chefe – diz Donnie atrás dele. A van preta em que estão tem o nome de um eletricista falso e genérico na lateral. Eles estão parados do outro lado da rua. Nela estão o Homem-Areia, Donnie e dois caras chamados Mike e Matt. O Homem-Areia olha para os dois, ambos grandes, com cabelos curtos e expressões igualmente malvadas; ele já esqueceu qual é qual. Um está lá para dirigir a van; o outro vai seguir o Homem-Areia e ficar de vigia, enquanto ele entra de fininho na casa.

O Homem-Areia passou a noite passada lendo todo o material da caixa de arrombamento. Tudo o que precisa fazer é fixá-la na porta, e ela deverá neutralizar todas as medidas de segurança que a casa transmitia para alguém. Dessa forma, mesmo que um alarme seja acionado, ninguém saberá. O próprio nome do arrombador era um impróprio no fim das contas. Na verdade, existe para eliminar qualquer esperança de ajuda. O Homem-Areia vira o dispositivo várias vezes nas mãos, com ansiedade. Não precisará arrombar uma fechadura. Contanto que haja um espaço do tamanho de um grão de areia, poderá entrar. Ele só precisa não ser pego.

– Tudo bem, valentões – diz o Homem-Areia, sorrindo. – Ao trabalho. Donnie, se certifique de que esse cara mantenha o motor ligado e fique de olho na rua. Você – aponta para o outro homem, um gigante quase do seu tamanho – venha comigo.

– Pode deixar, Marko, mas tenho um mau pressentimento sobre isso – comenta Donnie com um tremor na voz. – Ao primeiro sinal de problema, vou cair fora.

– Não haverá nenhum problema, amigo. Só fique onde eu disser para você ficar e se mexa quando eu disser para você se mexer. Fácil demais. Agora vamos, grandalhão.

Ele abre a porta da van e pisa com força na rua. Matt – *ou Mike,* pensa ele com indiferença – segue em silêncio. Eles caminham até o portão e o Homem-Areia entrega o dispositivo ao homem que está com ele e solta um rápido "espere aqui". Ele se transforma em poças de areia e flui pelas rachaduras embaixo do portão antes de se formar novamente. "Agora joga", sibila e vê a forma escura do objeto voar por cima do portão alto um segundo depois. Ele o pega na mão e se aproxima devagar da porta, grato pela escuridão. No momento em que vai pressionar a caixa na porta, algo puxa sua mão para trás, e a caixa sai voando para algum lugar nas sombras do jardim ao seu redor. Uma voz alta corta o silêncio.

– E AÍ, ARENOSO?!

CAPÍTULO QUATORZE

O Homem-Aranha salta, entrando em cena e se agachando no chão com um braço e uma perna firmes nele e os outros estendidos para que possa avançar e disparar uma teia no rosto do Homem-Areia. O Homem-Areia está parado na porta, estupefato.

– Que bom ver você, Flint! Estamos passando muito tempo juntos; quer tomar um café ou algo assim? – o Aranha diz, sua saudação casual desmentida pela tensão em sua postura.

O Homem-Areia ruge de fúria e começa a crescer, suas mãos se transformam em marretas e seu corpo cai para frente em uma torrente de grãos ásperos. O Aranha pressiona os pés no chão e se lança para cima, atirando e *lançando* um par de teias em um galho acima da cabeça do Homem-Areia, puxando com força e a deixando cair na massa abaixo.

Mas ele não pode parar para ver como ela se conecta, se move logo para que o Homem-Areia não consiga pegá-lo. Isso seria a pior coisa, sabe disso, porque, no minuto em que for pego, estará perdido, e dessa vez não haverá nenhuma caixa d'água gigante por perto para salvá-lo.

– Flint, Flint, Flint – cantarola enquanto pula para o telhado. – Achei que a gente tinha concordado que você não se envolveria! O que está fazendo aqui, cara?

O Homem-Areia apenas grita uma série de sons enfurecidos, nenhum dos quais faz sentido para o Aranha.

Esquisito.

– O que foi isso, Saco de Areia? Não consigo ouvir você por cima do barulho de você sendo um GRANDE PERDEDOR! – grita o Aranha, pulando para frente e para fora do telhado no momento em que um enorme punho de areia cai em sua direção. Mal consegue se esquivar do primeiro, mas não tem tanta sorte quando um segundo soco acerta seu peito. O som de seu esterno rangendo é alto em seus ouvidos, enquanto ele voa para a esquerda e pousa com força no gramado bem cuidado. Enormes luzes de segurança foram acesas, inundando o outrora lindo jardim no terreno da entrada – agora é uma massa de arbustos quebrados e flores esmagadas. O Aranha faz uma expressão de dor sob a máscara. Tenta se levantar e geme quando a dor no esterno se anuncia em alto e bom som. – Marco! – grita de qualquer jeito, se agachando de novo em posição de luta. – Por que está *aqui*? Existe algum parquinho em algum lugar sem a caixa de areia?

Um alarme impressionantemente alto começa a soar dos alto-falantes por todo o jardim. O Homem-Areia não responde; em vez disso, tenta lançar outro punho enorme na direção do rosto do Aranha. O Homem-Aranha dá cambalhotas para fora do caminho, caindo de lado, com a perna direita estendida e a esquerda dobrada embaixo de si, os dedos já pressionados na palma da mão direita para atirar uma teia na direção do Homem-Areia. Mas ele para, vendo que há algo estranho acontecendo com Marko: o alarme está em som surround e as vibrações estão quebrando o controle de Marko sobre a própria areia. Ele solidifica em seu tamanho normal e corre em direção ao portão; pedaços de areia se quebram e caem no chão.

– Vai se arrepender disso, Homem-Aranha! Eu vou pegar essa maldita coisa nem que seja a última coisa que eu faça – grita ele enquanto quebra a fechadura do portão.

O Homem-Aranha, como se não quisesse ficar para trás, grita de volta, o mais alto que pode:

– Esse é o Flint Marko que eu conheço e de quem não gosto nadinha! – Ele atira uma teia no poste do lado de fora do portão e salta em direção a ele, na esperança de seguir Marko para onde quer que ele vá. Mas o Homem-Areia se desmancha em uma poça de areia, fluindo rápido demais pela rua para que o Aranha o siga no escuro. O Homem-Aranha salta e pousa no concreto, deixando escapar um silencioso "Não!" quando percebe o que aconteceu. Ele olha para a casa que o Homem-Areia estava tentando roubar com as mãos atrás da cabeça, observando-a. Se foi para ali que o Homem-Areia trouxe o arrombador que roubou da loja de ferramentas, que estava usando para conseguir uma lâmpada, *e se* ele esteve no museu no dia da tentativa de roubo da lâmpada de arco voltaico... o Homem-Aranha deduz que o edifício é a mansão de Addison Alredge.

O alarme da casa ainda está tocando. Estranho, mas para alívio do Aranha, ninguém saiu para ver o que está acontecendo. Mas algumas das outras casas do quarteirão estão despertando – ele pode ver luzes saindo pelas janelas e algumas portas se abriram mais adiante na rua. Um homem a algumas casas de distância grita:

– Ei, você! A polícia está a caminho, então é melhor ficar parado! – Sua voz está ficando mais alta, como se ele estivesse vindo para se certificar.

O Aranha dá uma última olhada na casa e suspira. *Aff.* Ele não vai chegar mais perto se a polícia aparecer para incomodá-lo. Atira uma teia em outro poste mais adiante na rua e se lança para a frente, com uma das mãos esfregando o esterno machucado.

A luta contra o Homem-Areia leva a vinte e quatro horas de decepção para Peter Benjamin Parker. Após a luta, ele se esgueirou para dentro do quarto pela janela e desabou contra a parede. Tirou a máscara e esfregou as têmporas. Não pôde deixar de ficar absolutamente furioso consigo mesmo por ter perdido o Homem-Areia. Assim que se levantou do chão, passou alguns minutos no computador, tentando encontrar qualquer tipo de número de telefone de Addison Alredge, sem sucesso. Então, envolveu o peito com um curativo e dormiu algumas poucas horas agitadas.

Depois de um dia normal na escola, estava de volta, sentado em um telhado perto da casa de Addison, observando a mansão. O gramado já havia sido reparado e o portão, substituído, mas parecia que não havia ninguém em casa. Esperou quatro horas à noite apenas para que nada acontecesse. Até tentou pular no jardim da frente, ir até a porta e bater. Nenhuma resposta, nenhum movimento atrás das cortinas, simplesmente nada.

Agora está voltando para casa depois de uma noite perdida, sem saber o que fará. Sabe que aquela é a casa de Addison e que a lâmpada de arco deve estar lá, apenas parada e esperando que o Homem-Areia apareça e tente roubá-la de novo, e ele não tem certeza se Alredge terá tanta sorte da segunda vez. *Por que o Homem-Areia estava tão desesperado para conseguir aquela coisa?* Não é típico dele encabeçar um assalto, ele é mais um soldado, trabalhando para outra pessoa. Mas, o Aranha lembra que o Homem-Areia disse: "Vou pegar aquela coisa", e não "*Vamos* pegar aquela coisa".

Já é tarde quando ele consegue voltar para o Queens, e a rua está silenciosa, então há uma tranquilidade confortável em seus movimentos, enquanto ele rasteja pela lateral de casa e entra de fininho pela janela do quarto – isto é, até que ele percebe a luz na varanda ao lado. Ele congela.

MJ está sentada do lado de fora de casa, com um cobertor enrolado nos ombros e uma caneca na mão. A cabeça dela está virada para longe dele e ele solta um suspiro de intenso alívio. Esse não é o tipo de sorte que costuma ter. Em silêncio, ele abre a janela e entra, tirando as luvas e pegando uma camisa velha de pijama antes de parar e olhar pela janela. O que MJ está fazendo acordada?

MJ não consegue dormir – é tarde, ela sabe, *e* é dia de semana, mas por alguma razão, seu cérebro simplesmente não para de funcionar. Então, depois de se revirar, ela desce, pega uma xícara de chocolate quente e sai para se sentar no balanço. Não é à toa que não consegue parar de pensar com tudo o que aprendeu naquele dia!

Ela passou a tarde na biblioteca depois de um almoço constrangedor com Maia, que correu tão bem quanto o esperado, mas MJ merecia um pouco de constrangimento, pensou. Provavelmente não seriam amigas tão cedo, mas terminaram o almoço com sorrisos hesitantes e parecia que havia uma trégua, pelo menos, durante o restante do projeto.

Quando MJ chegou à biblioteca, ela entrou e pediu qualquer artigo sobre mensagens subliminares e marketing digital que a bibliotecária pudesse ajudá-la a encontrar. Foram alguns dias interessantes, sem recorrer ao celular a cada trinta segundos para olhar alguma coisa ou navegar sem pensar por milhares de atualizações ou verificar seu e-mail pela centésima vez. Sua mente parecia mais clara e ela se sentia mais feliz, ou talvez apenas mais calma. Poderia passar o dia sem que tudo parecesse tão terrível. Então, queria aprender mais; e para o bem ou para o mal, foi o que fez.

O que leu na biblioteca foi que manchetes, promoções, *anúncios,* tudo isso foi escrito especificamente para fazer as pessoas se sentirem de determinada maneira; o que ela sabe que faz sentido! O objetivo da publicidade e do marketing é fazer com que as pessoas comprem produtos. Mas agora que tudo está on-line e tão acessível, as pessoas tinham aprendido como mudar o *humor de uma pessoa.* Então, ela começou a fazer algumas pesquisas preliminares, houve alguns relatos de raiva e temperamento explosivo que percorreram todos os cinco distritos. Pessoas que descreveram exatamente o que ela estava sentindo: como se não pudesse evitar, mas de alguma forma se sentisse bem até logo após o fato. Naquela manhã, ela gritou com a mãe por ter colocado um de seus suéteres velhos na secadora e encolhê-lo.

– Mas por que ainda estou ficando brava *depois de* excluir todos aqueles aplicativos? Eu nem *gosto* daquele suéter – murmura para si mesma. Algo em seu íntimo está lhe dizendo para colocar alguma distância entre ela e o celular, então naquela noite, ele está desligado em uma mesa no escritório.

Ela segura a caneca com mais força e deixa o calor penetrar. Suspira. Há *algo* acontecendo, mas o quê? *Será só alguma empresa secreta e maligna que está tentando descobrir como fazer isso com as pessoas?* Ela vê uma luz acesa na casa ao lado em sua visão periférica. Vira-se para olhar e Peter Parker está parado à janela, acenando para ela. Sua boca se abre em um sorriso suave. Ele aponta para si mesmo e depois aponta de volta para ela, com uma pergunta no rosto.

Ela acena com a cabeça, e então ele se aproxima alguns minutos depois e acena antes de se sentar no balanço ao seu lado.

– Oi, MJ – ele diz. Parece que ele estava se preparando para dormir, com calças largas e a mesma camiseta velha da Creche Weinkle que usava outro dia. Ela sente uma onda de entusiasmo por ele ter vindo ficar ali fora com ela, mesmo sendo tão tarde.

– Oi, Pete – responde ela.

– O que está fazendo acordada? – pergunta ele. Ela conta para ele sobre seu dia e no que está trabalhando. Peter fica sentado em silêncio e absorve tudo, de uma forma que ela aprecia de verdade, ouvindo genuinamente.

– Então, acho que há algo estranho acontecendo com as pessoas e seus celulares e não sei se é *só* Nova York ou talvez seja um serviço específico. Ainda não descobri o que é; todo mundo lê o mesmo site? Talvez a gente tenha recebido o mesmo e-mail de spam? Talvez seja tudo o mesmo modelo de celular? Mas há *algo* acontecendo! Sou uma pessoa *bem presente* on-line e nunca me senti assim antes. Vi, tipo, cinco ou seis pessoas que tiveram exatamente a mesma coisa acontecendo com elas; tipo, elas não conseguiram *evitar* o rompante.

Peter lança um longo olhar para ela.

– É interessante... e perturbador mesmo – comenta ele, devagar. – Quem faria algo assim?

– Não sei. Queria saber. Mas empresas de todo o mundo usam esse material para... – Ela faz uma pausa, procurando a palavra certa. – Manipular a gente – ela completa, por fim. Ele desvia o olhar, mas ela percebe que ele está pensando no que ela disse. Seus olhos vagam ao redor como se ele estivesse observando as palavras dela flutuando dentro de seu cérebro e as conectando.

– Mas... tudo não acaba tendo a ver com manipulação? – pergunta ele. E ela tira uma das mãos da caneca e a enfia no cobertor. – Tipo, digamos que alguém escreva um livro, espera que ele faça o leitor sentir algo, certo? Ou quando se faz um filme ou se compõe uma música?

MJ acena com a cabeça. Ele não está errado. Mas... isso é diferente.

– Há algo nojento sobre isso, mas... tá bom, algo que descobri hoje é que, assim, as empresas pagam pelos nossos dados e dessa forma podem atingir a gente de uma maneira tão específica para que entreguemos a eles o nosso dinheiro. Digamos que eu curta a foto de um cachorro fantasiado no Instagram.

– Que tipo de cachorro? – pergunta ele, com um sorriso torto. Ela o empurra de leve.

– Um pequeno e fofo. É claro.

– Tá bom, tá bom, estou imaginando. Prossiga.

– E depois curto a postagem de alguém falando como o Halloween é ótimo. – Ela o vê franzir a testa em confusão. – Juro que vai fazer sentido. Então, eles ficam sabendo que eu gosto de cachorros e do Halloween e contam para alguma agência de publicidade aleatória, e aí *eu começo* a ver anúncios de fantasias de cachorro para o Halloween.

– Mas por que isso está errado? – pergunta ele. – Não estou dizendo que não é, mas... não tenho certeza se entendi.

– É difícil descrever... Não é *errado,* mas parece um pouco *chato* quando eu só quero ficar animada com um cachorro fofo sem me preocupar que há um cara de terno que está anotando o fato de que eu – ela aponta para si mesma –, Mary Jane Watson, em Forest Hills, no Queens, gosto de cães e de Halloween e que talvez eu gaste dinheiro nessa empresa para a qual ele trabalha. *E,* se conseguem fazer isso, pense no que mais vão poder fazer se as ferramentas ficarem mais sofisticadas! Se você pagar o suficiente para colocar anúncios nos lugares certos, poderá convencer a gente a fazer coisas que são ruins para nós mesmos. É como se alguém estivesse decidindo *por* mim. Apesar de que agora – continua ela –, eu tenha excluído todos aqueles aplicativos do meu celular depois daquele desastre na biblioteca, e *ainda estou* tendo essas mudanças de humor super estranhas, então estou começando a pensar que há alguma empresa secreta do mal usando o meu celular físico de verdade para me deixar louca! Além de toda essa coisa da internet! – Ela solta um pequeno bufo com toda a sua frustração.

O rosto de Peter está franzido como se ele tivesse comido algo azedo.

– Bem – finalmente ele diz –, eu *odeio* isso. – E ele é tão sincero e hilariantemente *Peter* que ela quase derrama o chocolate quente no colo dele de tanto rir.

Mais tarde, quando ele está de volta em casa e na cama debaixo das cobertas, Peter pensa no que MJ lhe contou. Ele segue as tábuas caiadas de suas paredes até o teto com os olhos e até a luminária escura no centro. Vira-se de lado e abraça o travesseiro junto à cabeça.

Está começando a pensar que não deveria entrar em *nenhum* site. As coisas sobre as quais MJ falou eram horríveis. E a ideia de que alguém possa realmente *fazer* isso – controlar o humor das pessoas – tem algo de nauseante. Ele não gostou do que a MJ contou, os rompantes e a raiva. Isso o fez pensar um pouco em Besouro, mas então ele sacudiu a cabeça – Besouro não estava tendo um rompante, ela estava lutando com um propósito. E não parecia particularmente arrependida depois do ocorrido.

Peter está contente por, além de sua estranha interação com o ladrão fantasma, seu maior problema agora ser o Homem-Areia. Ele zomba baixinho, se virando para o outro lado. *Eu sou capaz de* lidar *com o Flint Marko. Já lidei com ele antes e vou lidar com ele de novo.* Ele fecha os olhos, contente e muito feliz por ter um bandido normal com quem lidar. Mas então as palavras de MJ voltam e seus olhos se abrem de novo, enquanto sua mente dispara, pensando em alguma pessoa invisível usando a internet para mudar todo humor e ações das pessoas. Essa seria uma pessoa muito poderosa para enfrentar. Estremece e espera que isso não seja algo com que terá que lidar tão cedo.

Seu prato já está cheio do jeito que está. No dia seguinte, Peter decide, encontrará uma maneira de obter o número de telefone de Addison Alredge; custe o que custar.

CAPÍTULO QUINZE

É mais tarde do que o Homem-Aranha está acostumado, o que significa que é Tarde com letra *maiúscula.* As ruas de Astoria estão totalmente desertas. Ele está parado em um prédio do outro lado da rua do Museu da Imagem em Movimento. Vê o segurança noturno fazendo sua quarta rodada da noite, então o Aranha sabe que acertou o momento com perfeição. Se entrar agora, terá cerca de vinte e cinco minutos para entrar e sair antes que o homem volte ao saguão.

Ele atira uma teia do outro lado da rua e sobe até o telhado. O Aranha olha ao redor por um segundo e encontra a entrada que procura. Mais cedo, fez uma parada apressada em um dos escritórios do município depois da escola e descobriu que as plantas de todos os edifícios da cidade são de registro público – o que significava que pode facilmente acessar o MIMO!

A recepcionista, uma senhora gentil e idosa, ficou feliz em ajudar com seu ensaio sobre "arquitetura moderna local" e as entregou.

As plantas não são fáceis de ler, mas pelo que ele entendeu, há um sistema de ventilação que atravessa o prédio e deve ser largo o suficiente para ele escalar. Então é aí que o Aranha está agora, olhando para a grade de metal quadrada no topo do prédio. Ele enfia os dedos por baixo da borda e dá um puxão rápido. Com sua força, ela sai facilmente, e o Aranha olha para dentro do buraco escuro. Ele perguntou a tia May a maneira mais fácil de encontrar o número de telefone de alguém no café da manhã, e ela riu e contou como costumavam enviar *catálogos* para as pessoas de graça, com milhares de números de telefone.

Isso teria sido muito mais conveniente.

– Tomara que não haja ratos aí. – Ele estremece uma vez. Aponta a lanterna do celular para o poço. *Não é uma queda muito grande, dois metros e meio? Talvez três? Bem fácil.* O Aranha dá uma última olhada ao redor. – Bem, vamos lá – fala para ninguém. Então pula para dentro do buraco e cai com um baque alto.

Foi o caminho mais rápido para descer, mas espera mesmo que ninguém tenha ouvido.

Visualiza o mapa do prédio em sua mente; se estiver certo, ele só precisa ir para a esquerda, depois para baixo, depois para a direita, depois para baixo, e repetir até chegar ao primeiro andar.

O Homem-Aranha vira à esquerda e começa a engatinhar. Sua boca se torce e seu nariz enruga sob a máscara. *Por que está com um cheiro tão estranho aqui? Eca.* Então ele dá de cara com um beco sem saída.

– Mas o que diabos?

Ele pensa novamente no mapa, imaginando as linhas azuis no papel fino, e percebe que andou em círculo. Hora de voltar atrás. Ele gira de volta para o poço por onde entrou e segue em frente. Ele está rastejando, pressionando de leve os dedos no metal da ventilação até enfim encontrar outro buraco e cair no chão. A maior parte da jornada transcorre sem intercorrências, exceto uma vez que precisa morder o lábio para não gritar quando o maior rato que ele já viu passa bem por cima da sua mão. A forma gigantesca e peluda simplesmente passa por ele e vira a esquina como se o Aranha nem estivesse ali.

Em defesa do rato, o Aranha supõe que *ele* seja o intruso no território do roedor. *Isso não significa que seja menos nojento,* ele pensa, com o corpo todo estremecendo. Pouco depois, ele finalmente chega ao último andar do prédio. Encontra uma ventilação e pode ver o saguão através das ripas. Em silêncio, puxa a grade da ventilação para cima e para dentro do duto para que possa recolocá-la com facilidade ao sair. Ele passa os dedos ao redor da borda da abertura, o vermelho das luvas contrastam muito contra a prata.

O Homem-Aranha sai e rasteja pelo teto. Devido à sua última visita ao museu, sabe que há uma câmera com a qual precisa se preocupar; ela fica de frente para a porta e pega toda a área da recepção. Ele a vê no canto, cerca de três metros à frente. Começa a se mover em direção a ela, se afastando para nunca ficar diretamente à vista. Quando chega perto o suficiente, ele atira uma pequena quantidade de teia sobre a superfície da lente. Ela se dissolverá em uma hora, deixando apenas uma mancha para trás.

Pronto, isso deve resolver.

Ele cai do teto e pousa agachado. Alguns metros depois, está parado na frente do computador. O monitor está escuro, mas ele ouve um zumbido característico. Aperta a barra de espaço e o monitor liga. Há uma janela de login; o nome de usuário é FUNCIONÁRIOS.

Muito bem, e agora?

Ele começa a vasculhar as gavetas da mesa, esperando encontrar alguma coisa que lhe diga qual poderia ser a senha. Há muitos materiais de escritório e um ou dois livros que alguns funcionários devem estar lendo, mas nenhum post-it convenientemente colocado para dizer como fazer login. Ele para na frente do computador e seus dedos estão posicionados sobre as teclas. Pressionando o primeiro botão, ele digita um palpite fundamentado:

Muppet!11106

Ele não tem certeza do que esperava, mas não fica surpreso ao ver uma mensagem de erro aparecer, informando que ele tem mais quatro tentativas para digitar a senha correta.

Droga.

Por pura falta de opções, ele ergue o teclado e olha para a mesa embaixo dele, mas não há nenhuma senha oculta.

Então, um pedaço de algo de cor vibrante chama sua atenção enquanto ele está colocando o teclado de volta no lugar. Ele o vira todo. Há um post-it preso na parte inferior do teclado que diz apenas:

Astor!aImag3mMov!mento

O Aranha solta o ar que estava segurando e sorri. As teclas clicam de leve enquanto ele digita a senha e, em seguida, a área de trabalho ganha vida. Ele logo localiza um arquivo Excel de um doador e vê o nome de Addison listado *e* seu número de telefone. É o código de área é 212; o Aranha se pergunta se isso significa que é um telefone fixo. Gravando o número em seu celular, ele resolve ligar logo pela manhã.

Por mais que quisesse, sabe que não deveria ligar para um velho milionário no meio da noite. Contudo, reflete enquanto pressiona o botão para desligar o monitor, *será que* se importa *mesmo* com os padrões de sono de um milionário?

Não. Seria errado... Seria mesmo?

O Aranha sorri com remorso sob a máscara e guarda o celular no bolso antes de saltar para o teto. Ele tem cerca de cinco minutos para sair dali antes que o segurança volte. *Bastante tempo.*

– Alô? Alô? Quem é? Alô? – Uma voz frágil atende o telefone. Peter está sentado de pernas cruzadas na cama, com o laptop à sua frente. A voz está saindo fraca em seus fones de ouvido, embora não tenha certeza se é sua conexão ou a própria voz.

– Alô? É Addison Alredge? – pergunta, esperando que o microfone de seu laptop seja bom o suficiente para captar sua voz. A manhã foi gasta vasculhando a internet em busca de um serviço telefônico on-line gratuito, já que sabe o bastante para não discar de seu telefone pessoal. Isso significa que tem pouco tempo para contar a Addison Alredge tudo o que deseja.

– Olá? Sim, quem está ligando? O que você quer? Como conseguiu este número? – A voz soa menos frágil agora e mais irritada.

– Senhor, aqui é... Aqui é o Homem-Aranha.

– *O* homem *o quê*? – questiona ele, e Peter solta um gemido. Não há tempo suficiente para isso.

– É *o Homem-Aranha* – repete. – Só tenho alguns minutos, mas o senhor será roubado.

A voz solta um riso velho e retorcido ao telefone.

– Essa é uma daquelas, como se chama, aquelas chamadas de pegadinha?

– Não! – retruca Peter. Fechando os olhos, ele respira fundo e tenta controlar a voz. – É sério. Um homem chamado Flint Marko tentou roubar o senhor outra noite e vai tentar de novo. Ele quer aquela lâmpada de arco da Fazendas Arlo.

Há uma respiração profunda do outro lado da linha.

– Não sei como você descobriu isso, mas é melhor esquecer que sabe alguma coisa sobre esse assunto. Escute, meu jovem, esse item está muito seguro, e você não precisa se preocupar com ele. Consegui guardá-lo por todo esse tempo. Não preciso de um *moleque aracnídeo* para resolver problemas que inventou para mim. Está em segredo e seguro, tenha um bom-dia. – E então ele *desliga o telefone.* Peter encara o laptop, chocado com quão ruim a interação foi.

Ele se joga de costas na cama com um grunhido de frustração.

Ótimo! E agora?

OBTER ARCO LÂMPADA DE ARCO OBTER ARCO VOLTAR PARA CASA VOLTAR PARA CASA ARCO 2275 AVENIDA OCEANIC.

As palavras se repetem sem parar na mente do Homem-Areia. Ele está sentado em um colchão velho no meio de um espaço grande e vazio. É um dos armazéns abandonados no norte do Brooklyn e o lugar mais seguro que pôde imaginar, com a polícia e a família Maggia em seu encalço. Two Rocks não está muito satisfeito com o fato de o Homem-Areia não ter cumprido o combinado. Por força do hábito, o Homem-Areia está esticando e comprimindo um longo fluxo de areia de uma palma à outra, um tique nervoso de seus primeiros dias como um vilão superpoderoso.

Maldito Homem-Aranha!!!

O Homem-Areia resiste à vontade de gritar. Ele sabe que tudo a que tem direito está a apenas um pequeno assalto de distância. Fez centenas de coisas assim na vida, mas essa é a mais importante: é o trabalho que pode levar a tudo o que ele sempre quis: poder, dinheiro e uma vida fácil. E há apenas uma coisa em seu caminho.

A areia que flui entre suas mãos explode quando ele as bate uma contra a outra, imaginando uma pequena aranha entre as palmas.

OBTER ARCO LÂMPADA DE ARCO OBTER ARCO VOLTAR PARA CASA VOLTAR PARA CASA ARCO 2275 AVENIDA OCEANIC.

O Homem-Areia apoia o rosto nas mãos fechadas e grita. Levantando a cabeça, olha para o chão decrépito ao seu redor, furioso com a situação.

– Como é que vou dar um jeito nisso? – berra. – Minha equipe está foragida e ninguém vai se aproximar de mim com os policiais na minha cola.

Ele começa a andar de um lado para outro, com passos pesados, antes de cair de volta na cama, como se não conseguisse decidir o que fazer com o próprio corpo, muito menos com sua vida.

– Talvez seja hora de eu ir. Talvez eu precise fugir?

No chão, a tela do seu celular se acende e vibra no chão duro. O zumbido ecoa pelo armazém vazio. O Homem-Areia se levanta de novo, devagar, e se eleva em toda a sua altura, caminhando até onde atirou o celular em um acesso de raiva antes. Ele o pega. A tela está rachada e o canto lascado.

Mas ainda está funcionando e ele vê uma nova mensagem da misteriosa pessoa com número em branco.

PEGUE A LÂMPADA VÁ ATÉ A CASA
PEGUE A LÂMPADA VÁ ATÉ A CASA
PEGUE A LÂMPADA VÁ ATÉ A CASA
ENCONTRE
ENCONTRE
ENCONTRE
OU ENTÃO OU ENTÃO OU ENTÃO OU ENTÃO OU ENTÃO

Alguns dias depois, Peter entra em outro turno no *Clarim*. Ele teve várias fotos publicadas nos perfis do jornal – uma que ele acha *muito* legal, da noite da sua entrada no MIMO. Nela, ele está em Coney Island em seu traje de aranha para aliviar de antemão qualquer suspeita caso alguém descubra alguma coisa. Peter acena para Tommy e Rodrigo ao entrar, e eles acenam de volta com olás distraídos. Ao passar, ele vê que os dois estão assistindo com atenção a uma partida de futebol no celular de Rodrigo.

Quando ele chega à sua mesa no décimo sétimo andar, vê Ned e Kayla lá. Parece que estão discutindo, mas seus tons são abafados e ele mal consegue entender o que estão falando. Ned está de pé acima da mesa de Kayla de novo, debruçado com o queixo apoiado nos braços cruzados sobre o topo da parede do cubículo.

– Estou dizendo, Ned. Jonah vai fazer este jornal naufragar se continuar assim, e não sei quanto a você, mas eu não gostaria de arruinar toda a minha reputação profissional antes mesmo de ter a chance de construí-la.

– A testa dela está franzida e ela gesticula enfaticamente com as mãos.

– Oi – Peter diz em voz alta, só para ter certeza de que eles sabem que está ali. Kayla acena, mas não se vira para olhar para ele, obviamente distraída.

– Olha, o Jonah não é um jornalista ruim, é só essa coisa dele. Tipo... a *única* coisa. Em qualquer outra situação, ele pode ser um idiota falastrão, mas está aberto à discussão. Muitos editores não estariam – responde Ned, sem responder ao cumprimento de Peter além de um breve aceno de reconhecimento.

– Eu *sei* – responde Kayla. – Mas temos que fazer alguma coisa. As legendas que ele aprovou para as fotos do Homem-Aranha que recebemos esta semana foram absurdas. É sério. Sushant e eu estamos pensando em escrever uma carta para ele e fazer com que todos assinem, pedindo uma cobertura mais justa, para que não fiquemos *todos* em maus lençóis.

Os olhos de Ned se arregalam e ele se afasta da parede do cubículo como se as palavras de Kayla tivessem verdadeira força física por trás delas.

– Vai colocar o *seu* nome em uma carta para o J. Jonah Jameson dizendo que a cobertura do *Homem-Aranha* é injusta? – questiona ele, incrédulo.

– Sim – Kayla responde afetadamente. – Mas vamos falar sobre o dano que ele está causando ao *jornal*, não ao Homem-Aranha, é obvio.

A nuca de Peter arde, e ele espera *de verdade* não ter começado isso. Ele se volta para sua mesa, fingindo não ouvir, mas enlouquecendo por dentro mesmo assim. *Eu preciso deste trabalho!*

Ele começa a mexer nos papéis em sua mesa só para ter algo para fazer com as mãos. Se Kayla perguntasse, sabe que assinaria seu nome na carta porque é a coisa certa a fazer – as legendas de Jameson naquela semana estão fora de controle. Na filmagem em Coney Island, Peter sugeriu: *Uma pausa rápida para um pretzel antes de voltar ao trabalho!* – Jameson mudou para: *Aranha roubando pretzels e desperdiçando nosso tempo em Coney Island!*

Na verdade, o cara do pretzel deu a comida ao Homem-Aranha por ter impedido alguém de roubar suas gorjetas!

Então, se escrevessem uma carta e pedissem a ele? Assinaria. Ele suspira, olhando para a pilha de pastas para serem arquivadas em sua mesa.

Quem sabe eu não possa começar algum tipo de fundo coletivo por ser o Homem Aranha? Não... isso seria um pesadelo logístico.

Quando chega a hora da próxima reunião do grupo OSMAKER, Peter já está sentado à mesa, acenando para Randy quando ele entra na biblioteca.

– Oi, Pete! Boa pontualidade – brinca Randy enquanto se senta ao lado de Peter. Peter apenas dá de ombros em resposta, mas seu sorriso é largo. MJ e Maia se juntam a eles alguns minutos depois, em rápida sucessão. MJ acena para ambos e dá um *oi* para Peter.

Assim que se acomodam, Maia tira uma pilha de papéis da mochila.

– Então, fiz algumas pesquisas e, na verdade, a energia renovável tem sido uma tendência constante nas pesquisas do Google nos últimos anos. – O tom dela é educado, embora não particularmente caloroso, e a tensão que Peter sentia nos ombros diminui um pouco. Parece que todos estão sendo muito cordiais e, se isso for necessário para concluir o projeto, ele aceita.

– Isso é ótimo! – declara MJ, alegremente, mas Peter pode ouvir uma nota de nervosismo na voz dela.

– E o meu pai forneceu alguns endereços de e-mail de pessoas que ele disse que estariam dispostas a responder a algumas perguntas – acrescenta Randy. – Dois deles sabem sobre ativismo, e a terceira pessoa é um cientista climático. Podemos dividi-los, talvez? – Randy digita em seu celular e olha para o resto do grupo depois de apertar um último botão. – Pronto. Enviei a lista para vocês. São apenas três pessoas, então um de nós não terá que fazer isso.

Randy e MJ olham para Peter.

– O que foi?

– Você *nunca* olha o seu e-mail. Então talvez você não.

– Olho sim! – diz ele, ofendido. Mas então pensa na última vez que verificou o e-mail, e foi para receber a mensagem do dr. Shah há alguns dias. – Tá bom, justo. Posso fazer outra coisa.

Maia ficou calada, enquanto Randy compartilhava os e-mails, mas agora ela distribui os papéis que trouxe. Peter vê que ela imprimiu pacotes individuais para eles.

– Ah, que incrível, Maia. Obrigada – MJ diz ao pegar um.

– De nada, eu basicamente analisei as melhores partes de todas as ferramentas de mensagem que existem no momento e as piores coisas para que a gente possa começar a descobrir como queremos que isso funcione.

– E eu estive pensando – comenta MJ hesitante, enquanto folheia seu maço –, que mesmo que a gente ainda use energia renovável como base, o projeto real deveria criar um programa que tornasse mais fácil para as pessoas criarem uma linguagem em torno do ativismo; para que as pessoas insiram sua causa e o que desejam que as pessoas façam, e o programa possa ajudá-las a construir uma campanha.

– Ah. – Randy se inclina para frente na cadeira. – Com certeza a gente pode fazer isso como uma proposta de aula e, se formos escolhidos, vamos construir um programa de verdade para a competição OSMAKER!

– Isso! E talvez também possa extrair informações on-line para que, se outra pessoa estiver fazendo a mesma coisa que você quer fazer, o programa informe? Então, para jovens que quiserem fazer alguma coisa, é um lugar fácil para começar – continua ela.

Peter está assentindo com a cabeça, com tanta força que tem que afastar o cabelo dos olhos.

– Parece que as informações da Maia e a sua ideia vão funcionar muito bem juntas – comenta ele, talvez com um pouco mais de animação do que o necessário.

Maia lhe dá um breve sorriso, mas assente mesmo assim. Peter arregaça as mangas, exagerando com humor seus movimentos.

– Bem – diz ele, com as bochechas arredondadas por um amplo sorriso no rosto – ao trabalho!

Eles passam mais uma hora trabalhando de forma amigável, mas quando terminam, Maia recolhe suas coisas e vai embora antes mesmo que o resto deles comece a guardar as deles. MJ suspira.

– Ai, eu sou *horrível.*

Randy dá de ombros.

– Essas coisas acontecem, MJ. Todo mundo tem dias estranhos. Maia é legal; ela vai mudar de ideia. – Ele dá a ela um sorriso bobo e faz um joinha. – Além disso, todos nós sabemos que vamos conseguir notas máximas e isso é o mais importante.

– É mesmo? – pergunta Peter, estreitando os olhos em falsa preocupação.

MJ se aproxima do lado de Randy e acena com a cabeça.

– Ele não está errado. Espera, não. – Ela tamborila o queixo com um dedo. – Ou será que as notas são falsas e não importam...? O que acho que foi o que *você* disse ontem na aula de matemática, Randy.

Randy coloca a mão no peito.

– Que maneira de revelar todos os meus segredos, MJ! – Ele pendura a bolsa no ombro e olha para o celular. – Tudo bem, tenho que cair fora. Vamos levar a minha irmã para jantar para comemorar o aniversário dela hoje, e se eu não tiver tempo de vestir algo legal, minha mãe vai me deixar de castigo por cem anos.

Ele acena em despedida para os dois e se vira para sair. MJ se abaixa para colocar suas coisas na mochila, então é apenas Peter quem vê Randy apontar para MJ e balbuciar: *Chama ela para sair.*

Os olhos de Peter se arregalam e ele manda Randy embora, acenando com veemência com a mão na direção da saída. Randy se afasta e Peter pode ver seus ombros tremendo de tanto rir enquanto ele se vai.

Alguns minutos depois, Peter e MJ seguem o caminho de Randy e saem juntos pela porta. Assim que chegam à calçada, MJ começa a falar:

– É, eu *sei* que é minha culpa que o nosso grupo se sinta tão estranho, mas ainda assim, é uma merda!

– Tudo o que você pode fazer é continuar sendo gentil, MJ. Acho que ela vai mudar de ideia, sério. Você é incrível – declara ele, tentando não corar. Ela olha para ele e dá aquele sorriso que o faz pensar que ela pode ler sua mente. – Ah – diz ele às pressas, tentando mudar de assunto. – Queria agradecer todas as suas dicas sobre as redes sociais; minha chefe no *Clarim* adorou. Ela diz que tenho um "talento para a coisa". – Ele cita a frase que Kayla disse a ele.

– Isso é ótimo, Peter! Espero que esteja ajudando a tornar as coisas do Aranha um pouco mais legais.

Peter tropeça um pouco.

– Quero dizer, se isso acontecer, ótimo, mas se não, não depende de mim – diz ele depressa. MJ apenas lhe lança um olhar avaliador de que ele não gosta, então ele continua o mais rápido que pode. – Mas tem sido *muito* legal ver as minhas fotos serem notadas por tantas pessoas! Houve, tipo, uma centena de comentários sobre a última.

– Está bem, está bem, é justo – admite ela, então se assusta, olhando ao redor. – Ah, já estamos quase em casa.

Eles ficam calados por alguns minutos enquanto sobem a rua em direção a suas casas. Na frente da casa de MJ, ela para. Peter espera; sem dúvida MJ quer falar algo para ele. Ela o encara, acena com a cabeça uma vez e cerra os punhos ao lado do corpo.

– Peter – pergunta ela –, você quer sair comigo neste fim de semana?

O quê? O cérebro de Peter desliga.

– Hum, ah, quero dizer...

– Você não precisa! Me desculpa se eu...

– Não! – exclama ele muito alto. – Não, quero dizer, sim. Sim. Eu quero. Sim. Quero dizer. Sim. Obrigado por me convidar – acrescenta. *Formal demais,* seu cérebro grita.

O rosto de MJ abre um enorme sorriso e seus olhos verdes brilham ao sol poente.

– Ótimo! Combinamos mais tarde, mas fico feliz! – E com isso, ela se volta para entrar como se não tivesse acabado de virar o mundo dele de ponta-cabeça. – Vejo você amanhã, Peter.

Ele não consegue encontrar as palavras, então apenas ergue a mão e acena, certo de que suas bochechas estão brilhando em um vermelho radioativo à luz fraca do final de tarde. Assim que ela entra, ele entrelaça as mãos atrás da cabeça, olha para o céu e solta um grunhido antes de se virar para a própria casa.

Obrigado por me convidar?, pensa. *Aff, seja menos esquisito, Peter!*

CAPÍTULO DEZESSEIS

Nossa, pensa o Homem-Areia. *Os túneis do metrô de Nova York fedem demais.* Agora, ele é um monte de areia, se movendo em silêncio pelo labirinto de transporte subterrâneo, tomando cuidado para evitar o terceiro trilho elétrico. Não gosta de estar tão perto dele; a eletricidade é uma das poucas coisas que podem machucá-lo, calcificando sua areia de modo que não consiga se mover se for uma carga poderosa o suficiente. O terceiro trilho solta uma fagulha à sua direita, como se para lembrá-lo de que sem dúvida é poderoso o bastante. Ele se afasta o máximo para a esquerda, sem perder a velocidade. Esse é o caminho mais seguro para se mover agora que há um alerta sobre ele. Os túneis deveriam levá-lo direto à mesma rua em que estava algumas noites atrás.

Quase foi embora, mas algo no fundo de seu cérebro lhe dizia que essa era a atitude certa, esse seria seu último bilhete premiado. Ele desliza a areia pelas laterais do túnel até sentir o barulho de um trem se aproximando. Nesse momento, se espalha ao longo da parede ao passar. Em seguida, continua sua jornada. A essa hora da noite, os trens não circulam com tanta frequência, então, ele consegue chegar à parte alta da cidade sem outro incidente. Sai do subsolo e vai para a calçada, avançando devagar até chegar a um portão familiar.

No caminho, ele passa por um bueiro que desce até o esgoto e, embora não goste da ideia de ficar perto de tanta água, acha que talvez seja uma fuga rápida. Aprendeu algumas lições nos últimos dias. A última vez mostrou a ele que mesmo *com* um alarme tocando, pode contar com uma fuga bastante fácil. O próprio Homem-Aranha não conseguiu impedir o Homem-Areia naquele momento. Então, dessa vez, só precisa *entrar* sem ser notado. Ele passa por baixo do portão; não parece que mudaram nada desde a última vez que esteve aqui. O jardim foi limpo e o portão, consertado, mas, fora isso, ele avista os mesmos holofotes e alto-falantes de alarme que dispararam durante a última tentativa malograda.

Uma péssima ideia, pensa ele. *Me subestimar. Vão se arrepender.*

Ele está na trilha do jardim agora, que leva até a porta. Está movendo grão por grão, mal perturbando o ar ao seu redor, muito menos detectores de movimento, lasers ou qualquer outra coisa. *Quando eu tiver uma casa dessas, a primeira coisa que vou fazer é instalar alguns lasers.*

Só ir do portão até a porta da frente leva mais de uma hora. Mas o Homem-Areia está ali para ser meticuloso. Pode ser o que for preciso. Ele é *maleável.*

Enfim, ele sobe as escadas e começa a rastejar pela menor fresta entre a porta e o batente. Quando o Homem-Areia toca seu último grão de areia dentro da porta, está em um saguão escuro. Ao seu redor o ar está parado e quieto. Ele espalha a areia fina e não encontra absolutamente nada com que se preocupar. Nenhum indício de qualquer tipo de sistema de alarme lá dentro.

Tolos!

Depois de toda a preparação, ele está quase decepcionado com a facilidade de tudo até agora. Sua areia treme quando ele faz uma pausa, decidindo para onde ir. Mas então algo faz cócegas no fundo de sua consciência. Não precisa decidir. Ele pode sentir os resquícios de *algo* chamando por ele. O Homem-Areia avança, deslizando, cruzando o piso de mármore preto e branco, passando pelas portas das salas de jantar, salas de estar e salas dedicadas a quaisquer outras coisas para as quais pessoas ricas utilizam o espaço desnecessário. No final do corredor, há uma grande porta de metal. Não combina com a arquitetura clássica do resto do edifício. Essa é uma porta que existe para manter algo seguro. *Rá*, pensa o Homem-Areia. Ela pode estar bem selada, mas não o suficiente. *Sempre* há uma pequena fresta. Uma pequena rachadura. E ele vai encontrá-la.

Alguns minutos se passam, depois mais alguns, e ele fica frustrado. Sua areia está subindo e descendo pela porta em busca daquela imperfeição que ele *sabe que* deve existir ali – e então! No canto superior direito, a menor das fissuras embaixo de um parafuso. O Homem-Areia flui em direção a ela e através dela. Grão por grão. Do outro lado há uma escada que desce fundo no solo, e ele segue a trilha. Ainda assim, há algo fazendo cócegas no limite de sua percepção, incitando-o. É pequeno, como uma única folha de grama roçando de leve a sola de um pé descalço. Ele se agarra a ela, seguindo a sensação, enquanto ela o conduz por escadas, e corredores, e portas até que, finalmente, ele entra por um velho buraco de fechadura e encontra o que estava procurando: a lâmpada de arco voltaico. A coceira não passa, mas ele está distraído agora.

– Não parece grande coisa – diz ele depois de voltar ao seu corpo normal. Ele anda ao redor da lâmpada de arco. Parece frágil aos seus olhos, uma longa e fina barra de ferro com uma caixa preta no meio e um cilindro enorme no topo. *Como vou vai tirar essa coisa daqui? Pensei que ia ser uma coisinha de mesa que eu poderia carregar nas mãos!*

A lâmpada à sua frente é bem grande e é um longo caminho para subir e atravessar a casa. Ele se transforma em areia de novo e volta para o corredor pelo buraco da fechadura da porta, deslizando até encontrar uma parede sólida feita de quadrados de pedra, empilhados com algum tipo de concreto ou argila. Seja o que for, é *poroso*. Se ele conseguir colocar a areia atrás dessa rocha, provavelmente conseguirá abrir um túnel com a força de sua areia bem depressa. Ele desliza pelas frestas entre a rocha quadrada e cinzenta e achata sua areia atrás dela, entre a pedra e a terra, e então empurra com toda a força. Ela se move devagar no início e depois de uma só vez, deslizando pelo chão com um alto *frrrrrrr*. Por trás dela, o Homem-Areia consegue sentir terra, e, com isso, sabe lidar. Ele faz um trabalho rápido em mais seis pedras e, então, há um buraco grande o suficiente para ele e a lâmpada. Ele perfura a terra até aparecer em algum lugar a quilômetros de distância da mansão na avenida Oceanic. A saída é distante o bastante para que uma pessoa normal leve muito tempo para rastejar por um buraco pelo qual o Homem-Areia se deslocou depressa. Mesmo quando descobrirem como ele saiu, não conseguirão pegá-lo a tempo.

Ele flui de volta pelo túnel que fez, e entra no corredor, e retorna para a sala com a lâmpada. De seu ponto de vista, não há mais necessidade de fazer silêncio. Ele pega a lâmpada e arromba a porta por dentro. Os alarmes imediatamente começam a soar, mas o Homem-Areia os ignora, disparando pelo corredor até sua saída improvisada. Sua areia já está em movimento rápido, a lâmpada travada em algum lugar dentro de sua forma aerodinâmica, carregada com ele, através do túnel e para fora.

Peter esteve quebrando a cabeça sobre aonde levar MJ. Ele tentou perguntar a ela se havia algum lugar aonde ela queria ir, e ela apenas lhe deu um sorriso travesso e disse: "Ei, já consegui convidar você para sair; agora você pode cuidar do planejamento".

Foi doce e engraçado, e ele apreciou isso no momento, mas agora estava em pânico total. Pretendia fazer parte desse planejamento na noite passada, mas então foi surpreendido por um assalto a banco em andamento e isso tomou quase a noite *toda*. Agora, ali estava ele, pela manhã e perdido. *Para onde devo levar uma garota? Para onde devo levar uma garota inteligente e fofa? Para onde devo levar Mary Jane Watson? Ela é tão... MJ e eu sou tão...* Ele se olha no espelho, pelo menos escolheu algo decente para vestir. Ao menos, acha. Está usando uma calça jeans e um moletom com o logotipo da NASA. *O espaço é legal, não é?*

Não que ele ache que as roupas vão salvá-lo se ele a levar para algum lugar terrível. Ele começa a andar pela sala, contando ideias nas mãos.

Coney Island? Não, é longe demais. Levaríamos tanto tempo para chegar lá que é provável que, tão logo chegássemos, teríamos de voltar para casa para chegar no horário estipulado.

O Museu de Arte Moderna? Sem chance. E se formos para uma exposição que eu não entendo? E, ah, cara, se a exposição foi experiencial? Seria muito desagradável. Não.

Talvez o Central Park? Ele pausa seu movimento e olha para fora. O tempo *está* lindo, mas isso apenas significa que todo mundo e mais um pouco estará no parque naquele dia. Ele revira os olhos e volta a andar. *Básico pra caramba.*

Quem sabe só um filme e uma pizza ou algo assim? Affffff.

Ele precisa de outra opinião. Abre a porta e desce correndo as escadas, pulando dois degraus de cada vez.

– Tia May? – chama, mas a encontra antes que ela responda. Ela está sentada à mesa da cozinha, revisando alguns papéis. Olhando por cima do que quer que esteja lendo, ela sorri calorosamente antes de olhar duas vezes.

– Ei, Peter, você está bonito. Você... penteou o cabelo?

Ele esfrega a nuca em apreensão, evitando o olhar dela.

– Eu sempre penteio o cabelo – protesta ele, fracamente sabendo que não é verdade.

– Precisa de ajuda com alguma coisa? – pergunta ela, conduzindo a conversa graciosamente como só ela consegue.

– Eu vou... sair com a MJ hoje e não consigo pensar em onde levá-la. – Ele cai na cadeira em frente à dela. Ela larga os papéis e tira os óculos.

– Bem – começa ela, abrindo um sorriso astuto. – Leve-a a algum lugar especial, onde terá algo para fazer, mas também, e mais importante, espaço para conversar. – E então, em uma surpreendente explosão de inspiração, ele sabe. Ele conhece o lugar perfeito.

MJ está sentada no assento de dois lugares do metrô ao lado de Peter e eles estão indo para a cidade.

– E aí, para onde estamos indo? – pergunta ela, se virando para encará-lo. Ele está olhando para longe dela, e ela pode apreciar por um segundo de quão bonito ele é, com seus olhos castanhos sorridentes, cabelos em um caos de cachos que indicam um provável corte de cabelo no futuro próximo e seu moletom adoravelmente nerd.

Ele a pegou e no mesmo instante ficou sem saber o que dizer quando ela abriu a porta; mas o que ele não sabe é que ela também! Ela está se esforçando muito para parecer que não está nervosa e espera que esteja funcionando. Em resposta à pergunta dela, Peter vira a cabeça para ela e sorri.

– Há uma parte do Met que fica em Washington Heights chamada Claustros. Foi meio que a tia May que recomendou. Tem um monte de coisas ao ar livre, mas *não é* o Central Park.

– Ah, parece muito legal; eu nunca estive lá antes.

– Já balanç... passei por lá algumas vezes – comenta Peter, antes de continuar depressa: – Pensei que a gente poderia comprar alguns sanduíches para o almoço quando estivermos com fome. Acho que há uma delicatessen do outro lado da rua do parque.

Ela se inclina um pouco mais perto, ostensivamente para falar por cima do som do metrô passando sob o rio, mas feliz por ter a desculpa.

– Parece *excelente.*

Eles passam o resto da viagem conversando, e essa é uma das coisas favoritas de MJ ao sair com Peter. É tão fácil conversar com ele. Eles fazem a baldeação para o trem A e, assim que se acomodam em seus assentos, Peter afasta a franja do rosto e olha para cima para contar quantas paradas eles têm até a rua Dyckman. Há um cacho apontando para o alto na parte de trás do seu cabelo, e MJ sente vontade de arrumá-lo. *Que estranho!,* pensa ela.

Ele estende a mão a fim de apontar para as paradas, e algo em seu movimento lembra MJ de como ela o viu entrando de fininho em casa, e ela fica imaginando se deveria perguntar sobre isso. Aconteceu mais algumas vezes nas últimas semanas. Mas não tem certeza do que Peter, entre todas as pessoas, poderia estar escondendo. Ele é o tipo de pessoa que revela todas as emoções na cara.

Embora houvesse momentos em que ela tenha notado que ele demorava um segundo a mais para responder ou passava de um assunto em questão, como se não quisesse que ninguém refletisse sobre *isso* e *ele* no mesmo pensamento por muito tempo.

– Só mais dez paradas – declara Peter, com um leve sarcasmo, tirando-a de seus pensamentos.

Eles voltam à discussão sobre quem venceria uma corrida: Sonic, o ouriço, ou o Papa-léguas. Eles vão e voltam nesse importante confronto de titãs, até que por fim:

– O Papa-léguas, fácil! – determina MJ. – Porque ele jogaria *sujo.*

– Mas estamos falando só de uma corrida, não de uma batalha tática. – Ele estende as mãos para pontuar seu argumento.

– Tem que ser tática! E uma batalha! – exclama ela, no momento em que o condutor liga o alto-falante para anunciar a rua Dyckman. Eles saem sob o sol do meio da manhã e caminham alguns quarteirões para o Sul até a entrada do parque que leva aos Claustros. É lindo. Enquanto andam, Peter aponta para uma delicatessen, onde eles podem comprar sanduíches mais tarde.

Eles caminham até a entrada do parque Fort Tryon, a área que cerca o museu, e então é como se nem estivessem mais na cidade. O caminho largo é cercado em ambos os lados por folhagens e árvores, e o sol abre caminho através dos galhos até o solo abaixo. MJ pode ver a antiga pedra dos

Claustros a distância. Ela se vira para Peter enquanto eles caminham.

– Então, o que fez você querer vir aqui? – pergunta.

Ele faz uma pausa por um momento e então dá de ombros, evasivo.

– Sei lá, só pareceu interessante. Esse edifício aleatório de aparência medieval no meio de Nova York? E é longe o suficiente para que não fique *lotado* de turistas ou algo assim.

– Bem, seja qual for o motivo, estou feliz. – Ela avança alguns passos, animada demais para uma mera caminhada chata, e se inclina na beira de um muro de pedra com vista para um espaço aberto. Há grupos de pessoas fazendo piquenique e algumas tomando sol ou lendo em silêncio com fones de ouvido. – Sinto que as pessoas costumam pensar, vamos comer pizza e assistir a um filme, o que é divertido! – Ela ri do rosto chocado de Peter. – Isso também teria sido divertido – repete –, mas parece... – Agora é a vez de MJ fazer uma pausa estranha. Ela coloca uma mecha de cabelo atrás da orelha e se vira antes de terminar, olhando para as pessoas no gramado. – Parece especial.

Quando ela olha de volta para Peter, ele está com um enorme sorriso e gesticulando para que ela o siga.

– Vamos, vamos lá para a parte do museu – convida ele.

Eles passam as próximas horas caminhando pelo que ela supõe ser uma versão exata de um claustro medieval real – nunca esteve fora do país antes, na verdade, nem fora da área dos três estados, mas parece bem europeu aos olhos *dela.* Há arcos e vias calçadas com pedras e belos jardins quadrados, cercados por muros de pedra. Então, quando ela e Peter estão passando por um grupo de turistas muito barulhentos em um dos corredores mais apertados, eles ficam próximos o suficiente para que suas mãos se toquem e ela entrelaça os dedos nos dele. Ela não para de andar, como se estar de mãos dadas com ele fosse a coisa mais natural do mundo, mas ela espera que sua mão não pareça estar tremendo, nem suada. Consegue sentir a surpresa momentânea dele quando ele para de repente por um breve segundo, mas ele logo se acalma e segura a mão dela também.

Mais tarde, depois de explorar o museu, eles refazem os passos até o parque. Ela está prestes a fazer uma pergunta quando Peter aponta para algo com suas mãos unidas.

– O que é aquilo?

Há uma multidão reunida a cerca de seis metros adiante. Não é enorme, mas há alguém falando na frente e um monte de gente ouvindo.

– Vamos dar uma olhada – ela diz a ele. Eles caminham em direção à multidão e, à medida que se aproximam, MJ fica um pouco chocada ao reconhecer alguém. – Aquela é *Maia*?

Peter aperta os olhos como se isso fosse ajudá-lo a ver melhor, mas quando os abre bem outra vez, ele assente com a cabeça.

– Acho que você está certa.

Estão perto o bastante agora para ouvir o que a pessoa está falando.

– Todos merecem o direito a um lugar para viver e se sentirem seguros! – Há uma mulher do Leste Asiático com muletas parada na frente, falando alto para o grupo. Algumas pessoas na multidão gritam afirmações, concordando com ela. Maia está lá atrás, com amigos que MJ não reconhece. Eles têm placas e mochilas transparentes com garrafas de água e algumas outras coisas.

– Ei, Maia! – Peter chama, enquanto caminham até ela. Ela se vira e, por uma fração de segundo, parece completamente chocada, mas depois muda suas feições. Parece arrumada como sempre, nota MJ, com seus longos cabelos presos em uma trança tipo rabo de peixe, uma bandana amarela em volta do pescoço, uma blusa preta e um short elegantemente desgastados.

– Ah, oi, o que estão fazendo aqui? – pergunta ela, antes de olhar para suas mãos e murmurar um silencioso *ah*.

– O que você está fazendo aqui? – pergunta Peter.

– Ah, é um protesto por moradias populares...

MJ interrompe, pelo visto incapaz de se conter.

– Eu não sabia que você se interessava por essas coisas! – deixa escapar e depois cobre a boca com a mão. – Desculpa! Desculpa. Quero dizer...

Maia lança um olhar sardônico para ela.

– Você pensou que eu era *exatamente* o que você viu on-line? E não achou que talvez houvesse mais em mim do que algumas fotos no Instagram?

MJ cora, sabendo que Maia tem razão. Peter aperta a mão dela e ela olha para ele. Seus olhos castanhos estão enormes e ele está acenando com a cabeça de modo não muito sutil para Maia em encorajamento. MJ endireita os ombros e encara Maia.

– Você tem razão – confirma MJ. – Fui uma idiota por vários motivos e peço desculpas. Jamais deveria ter julgado você pelo que você gosta. Mas – continua ela – estou superanimada em ver você aqui, e não porque o que eu acho que importa! Mas porque temos algo em comum! – Ela dá uma volta para olhar a mochila transparente de Maia. – Então, vejo garrafas de água e bandanas, mas qual é o seu tipo favorito de barra energética para levar para um protesto?

Maia lança um longo olhar para MJ, como se estivesse decidindo alguma coisa e, então, ela dá um sorriso largo e acolhedor.

– Obviamente é... – E então MJ se junta a Maia no final da frase, porque ela sabe o que está por vir: – PRO-TRAIN. – As duas falam juntas e riem.

Peter está um pouco perdido na conversa que MJ e Maia estão tendo; elas estão conversando há vinte minutos sobre diferentes protestos que participaram, primeiro com a família e depois com amigos.

– Você discute com a sua mãe toda vez que quer ir a um desses? – MJ pergunta. – Porque eu com certeza discuto. E aí fico meio...

– *Mas foi você quem me ensinou?* – pergunta Maia, imitando o que Peter supõe ser a voz de sua mãe.

– Sim! – grita MJ, rindo.

Não é algo sobre o qual ele saiba alguma coisa, mas está feliz por ouvir e aprender e, além disso, *MJ segurou a minha mão. E ainda estamos de mãos dadas.* Como se ela pudesse ouvir seus pensamentos, ela aperta a mão dele e olha para ele com o canto do olho.

Maia percebe.

– Entããão – começa ela –, o que vocês *estão fazendo* aqui? – Só que agora ela tem um tom provocativo na voz e MJ torce o nariz.

– O que *estamos fazendo* é indo comprar sanduíches – diz ela com um sorriso. – Mas estou muito feliz por termos encontrado você.

– Eu também – responde Maia, e Peter percebe a honestidade em sua voz. – Vejo vocês na escola. Divirtam-se!

Estão voltando para a saída para encontrar a delicatessen pela qual passaram antes, e Peter está eufórico. Naquela manhã, quando se deu conta, ele tem passado *tanto* tempo perto dos Claustros durante a noite que é ótima maneira de vê-los durante o dia como uma pessoa normal na companhia de alguém de quem gosta; não sabia se seria uma boa ideia. O Sol não parou de brilhar, ele acha que não parou de sorrir e apenas se atrapalhou *um pouco* na bilheteria, mas achou que MJ nem estava prestando atenção.

Dito isso, até MJ segurar sua mão, tinha ficado com as mãos nos bolsos quase o tempo todo, porque não sabia o que fazer com elas enquanto caminhava, e sua nuca estava ardendo um pouco, o que significa que deve estar queimada de sol, mas ele não se importa. Nada pode competir com o fato de MJ ter segurado sua mão. *Queimadura de sol é um pequeno preço a pagar*, pensa.

Peter segura a porta aberta para MJ quando chegam à loja; pedem seus sanduíches, pegam refrigerantes e batatas fritas e voltam para fora para encontrar um banco vazio onde almoçar. Ele está com o saco plástico preto enrolado no pulso, e os dois estão parados na calçada do outro lado da rua, observando a borda do parque, quando MJ se vira para ele.

– Está sendo muito divertido, Peter. Estou feliz por você ter aceitado. – Ela sorri, e ele não pode deixar de sorrir de volta, extremamente grato por quão des-estranho – *Des-estranho? Isso lá é uma palavra? À vontade?* – ele se sente. Percebe que ela se aproximou e que eles estão a apenas um fio de cabelo um do outro. *Está acontecendo.* Os olhos dela estão fechados e seus cílios parecem dourados sob o sol da tarde. Ele se inclina para frente e, quando está prestes a beijar a garota de quem gosta desde *a oitava série*, ouve alguém do outro lado da rua gritar: “SOCORRO!”.

CAPÍTULO DEZESSETE

O sentido-aranha de Peter está enlouquecendo, zumbindo com intensidade na sua nuca. Consegue ouvir mais pessoas gritando dentro do parque. MJ está segurando a mão dele com força e ele tem certeza de que as unhas dela vão deixar marcas nas costas da sua mão, mas ele não a culpa. Algo ruim está acontecendo.

– Algo está errado. MJ, vá para a loja, vou tentar encontrar a Maia!

MJ olha para o outro lado da rua e parece firme, mas quando ela fala, Peter consegue ouvir uma nota de medo.

– Não, eu vou com você – é o que ela diz, e ele não fica surpreso. Sua testa franze e sua mente dispara, tentando encontrar uma maneira fácil de fazê-la ficar para trás. Não quer que ela vá com ele, e não apenas porque não pode vestir seu traje de aranha enquanto ela estiver junto, mas porque não quer que ela corra perigo!

Contudo, não tem nenhuma ideia e nem tempo para discutir, portanto, agarra a mão dela e os dois atravessam a rua correndo até o parque Fort Tryon. É um pandemônio. Há dezenas e mais dezenas de pessoas tentando sair, e Peter e MJ são forçados a ir contra a multidão. Ele quase a perde para o fluxo do tráfego em sentido contrário uma ou duas vezes, mas consegue segurar firme sem *parecer* que está segurando firme, e conseguem ficar juntos. Há sirenes tocando em algum lugar, mas ele não sabe dizer de que direção com todo o caos.

Finalmente, encontram a clareira onde viram Maia pela última vez, mas há pessoas *por toda a parte.* Uma voz de mulher à esquerda de Peter grita:

– Nunca vão me pegar, seus idiotas! – E ele vê uma figura no que parece ser uma fantasia de panda. Ele riria, mas ela está segurando uma rocha enorme, decidindo em que direção atirá-la.

– Peter? MJ?! – De repente, Maia está parada na frente deles, ofegante. – De onde vocês vieram?

– Viemos para ter certeza de que você estava bem! – MJ diz, pegando a mão de Maia. – Agora que encontramos você, vamos embora!

Peter precisa lidar com a mulher panda, mas não pode fazer isso na frente de MJ e Maia. De propósito afrouxa o aperto na mão de MJ.

– Vamos! – chama, se virando para correr. – Mas se nos separarmos, vamos nos encontraremos na delicatessen Edward's, na esquina da Broadway e Thayer!

MJ e Maia balançam a cabeça em concordância, e uma vez que os três entram na enorme multidão que está se afastando da violência, ele solta a mão de MJ.

– Peter! – chama ela, enquanto a multidão os separa.

– VAI! – brada ele. – Vou encontrar vocês! – Ele finge tropeçar e, quando elas desaparecem de vista, ele recua.

É hora de lidar com a panda.

O Homem-Aranha entra em cena – *parque irritante com sua irritante falta de edifícios!* A mulher vestida de panda ainda está no gramado. Ela arrancou uma árvore e agora a está balançando contra um grupo do que parecem ser seguranças do parque.

– Ei! – o Aranha grita, atirando suas teias na árvore e a puxando dos braços dela. Ela se vira, e ele consegue ver que, sob o capuz de panda, ela é uma mulher branca com maquiagem preta bem escura espalhada de maneira bagunçada ao redor dos olhos azuis.

– NÃO! – grita ela. – *Você não*!

O Aranha coloca a mão no peito, as lentes arregaladas e inocentes.

– O que foi que *eu* fiz? A gente se conhece? Sinto que me lembraria de ter conhecido uma ursa malvada.

Ela rosna e arranca outra árvore, pronta para jogá-la nele. Ele salta alto no ar, dando uma cambalhota e atirando duas teias no tronco nas mãos dela antes de puxá-lo para trás, fazendo-o cair pesadamente no chão. Então ele pousa graciosamente sobre ele, se agachando sobre o tronco, com os galhos atrás de si.

– O que foi, senhora?!

– Cale a boca, aberração-aranha! Acabei de me dar muito bem e vou *dar o fora daqui*! – Em vez de uma árvore, dessa vez ela pega um turista em fuga e *joga o turista.* O Aranha pula e atira teias em repetidas rajadas, amarrando o cara para que ele fique pendurado com segurança em um galho de árvore. Porém, a pochete dele acaba um pouco desgastada, coberta de teias e rasgada nas laterais.

– É, foi mal por isso – o Aranha grita enquanto se volta para a panda. Ela já tem outro frequentador aleatório do parque em mãos. – POR FAVOR, PARE! – Ele coloca as mãos em volta da boca para que o som seja transmitido.

– Não posso, cara! Preciso sair daqui para comprar uma ilha, e você está no meu caminho!

Então ela joga *aquela* pessoa, e o Aranha tem que brincar de pegar com seres humanos pelos próximos minutos.

– Essa não é uma estratégia de batalha eficaz! – Ele bufa, depois de colocar no chão o quarto projétil humano. Eles agradecem antes de sair correndo para dar o fora do parque.

Os seguranças do parque praticamente abandonaram a luta, o que o Homem-Aranha aprecia. Pelo menos, não precisa se preocupar com a possibilidade de eles se machucarem! Mas ele bem que gostaria da ajuda. Eles estão nos arredores, gritando coisas nos walkie-talkies que carregam nos ombros.

– Tirem todo mundo daqui! – berra para eles antes de saltar para se aproximar da panda. Espera não se arrepender disso. Ele cola uma teia em uma árvore de um lado e depois outra teia em uma árvore do outro lado. Recuando com força, se lança com os pés na frente e atinge bem na barriga da panda. Ela solta um alto *"UFF!"* e sai voando para trás.

O Aranha não perde tempo em segui-la. Infelizmente, mesmo deitada de costas, ela está preparada quando ele pousa na sua frente. Ela se coloca de pé num salto e, em seguida, dá um soco rápido no rosto dele. Já é difícil o bastante para ele ver o dobro por um segundo, e ao se afastar e rolar para fora do caminho, ela volta com outro soco. É mais por sorte que ela erra do que por qualquer habilidade dele. De seu lugar no chão, ele salta alto para a lateral de uma árvore.

– Quem *é* você? – grita ele, *atirando* uma teia nas mãos dela ao mesmo tempo.

– Eu sou a *Panda-Mania*! – ela berra de volta, com os braços levantados em uma pose de vitória. As lentes do Aranha se estreitam e ele olha para ela com desconfiança.

– Não sei dizer se você está brincando comigo ou não.

– É um bom nome! – Ela começa a correr em direção a outra árvore. O Aranha percebe que ela está prestes a arrancá--la pela raiz, então ele toma um impulso e pula alto sobre ela, virando de cabeça para baixo e caindo de pé atrás dela para que possa acabar com essa luta. Assim que ela chega ao tronco, ele atira teias em rápida sucessão até que ela fique presa firmemente à árvore, de cara, com os braços em volta dela. Ele se levanta, respirando com dificuldade, e manca até, *bem*, a Panda-Mania.

– Por que você está assim? – pergunta ele, em tom melancólico. Ela o encara com petulância, a bochecha esmagada pela casca da árvore.

– Eu quero uma ilha.

O Aranha suspira.

– Você arruinou o meu encontro.

Só nesse momento ele percebe uma mulher do protesto, escondida atrás de uma árvore. Fica feliz em ver que ela ainda está com as muletas e a mochila.

– Ei! – chama. – Ei, você!

Ela espia por trás da árvore.

– Eu?

O Aranha assente.

– Sim! Você está bem? Tipo... você não tem algum outro lugar onde precisa estar?

– Sim, estou bem e não, não preciso ir para lugar nenhum, acho – diz ela, confusa.

– Legal, legal, legal. Você tem um celular? Pode ligar para quem deveria lidar com isso? A segurança do parque, talvez? Eu realmente tenho outra coisa para fazer.

– Hum, claro – responde ela, que deve estar se perguntando o que o Homem-Aranha precisa fazer que não seja lidar com uma senhora vestida de panda que acabou de destruir metade do parque. Ele não fica para explicar. Correndo de volta para onde deixou as roupas, fica horrorizado ao ver que não estão mais lá. O arbusto onde as enfiou não era bem um arbusto, mais como uma pequena moita, e alguém deve tê-las encontrado.

Ah, droga, eu adorava aquele moletom! E já era voltar para encontrar a MJ! Se alguma vez ele teve certeza de que havia alguém em algum lugar controlando sua vida, era hoje, e sabia que a pessoa o odiava.

Ele se senta no chão, de pernas cruzadas, e pega o celular.

EI, MJ! MÁS NOTÍCIAS: CAÍ NUM LAGO E TÔ ENCHARCADO. VOU PRA CASA ME TROCAR

VEJO VC MAIS TARDE!! (??)

AH, E EU ME DIVERTI MUITO HOJE!!

O pequeno balão de fala aparece no lado esquerdo da tela. A animação de reticências pulando...

E pulando...

E pulando.

Ele levanta de novo e começa a andar de um lado para o outro.

Deveria dizer mais alguma coisa? *Não. Não, deve estar tudo bem.* Ou talvez devesse...

Quando está prestes a digitar mais alguma coisa, qualquer coisa, a mensagem dela chega.

VÁ SE TROCAR

Mas, em vez de um ponto final, ela usou um emoji de gatinho rindo para encerrar a mensagem. Ele consegue sentir seu rosto esquentar sob a máscara e está sorrindo tanto que suas bochechas doem. Está mais grato do que o normal por sua máscara agora, porque tem certeza de que sua expressão é ridícula. Olha para si mesmo novamente e se move para partir. Também decide tentar encontrar um de seus esconderijos de roupas. Há um em algum lugar na 49th Street. Mas dessa vez, com certeza vai pegar o trem.

Isso é tão típico. Não consigo nem chegar ao final de um encontro sem algum vilão de quinta categoria aparecer e estragar tudo.

A pior parte era que a MJ ESTAVA PRESTES A ME BEIJAR.

A lâmpada de arco se ergue no chão do armazém abandonado do Homem-Areia. Ele se sente delirante e não para de sorrir. Embora se a reação da velha senhora, enquanto ele entrava com a lâmpada, fosse alguma indicação, o sorriso em seu rosto não era particularmente *amigável*. Ainda há aquela coceira, percorrendo de leve toda a sua espinha. Ele olha para a lâmpada de novo.

Quem liga?! Eu estou com ela. Em breve, serei pago. Que se dane a polícia; que se dane o Two Rocks e seus capangas da Maggia. Que se dane o Homem-Aranha.

Há um rolo de fio de cobre em seu colchão, e ele o pega agora, junto com um alicate. Desenrolando alguns fios longos, ele os corta de maneira exata. Uma vez livres, ele os entrelaça em uma trança grossa. Há um gerador que ele roubou de um apartamento a alguns quarteirões de distância, e ele o usa agora, enrolando uma ponta da trança em volta da bateria exposta. Ele pega a outra ponta e a enrola nas extremidades dilapidadas do cabo de alimentação da própria lâmpada.

Ele respira fundo. *O momento da verdade.*

Quando ele o liga, o gerador ganha vida com um zumbido alto que preenche o espaço – mas ele não está preocupado. Esse lugar desagradável e úmido está totalmente deserto. Os únicos companheiros de quarto que ele tem ali são os ratos, e eles não o incomodam. Não depois que lhes deu uma lição na sua primeira noite juntos.

O gerador zumbe e o Homem-Areia espera, olhando para a lâmpada. Esperando que ela faça alguma coisa. Qualquer coisa. Alguns minutos se passam.

– Por que não está funcionando? – murmura, perplexo. Suas sobrancelhas caem sobre os olhos, enquanto ele encara a coisa como se ela tivesse insultado sua mãe. Ele coloca um dedo na fiação e todo o seu corpo vibra com o choque. Ele puxa a mão de volta, sibilando de dor. Mas agora sabe que, sem dúvida, não é uma questão de energia.

Se aproxima da lâmpada, olhando-a de cima a baixo. A tal coceira fica um pouco mais forte, mais insistente. Ele vê as espirais da lâmpada e a barra de ferro que sustenta tudo. Ele vê a caixa preta que contém toda a fiação, mas... ele olha mais de perto e deixa sua areia fluir para o espaço entre elas. Os tubos de vidro estão *vazios.* De alguma forma, ele sabe que o quer que esteja faltando, o quer que que deve ficar dentro dessas hastes e entre essas duas bobinas, é importante. Então, percebe um pequeno pedaço de *algo* deixado para trás. Consegue senti-lo parado ali. Está irradiando algum tipo de onda, é pequeno e escuro. Ele se senta pesadamente no chão, apoiando a cabeça nas mãos.

Ele esteve tão perto.

Como eu pude não notar isso?!

De repente, algo o empurra de costas. Ele tenta se levantar do chão, mas não consegue. A coisa está ao seu redor, mantendo-o sólido, não lhe permitindo se transformar em areia. Ele está sendo pressionado por todos os lados, cada vez mais, e mais, e *mais apertado.* Ele solta um gemido alto, porque é tudo o que suas cordas vocais podem fazer no momento. Nunca se sentiu tão desconfortável na vida. Os grãos de areia que o compõem estão raspando uns contra os outros e cada parte dele quer se expandir e ser livre, mas ele não consegue. Ele quer gritar; tenta se transformar em qualquer coisa, mas há muito dele e a força ao seu redor o está apertando cada vez mais.

Ele não consegue...
ele não consegue...
ele não consegue...
ele *não consegue.*

Quando está prestes a desistir, a colapsar naquele minúsculo grão de areia que contém cada parte de quem ele é, a pressão diminui e ele está livre. Ele imediatamente cresce o máximo que pode no espaço do armazém e transforma os punhos em marretas. Pelo canto do olho, vê a tela brilhante de seu celular se iluminar na cama. Se volta na direção dele e o pega com a mão de areia gigante.

AGORA VOCÊ SABE. VOCÊ NÃO PODE FALHAR. DE NOVO.

ENCONTRE O ELEMENTO. TRAGA NOSSA CASA.

CAPÍTULO DEZOITO

É um dia ímpar na escola, o que significa que é um dia que começa com a aula do dr. Shah. Quando Peter entra correndo na sala trinta segundos após o último sinal, a primeira pessoa que ele vê é MJ. Ela se ilumina com sua entrada e acena; ele dá um pequeno aceno de volta e pode sentir um rubor subindo por seu pescoço e bochechas. Não a vê desde o encontro dolorosamente interrompido. Contentaram-se com mensagens, mas não é a mesma coisa que vê-la pessoalmente, e ele não está preparado. E se ela tiver passado por momentos horríveis no encontro e estava apenas sendo legal?

Ele corre para seu lugar enquanto o dr. Shah diz:

– Olá, senhor Parker, obrigado por se juntar a nós. – Há uma nota de sarcasmo em seu cumprimento. Há algumas risadas leves, mas o dr. Shah está sorrindo quando fala, sendo assim, Peter não se sente tão mal, embora afunde um pouco mais na cadeira. Essa é a primeira vez em muito tempo que ele se atrasa, tentando cumprir sua promessa de tornar a vida do dr. Shah um pouco mais fácil de todas as maneiras que puder.

– Como eu estava dizendo, usaremos o dia de hoje para fazer um pouco de trabalho em grupo. Espero que todos os seus projetos estejam indo bem. Não se esqueçam que vocês precisam entregar um resumo do projeto e algumas de suas descobertas na próxima aula, então, sugiro que passem algum tempo trabalhando nisso hoje.

Os olhos de Peter se arregalam quando ele percebe que terá que falar com MJ *agora.* Ele realmente esperava usar o tempo de aula para se preparar para não ser um completo esquisito, quando enfim conversassem. Se sente *tão* idiota por ter precisado fugir, por ela pensar que ele caiu em um lago. *Desculpe, MJ, eu tive que ir embora, porque sou basicamente um personagem de desenho animado.*

Ele cruza os braços sobre a mesa e apoia a cabeça neles.

– Muito bem. – O dr. Shah bate palmas. – Vão em frente e mãos à obra. Sintam-se à vontade para vir até a minha mesa e fazer perguntas se precisarem de ajuda.

Peter olha para trás em pânico quando ouve as carteiras começarem a ser arrastadas, conforme os alunos se juntam em seus grupos. Ele se levanta para ajudar a organizar as mesas mais próximas, e talvez apenas para ter algo para fazer quando MJ...

– Oi, Peter. – Se aproxima.

Ele se vira para encará-la e logo tropeça nos próprios pés, conseguindo se sentar com força na própria cadeira em vez de no chão. Ela morde o lábio, e ele acha que ela está tentando não rir. O cabelo dela está preso em um rabo de cavalo naquele dia, e ela está *muito* bonita em um vestido com manchas brilhantes de flores estampadas por toda parte.

– Oi, MJ – cumprimenta ele, desanimado.

– Oi, Peter – repete ela, num tom decididamente mais leve. Ela desliza para a mesa ao lado da dele, e ele lhe dá um pequeno sorriso.

– Você está linda – comenta ele, baixinho, e fica satisfeito ao vê-la abaixar a cabeça, encabulada. *Talvez o encontro não tenha sido ruim.*

– Obrigada – responde ela, e parece que vai dizer mais alguma coisa quando Maia e Randy se juntam a eles. Ela fecha a boca de repente, mas Peter se distrai com a expressão de Maia. Ela olha de Peter para MJ, seu sorriso fica cada vez mais amplo. Todos pegam os materiais do projeto, mas antes que alguém comece a falar sobre ativismo, Maia se manifesta.

– Então, como foi o resto do encontro? – pergunta ela, apoiando o queixo nos dedos em posição de oração.

Randy, que tinha acabado de tomar um gole de água, quase engasga e abaixa a garrafa para poder tossir e rir ao mesmo tempo. Ele finalmente pigarreia e então faz um joinha para ambos.

– Com certeza preciso saber *tudo* sobre como isso aconteceu – declara. Mas, infelizmente, Randy não foi o único que ouviu a pergunta de Maia.

– Encontro? – Flash Thompson caminha até o grupo, olhando para Peter e MJ, incrédulo. – Você? – Ele aponta para Peter. – E *você*? – Ele aponta para MJ. O rosto de MJ fica vermelho e seu queixo se projeta. Ela encara Flash, que agora está de pé ao lado dela, encostado na mesa. Peter está prestes a falar quando MJ se levanta, forçando Flash a recuar.

– O que *isso* quer dizer? – pergunta ela, com frieza.

Flash zomba e solta uma risada maldosa. Em seguida, ele gesticula para todo o seu corpo loiro, de um e oitenta de altura, usando uma jaqueta esportiva.

– Quero dizer, estou bem aqui, MJ. Qual é.

Peter amaldiçoa seus poderes de aranha – *Por que aranhas não podem desaparecer quando querem?!* Mas, então, MJ *debocha,* e Peter nunca gostou tanto dela. Maia também está de pé agora e olhando para Flash, como se ele fosse um chiclete grudado na sola do seu sapato.

– Flash, por favor, pode calar a boca? – manda MJ, e Maia se junta a ela para o final da frase.

As duas mandando Flash calar a boca juntas é música para os ouvidos de Peter. Randy começa a rir da expressão perplexa no rosto de Flash. Peter sabe que, se quisesse, poderia fazer Flash Thompson parar de falar, mas ele *realmente* gosta de ver MJ e Maia fazendo isso. Maia se vira e caminha até a mesa do dr. Shah.

– Com licença, senhor? – pede ela.

O dr. Shah levanta os olhos do computador.

– Sim, Maia?

– Acha que o meu grupo pode trabalhar na biblioteca? A sala de aula é – ela faz uma pausa, olhando para Flash com absoluto desdém antes de se voltar novamente para o dr. Shah – cheia de distrações.

– Claro. – Ele rabisca alguns passes para o grupo. – Só não se esqueçam: o resumo será entregue na próxima aula!

Peter, Randy, MJ e Maia arrumam suas coisas e saem da sala de aula. Peter ouve Alice Tam gritar para Flash quando eles estão saindo:

– CARAMBA, FLASH, QUER UM POUCO DE ALOE VERA? PORQUE PARECE QUE VOCÊ ESTÁ QUEIMADO.

Peter se pergunta se consegue distender um músculo por sorrir. Eles conversam enquanto caminham pelo corredor, Randy e Maia na frente com MJ e Peter logo atrás. Estão rindo de Flash e de como ele é ridículo. Peter esbarra no ombro de MJ com o dele e pega a mão dela. Ela não para de falar, mas segura sua mão com força.

Naquela noite, Peter está em casa, se preparando para sair em patrulha. Já deu boa-noite para tia May antes de vestir o uniforme, e a vizinhança está às escuras. Ele abre a janela e coloca uma bota no parapeito. Então, hesita, olhando para o computador em sua mesa.

Todas as noites, ele verifica o número de telefone gratuito em que se inscreveu, para ver se há alguma mensagem, caso Addison Alredge decida ligar de volta. E, todas as noites, está em branco, sem mensagens. Naquela noite, cansado de ficar decepcionado, optou por não fazer isso. Não houve um sinal do Homem-Areia, embora tenha ouvido , outro dia, conversas de alguns capangas da Maggia sobre como a família não estava muito feliz com Flint Marko por estragar aquele último trabalho. Peter não tem certeza do que pensar *dessa* união, mas parece que acabou antes de começar.

Ele vigiou a mansão por algumas noites, exceto aquela antes de seu encontro com MJ, quando se distraiu no caminho com o assalto a banco. Aquele que demorou a noite toda para impedir. Mas fora isso, esteve fora da casa de Addison todas as noites durante as últimas semanas.

Suspirando fundo, Peter volta para seu quarto e tira a máscara, se sentando à mesa e abrindo seu laptop. Espera dez minutos para que ele inicialize e então acessa o site do telefone gratuito, usando uma VPN para manter seu endereço de IP privado. Nem sabe ao certo por que está fazendo isso. *Por que alguma coisa estaria diferente hoje?*

Ele digita seu nome de usuário e senha e espera a página carregar, é toda azul e branca e cheia de gráficos, anunciando *ligações internacionais gratuitas.* Mas ali, no canto superior da tela, há um pontinho vermelho em cima do sino que simboliza notificações. Sua respiração fica presa na garganta e ele clica.

NOVA MENSAGEM DE VOZ

– Sei-lá-o-que-Aranha, Pessoa-Aranha, aqui é o Addison Alredge. Eu... sim, *Brewster*, estou ao telefone... Perdão, precisamos nos encontrar. Preciso contar uma história para você. – Alredge recita um endereço, que Peter reconhece como a mesma casa que ele esteve vigiando. – Por favor, venha o mais rápido possível; estaremos aqui, esperando.

A hora e a data na mensagem são cerca de quarenta e cinco minutos atrás. Peter não tem certeza do que mudou desde sua última interação com Addison. E quem é Brewster? E uma *história*? Tem que admitir, parece mais intrigante do que preocupante.

Essa situação toda fica mais estranha a cada minuto.

O Aranha balança pelo centro da cidade; ele ia *pegar* o trem até o mais longe que pudesse, mas o trem A parou e todos foram retirados na Autoridade Portuária, então agora ele está se balançando. Ele se pergunta se há algum tipo de causa de caridade na qual possa se inscrever para conseguir ajuda para o metrô, porque pelo que sabe, é mesmo necessário. Terá que perguntar a MJ na próxima vez que saírem. Ele sorri, pensando em como isso poderia começar uma conversa.

Ele vira na Broadway em Columbus Circle. Quando passa pelo Lincoln Center, ele se pergunta se aquele seria outro bom local para um encontro. *Talvez eu possa economizar dinheiro para ingressos para... alguma coisa. O balé? Tem balé no Lincoln Center? MJ gosta de balé?*

Algo para arquivar como *outro* assunto para conversa, pensa ele, tentando não sorrir muito enquanto balança, porque isso resseca demais sua boca. Mais vinte minutos indo em direção à cidade, uma rápida carona no teto de um ônibus e, finalmente, está de volta à esquina da rua de Addison, virando para a avenida Oceanic. Ele para em frente à mansão, caindo bem na calçada que leva à porta da frente, como fez todas aquelas noites atrás, e olha para a casa enorme. É estranho não observá-la de longe, ainda mais sabendo que dessa vez ele talvez obtenha algumas respostas de verdade! Saindo de seu devaneio, o Aranha vai até a porta e toca a campainha. Ela se abre de imediato, como se a pessoa do outro lado estivesse esperando a campainha ser tocada como uma gentileza antes de abri-la.

– Olá? – o Homem-Aranha cumprimenta. O homem à sua frente faz uma careta. Ele é alto e *velho*, com um grande bigode branco cobrindo toda a sua boca e uma barba que vai até as orelhas e depois desaparece em algum lugar perto do topo da cabeça, nunca chegando ao meio. Ele está claramente vestido para dormir com um pijama listrado cor de vinho e branco e um roupão preto que faz sua pele parecer branca como papel.

– Senhor Aranha...

– Homem-Aranha – diz o Aranha, com cortesia, antes que o senhor possa dizer o que *acha* que é seu nome. O homem apenas lhe dá um olhar impenetrável.

– Que seja. Meu nome é Brewster Alredge. Acredito que está aqui para falar com meu marido. – Suas palavras não são particularmente rudes, mas de alguma forma, o Aranha tem a sensação de que Brewster não aprova a reunião.

Mas ele apenas acena com a cabeça uma vez, e Brewster se afasta para deixá-lo entrar.

– Entããão – começa o Aranha, mas depois perde toda a noção do que está prestes a dizer ao entrar na casa. É absurdamente opulenta da maneira que ele imagina que devem ser as casas da maioria das pessoas ricas. Não que tenha visto muitas casas de gente rica. O chão é de mármore preto e branco, e há uma verdadeira escada em espiral com um corrimão esculpido que leva até o segundo andar. Todas as portas têm maçanetas douradas e algum tipo de relevo ilustrativo gravado na madeira. Ele está tão distraído com o luxo ao seu redor que quase nem percebe o velho sentado em uma confortável cadeira de madeira escura e forrada com veludo verde e uma almofada macia. O homem está usando um pijama que combina com o de Brewster e um roupão de aparência quente, só que o dele é cinza-claro em vez de preto. Tem as iniciais AAA bordadas. Deve ser Addison. Brewster se sentou ao lado dele e está falando com ele em voz baixa. Addison chama a atenção do Aranha e sorri abertamente.

– Olá, Homem-Aranha. Brewster acha que não deveríamos realizar esta reunião.

Brewster encara o marido.

– *Acho* que deveríamos procurar as autoridades competentes, Addie.

Addison Alredge é um homem magro e claramente está nesta terra há muito, muito tempo, com seus cabelos brancos e ralos e ângulos agudos, mas seus olhos são alertas e penetrantes.

– Homem-Aranha, devo desculpas a você – começa ele, o que é a *última* coisa que o Homem-Aranha esperava ouvir. Não tem certeza se alguém já se desculpou com ele antes.

– Ah, bem – responde, sem jeito. – Está tudo bem.

Brewster revira os olhos.

– Preciso me desculpar pela minha arrogância da última vez que conversamos. Veja bem... a lâmpada foi levada, exatamente como você disse que seria.

– O quê?! – O Homem-Aranha se sobressalta. Como poderia não saber? Ele esteve ali *todas* as noites, exceto... deve ter sido na noite do assalto ao banco. *Não!*

CAPÍTULO DEZENOVE

– Escute – continua Addison –, a culpa não é de ninguém, apenas minha. – O Aranha não tem certeza se concorda, mas acena para Addison continuar. – Minha família vive há muito tempo isolada do problema da lâmpada de arco. Já se passaram gerações desde a última vez que foi usada! Todos nós ouvimos as histórias quando éramos pequenos, mas... decerto, se não houve problemas durante todo esse tempo, qual seria o problema agora? Mas...

– Mas *nunca* deveríamos tê-la oferecido ao museu! – interrompe Brewster, e o Aranha percebe que essa é uma discussão que está *em* andamento e que ele está pegando o bonde andando.

Addison encara Brewster e continua falando:

– Eu deveria ter doado minhas cópias de filmes antigos, mas ofereci a lâmpada em um rompante. Um ato impensado. Sinceramente, nem pensei que funcionasse.

– Com certeza impensado. – O Aranha ouve Brewster murmurar. Mas Addison não ouve ou prefere não responder. *Pessoas ricas são estranhas.*

– Mas ninguém deveria ter que pagar o preço caso a haste condutora caísse em mãos erradas.

– A haste condutora? – o Homem-Aranha pergunta, sem saber do que Addison está falando.

– É o que alimenta a fúria, Homem-Aranha. Acompanhe a história. Ou talvez seja melhor começar do início com meu tio-tataravô, Arlo Alredge.

É 1899 e Arlo Alredge está cochilando nos limites dos campos de sua família, no norte de Nova York. Ele está na fronteira das fazendas Arlo, batizadas em homenagem a *seu* bisavô, o que leva a uma série dolorosa de confusões nas quais ele tem que admitir que não é o proprietário, apenas um terceiro filho que provavelmente não herdará muito. De qualquer forma, Arlo está dormindo, a cabeça apoiada na raiz de uma árvore e os olhos cobertos por uma bandana. Suas pernas estão cruzadas e suas mãos apoiadas na barriga. Um som agudo entra em sua consciência aos poucos e ele demora a acordar. Demora, isto é, até que uma explosão de som o desperte com um choque e uma grande pedra preta caia do céu a cerca de meio metro de sua cabeça, explodindo sua orelha direita!

– Ou é isso que diz a tradição familiar – declara Addison. – Sabemos, é claro, que se um meteoro tivesse caído tão perto de sua cabeça, ele não teria mais nenhuma.

– Credo.

– Mas essa é a lenda. Ele afirmou que era um meteoro e, nessa história, é um meteoro.

Arlo acorda e há um grande bloco de *alguma coisa* com crateras no chão próximo a ele, e está *brilhando.* Então, ele a cutuca e a vira, e é diferente de qualquer tipo de metal ou rocha que ele já tinha visto, ainda mais porque emana um tipo de luz, pelo que ele consegue dizer. Sua presença lhe dá uma ideia. Ora, Arlo havia acabado de chegar de uma grande exposição na cidade. Foi uma exibição ao vivo de uma nova tecnologia que chegaria em breve aos cinemas, uma nova versão de iluminação elétrica e sistemas de som. Seriam mais seguras e duradouras, com amplificação musical e, o melhor de tudo, na perspectiva de Arlo, gerariam *muito* dinheiro. Ele próprio era uma espécie de inventor iniciante, é verdade que suas "invenções" eram, em geral, mais desastres que, caso ele fosse um pouco menos preguiçoso, poderiam ter se transformado em algo grande, mas não se podia negar que Arlo gostava de mexer nas coisas.

Portanto, Arlo encontra essa rocha, e Arlo tinha acabado de ver a mais nova onda de tecnologia. O que ele faz em seguida é carregar a pedra para sua área de trabalho no celeiro, onde ele tem uma velha lâmpada de arco de carbono que comprou de um amigo anos antes. Vinha mexendo na lâmpada há muito tempo, na esperança de encontrar algo novo para patentear, mas até então não teve sucesso. Sua família não está nem um pouco impressionada. Mas agora, com essa... *rocha do espaço,* ele tem algo novo com o que experimentar!

Com esse meteoro, Arlo está mais motivado do que nunca. Ele come, dorme e respira mexendo nessa pedra em seu celeiro. Não muito depois de ela aparecer, ele descobre que pode conduzir *energia* através da rocha. É depois disso que sua família percebe que ele está quieto e retraído, mais inquieto, menos propenso a ser o homem gentil e engraçado que pensavam conhecer. Certo dia, Arlo briga com a mãe, furioso por ela ter queimado sua torrada. Em outro, ele chuta o cachorro para fora do caminho enquanto sai furioso de casa e rumo ao celeiro onde começou a passar seus dias e noites.

Mas seu mau humor compensa. Arlo sai do celeiro após uma experiência bem-sucedida e encontra os irmãos trabalhando no campo. Ele está coberto de poeira e fuligem, e seu sorriso é terrivelmente lupino.

– Eu consegui! – declara, e seus irmãos olham para ele sem expressão.

– Conseguiu o quê? – pergunta o Alredge mais velho, Jack.

– *Criei a luz mais brilhante conhecida pela humanidade.* Mais brilhante que o Sol!

Mas os irmãos não reagem como ele deseja. Eles apenas param e começam a rir dele.

– Com aquela pedra que você encontrou? O mesmo velho Arlo de sempre – comentam eles. – Contos fantásticos e nenhuma boa ação.

– Aquela pedra do *céu.* – Arlo ferve antes de recuar, o som das risadas deles o segue de volta ao celeiro.

O que de fato ele consegue fazer, apesar do menosprezo da família, é construir uma lâmpada como nunca havia sido visto. Ele moldou o meteoro longo e oblongo em duas hastes, que encaixou no antigo molde da lâmpada de carbono, onde o carbono normalmente ficaria. É um material estranho, ele sabe disso agora.

Com certeza não é metal e com certeza não é rocha. Mas ele as encaixa na lâmpada de arco e a acende, e isso quase arranca seus olhos. Na próxima vez, ele coloca um par de óculos escuros e é um pouco mais fácil de enxergar. Ele a liga apenas por alguns segundos por vez, preocupado com a possibilidade de ficar sem energia e sem material antes de poder fazer uma demonstração e vender a patente. Algo, não exatamente sorte, está do lado de Arlo. Ele faz algumas viagens à cidade e encontra alguns investidores decadentes e agiotas dispostos a lhe dar dinheiro a taxas altas, sem ver o projeto. Ele esperava que sua história sobre a rocha espacial e sua habilidade como inventor fossem suficientes, mas no fim, teve que recorrer ao sobrenome Alredge. Isso deixa um gosto amargo em sua boca, mas ele consegue alugar um teatro para um evento limitado.

É um teatro pequeno, veja bem. Não cabem mais de trinta pessoas no espaço, mas é o que Arlo consegue com o dinheiro que pôde arrecadar. E ele sabe que os trinta lugares estarão ocupados, com as pessoas se perguntando o que o neto de Arlo Alredge terá para lhes mostrar. Na noite anterior ao dia da estreia, Arlo entra no salão. A cortina está um pouco roída por traças, mas foi recentemente lavada e remendada. As tábuas do piso rangem, mas estão limpas. Arlo fica no centro dos assentos, olha para o palco e acena com a cabeça uma vez. Imagina que o show pode durar pelo menos algumas semanas. Em toda a sua preparação, em todos os meses que antecederam esse dia, as varas não mostraram absolutamente nenhuma deterioração. Ele tem sido muito cuidadoso com seu uso. Essa será uma forma de fazer o nome *dele*. Ele sobe as escadas até o palco onde a lâmpada já está posicionada, à direita do palco. Ele passa os dedos pelo tubo de ferro que compõe o suporte, que ele reaproveitou de uma velha ferramenta agrícola, de modo que a marca na lateral ainda traz o nome de seu avô. No entanto, depois daquilo, o Arlo lembrado pelas pessoas será *ele*.

– Então o que aconteceu, senhor Alredge?!
– Estou chegando lá! Não interrompa!

O dia da exibição amanhece brilhante e claro. Arlo está se alimentando da energia da multidão e espia por trás da cortina. A maioria dos trinta assentos está ocupada por uma elite rica – as últimas modas, joias e relógios de bolso brilham ao sol que entra pelas janelas. Mas há um pequeno contingente de pessoas que ganharam ingressos num sorteio. Arlo tinha a forte convicção de que a multidão deveria ser uma mistura de pessoas. Os recepcionistas estão distribuindo óculos escuros baratos na porta, aumentando a agitação na sala. Então as luzes se apagam e é chegada a hora.

– Senhoras e senhores, bem-vindos ao dia mais brilhante de suas vidas – declara Arlo enquanto sobe no palco.

– Como sabe o que ele disse? Ouvi dizer que ninguém nunca mais falou sobre isso.

– Homem-Aranha, eu sou um contador de histórias. Nunca ouviu falar de uma coisa chamada licença poética?

O público bate palmas e grita de entusiasmo. Arlo escolhe uma mulher da multidão. Ela está com um vestido xadrez, de gola alta e botões na frente.

– Você aí! Mocinha.

Em resposta, a mulher aponta para si mesma em dúvida.

– Sim, você! Já olhou diretamente para o Sol?

Ela ri em resposta.

– Claro que não, senhor Alredge.

Ele continua dessa forma, escolhendo pessoas na plateia, fazendo perguntas ridículas, aumentando o suspense. Então, quando a multidão está fervorosa, finalmente prossegue.

– Senhoras e senhores – solicita ele –, por favor, coloquem os óculos escuros.

Ele espera até que cada uma das pessoas tenha feito isso.

– E AGORA – brada ele para a multidão –, CHEGOU A HORA. QUE SE FAÇA A LUZ! – Há um arquejo baixo diante de sua pequena blasfêmia, mas a luz se acende e o teatro fica em silêncio absoluto. Então alguém ofega alto. E, finalmente, uma enxurrada de aplausos atinge os ouvidos de Arlo.

Ele está eufórico!

Pela primeira vez, ele deixa a lâmpada acesa. As pessoas começam a gritar perguntas do público e Arlo começa firme. Respondendo sem responder, sem revelar nenhum de seus segredos. Mas então... a madeira do palco começa a vibrar. Arlo olha para a lâmpada e não tem certeza se está imaginando ou não, mas por trás da luz, das próprias hastes, parece que algo *sai* dela em ondas. Ele dá um passo em direção a ela.

A mulher de vestido xadrez grita da plateia:

– *Minha cabeça! Minha cabeça parece estar em chamas!*

Distraído, Arlo olha novamente para o público. Mais vozes de pessoas estão se juntando à dela, gritando sobre dor na cabeça. As pessoas estão tapando os ouvidos. A cabeça de Arlo está cheia de pensamentos de violência e raiva do público ao seu redor, mas há uma parte minúscula dele que sabe que precisa chegar até a lâmpada. Ele tenta dar um passo em direção a ela, mas há uma pressão estranha contra ele, que não consegue avançar. Ele grunhe, com o braço estendido, mas ainda está longe demais. Os ajudantes de palco caíram no chão e estão rolando, com a palma das mãos tampando as orelhas.

Então, de repente, tudo fica quieto. Arlo para de lutar; o público está silencioso como a morte. Arlo olha para eles, e eles estão com os olhos arregalados à espera. E, em seguida, a memória de Arlo fica completamente em branco.

– É basicamente nesse ponto que a história da nossa família termina. – Addison esfrega as mãos como se estivesse tirando o pó de uma camada invisível de narrativa.

– A propósito, é horrível – comenta o Homem-Aranha de onde está pendurado, de cabeça para baixo, em uma teia presa ao teto.

– Nem me fale – murmura Brewster. Mas Addison ainda não terminou.

– Minha avó, que Deus a tenha, passou *anos* tentando descobrir o que aconteceu. Porque ninguém que viveu para contar a história jamais a contou. Nem uma única alma que saiu daquele lugar voltou a falar do ocorrido. – Ele respira fundo e tenta encerrar a história. – Quando Arlo enfim acorda, já se passou uma hora. Sua lâmpada está diante dele, o vidro da lâmpada todo quebrado, o cabo de alimentação desgastado. Ele grita. Então, ouve os gemidos vindos da plateia. Ele se vira do palco e vê um *caos* entre as pessoas. As mulheres têm sangue sob as unhas por terem arrancado os brincos das orelhas das vizinhas. Homens que nunca levantaram um dedo na vida têm os nós dos dedos machucados e ensanguentados por terem tentado roubar os relógios e anéis de ouro uns dos outros. Mais de uma pessoa não saiu viva.

Com isso, o Aranha arqueja, horrorizado com o que está ouvindo. E partes disso são terrivelmente familiares. O olhar morto da Besouro surge em sua memória. Addison, no entanto, não percebe e apenas segue em frente.

– Minha avó finalmente encontrou a família de um garoto que vendia jornais do outro lado da rua naquele dia. Ele ouviu a comoção, espiou pela janela e viu a carnificina com os próprios olhos. Do jeito que ele descreveu… a violência mais intensa que já tinha visto, toda estimulada por cobiçar as riquezas do próximo. De querer mais e mais. E olhando em retrospecto, o que podemos supor é que… *aquela* lâmpada… Aquela que Arlo Alredge passou meses de sua vida fazendo? Ela deixou as pessoas absolutamente loucas de desejo. Absolutamente furiosas de necessidade. Elas de fato não conseguiam se conter, como se tivessem sido infectadas por alguma coisa. Como se fosse contagioso só de estar perto daquela coisa. Por sorte, a reação à lâmpada pareceu de curta duração. Terminou no exato minuto em que a lâmpada expirou. Então Arlo empacotou os pedaços quebrados, guardou tudo e nunca mais falou sobre ela.

CAPÍTULO VINTE

– Essa é... uma história e tanto – comenta o Homem-Aranha, baixando devagar para poder descer para o chão. Brewster está olhando para ele de forma estranha. – O que foi? – o Homem-Aranha pergunta, agora pé.

– Não fica tonto por ficar de cabeça para baixo por tanto tempo? – pergunta Brewster, uma sobrancelha grossa levantada. O Aranha dá de ombros.

– Que nada, acho que é toda essa coisa de ser parte aranha. – Tanto Addison quanto Brewster o encaram horrorizados. O Aranha levanta ambas as mãos e suas lentes se arregalam. – Brincadeira! Brincadeira! – Eles o encaram, boquiabertos. – Então, o que aconteceu depois disso? – pergunta ele, tentando colocar a conversa de volta nos trilhos.

Addison dá de ombros.

– Quando menino, li alguns dos antigos diários de Arlo. Só existem até o dia do evento; ele nunca escreveu uma palavra depois. Mas havia uma diferença marcante entre quem ele era antes de começar a usar aquele meteoro e depois.

– E *era* um meteoro, tem certeza? Porque parece que ninguém acreditou de verdade em Arlo – interrompe o Aranha.

– Não sei que material terrestre poderia ter tido esse tipo de efeito sobre uma multidão, por isso estou inclinado a acreditar que era de natureza extraterrestre – responde Alredge. – Além do quanto o Arlo mudou. Isso é uma coisa certa. Antes da lâmpada, ele queria ser conhecido, ser lembrado. Depois, ficou obcecado por reconhecimento, por merecer mais, por receber o que lhe era devido; sentia que deveria estar no controle, não importava o custo. Havia muita violência nos diários dele. – Addison balança a cabeça, lamentando um ancestral que nunca conheceu pelas escolhas que fez. – Uma vergonha. – Brewster coloca a mão sobre a de Addison, que está apoiada no braço da cadeira. – Nunca mais quero que ninguém passe por algo assim por causa da minha família.

O Homem-Aranha pensa na lâmpada, se lembrando de como a viu no museu; não consegue se lembrar se as hastes estavam de fato dentro dela. Podiam ter estado, mas ele não tem certeza.

– Senhor... as hastes ainda estavam na lâmpada quando o senhor a doou? – pergunta o Aranha, um tanto sem jeito, sabendo que precisa perguntar, mas querendo dar algum espaço para Addison. Addison estremece, mas responde à pergunta com bastante elegância. Ele se levanta da cadeira, agarra a ponta da bengala que está apoiada ao seu lado e passa devagar pelo Homem-Aranha. Ele para na frente de um retrato de alguém que deve ser um velho Alredge, o Aranha não tem certeza, mas há pelo menos cem anos, provavelmente.

– Minha família escondeu as hastes elementais por anos, sem querer ativá-las por acidente, fazendo algo drástico na tentativa de destruí-las. Estavam compreensivelmente receosos de envolver pessoas de fora, temendo o impacto disso na sociedade como um todo. Depois de seu telefonema – Addison se volta para o Homem-Aranha –, separei a lâmpada e as hastes, só para garantir. E, então, guardei as varas em um lugar seguro. Mas temo que seja tarde demais. Eu deveria ter feito isso desde o início. Já fazia tanto tempo, você precisa entender, fiquei complacente.

Ele está respirando com dificuldade agora, e o Homem-Aranha imagina que toda essa conversa deva tê-lo deixado sem fôlego. Brewster se levanta e vai até o marido para lhe oferecer o braço, olhando feio para o Homem-Aranha no caminho. O Aranha mais uma vez levanta as mãos em um pedido de desculpas.

– Ei! Eu não *pedi* uma narrativa envolvente e contada de forma impressionante! – Dessa vez, é Addison quem lança um olhar feio para ele. – Eu agradeço. – Ele dirige isso para Addison. – Mas eu não *pedi.* – Ele diz para Brewster de novo: – Éééééé...

– É uma vogal, não uma frase – declara Brewster, com os lábios tensos. As lentes do Homem-Aranha se estreitam e ele aponta dois dedos para os próprios olhos e depois os dois dedos para Brewster no sinal universal de *estou de olho em você; você está na corda bamba.* Então ele se volta para Addison.

– Onde estão as varas agora?

Addison bate os dedos no topo da bengala.

– Estão aqui dentro.

O Homem-Aranha se inclina para frente, como se precisasse se aproximar, porque não ouviu direito.

– O quê?

Addison bate na bengala novamente.

– Eu falei que estão aqui dentro.

O Homem-Aranha se vira e fica de frente para a porta. Ele coloca a palma das mãos na máscara e puxa as bochechas para baixo, frustrado. Em seguida, respira fundo e se volta para olhar para Addison e Brewster.

– Senhor Alredge, agradeço *muito* por ter compartilhado essa história comigo. *De verdade.* Mas, e *perdão* por ter que dizer isso ao senhor, porque o respeito mesmo, acha que o senhor, um homem de oitenta e cinco anos, é o melhor sistema de segurança para esse pedaço aterrorizante de matéria talvez alienígena que um supervilão está tentando roubar do senhor? – A voz do Homem-Aranha fica cada vez mais alta à medida que ele continua, enquanto o rosto de Addison se torna cada vez mais carrancudo.

– Você acha que tenho *oitenta e cinco anos de idade*? Tenho *setenta anos* e estou me *recuperando* de um acidente de raquetebol! – ruge ele.

O Homem-Aranha dá um passo para trás no momento em que Brewster começa a… rir.

– Eu falei – arqueja ele. – Eu falei para você não manter isso com você, Addie, mas *não.*

– Eu sei o que estou fazendo! – retruca Addison, agora mais taciturno do que zangado.

– Isso foi o que você disse quando conheceu minha mãe, lembra de como tudo *correu.*

O Homem-Aranha está começando a se sentir um pouco agoniado por ter que testemunhar o que é claramente algum tipo de briga entre amantes de um casal de idosos.

– Se pudéssemos… – o Homem-Aranha começa a dizer.

– Foi *ótimo* – interrompe Addison.

– Ah, foi? – questiona Brewster, seco. Ele voltou a se sentar, inspecionando a beirada da poltrona em falsa ociosidade.

– Então, de qualquer forma, pessoal…

– Eu tenho um plano, Brewster! Não estou completamente doido, sabia? – explode Addison, respirando com dificuldade de novo. E Brewster se levanta e fica ao lado de Addison em um segundo, o braço de Brewster em volta de seus ombros.

– Eu só quero que você esteja seguro – explica Brewster, baixinho. É muito fofo, e o Aranha está sentindo todo tipo de carinho por esses dois velhos pombinhos aleatórios. Então ele repensa e percebe que Addison usou a palavra *plano.*

– O senhor disse "*plano*"? – pergunta em voz alta, grato por encontrar uma maneira de trazer o foco de volta para o assunto em questão. *E assim podemos parar de falar da vida amorosa desses idosos, mesmo que seja muito fofo.*

– Meu *plano,* minha intenção, sempre foi deixá-la nas suas mãos – diz Addison com uma nota queixosa. Ele puxa um longo cilindro redondo da bengala e o entrega ao Homem-Aranha.

A primeira coisa que o Aranha percebe é que seu sentido-aranha está quieto. As hastes são pesadas, mas de alguma forma, parecem cheias de ar. É uma sensação tão estranha que o Homem-Aranha quase as derruba. Há um pedaço de fita adesiva no centro, onde ele presume que os dois pedaços da haste estão unidos, e há um pedaço quebrado em uma das pontas, como se tivesse se partido.

– Você pode mantê-la segura. Sei que pode – declara Addison, envolvendo-a com o punho do Aranha. – Mas a mantenha longe de você e de qualquer pessoa de quem gosta; faz... bem, só alguns dias que estou com ela por perto, e tem sido...

Brewster continua a frase:

– Difícil – diz ele. – Tem sido muito difícil.

– Ela... deixou os senhores com muita raiva? – o Homem-Aranha pergunta. – Quão ruim pode ser?

– Não! Não, na verdade, não. Acreditamos que é necessária uma fonte de energia para de fato afetar as pessoas, mas nos últimos dias, estando em contato tão próximo, é... *Algo* está acontecendo quando chegamos perto dela. É incômodo estar por perto. Eu gostaria de poder dizer mais do que apenas tenha cuidado e se proteja.

O Homem-Aranha acena com a cabeça, mas seus ombros caem um pouco diante da difícil tarefa que tem pela frente. Sabe que pode manter o cilindro longe do Homem-Areia, mas agora precisa descobrir onde guardá-lo.

O Homem-Areia está balançando para frente e para trás em seu espaço sombrio. Sua mente corre a mil por hora.

Como aquela coisa... O que foi... como fez aquilo comigo? Como me prendeu daquele jeito? Como era tão forte? Nunca nada me capturou dessa forma.

A lâmpada ainda está de pé, silenciosa e inanimada, mas a nuca do Homem-Areia se arrepia, como se o artefato fosse ganhar vida a qualquer minuto e acabar com ele. Se não conseguir o outro pedaço dessa coisa, será tirado deste planeta. *Para sempre.* Ele sabe disso, no fundo da alma, pode sentir.

Mas o que devo fazer? Consegui a maldita lâmpada; como é que vou encontrar esse outro elemento?!

O Homem-Areia se levanta e se aproxima do artefato. Ele se abaixa e olha para aquele pequeno pedaço da vara que falta e estremece. Está chamando, mas ao mesmo tempo o repelindo. Então, ele rosna e agarra a lâmpada com a mão grande, prestes a atirá-la contra a parede, seu corpo agora treme de fúria, não de medo.

Seus músculos ficam tensos e depois relaxam. Ele dá um passo para trás. Não vai deixar que isso o impeça de conseguir o que é dele.

Essas varas não estavam no cofre, então, poderiam estar em qualquer lugar. Mas conheço alguém que saberá onde estão. Addison Alredge. Talvez seja hora de fazer outra viagem ao subúrbio e apertar alguns parafusos.

Já é muito tarde da noite ou muito cedo quando o Homem-Areia deixa o antigo armazém. O ar está frio e o vapor sobe das grades do metrô. Ele mergulha de volta no metrô e vai pelo sistema. Primeiro sob o rio e depois para a ilha de Manhattan antes de subir, subir, até uma rua com a qual está dolorosamente familiarizado.

Fluir para dentro da casa é algo ultrapassado a essa altura, mas quando chega ao saguão de entrada, ele desvia para a direita e sobe a escada em espiral em vez de ir direto para a parte de trás da casa. Quando chega ao patamar do segundo andar, avança. Há uma porta aberta à sua direita e ele ouve um velho roncando. Por hábito, ele se recompõe por um momento para espiar lá dentro, mas não encontra o velho certo. Esse está desmaiado numa poltrona com um livro no colo, a boca aberta e a respiração pesada. O Homem-Areia revira os olhos. *Que perdedor.* Ele volta à sua forma de areia e continua se movendo.

Ele pode ouvir outra pessoa dormindo um sono agitado no final do corredor. A areia entra por baixo da porta, e lá está Addison Alredge, dormindo em sua cama como um alvo fácil. O Homem-Areia avança, deslizando devagar pela roupa da cama até ao cobertor macio. Ele se move pela colcha e de repente cobre a boca de Addison com um monte pesado e compactado de areia. Os olhos de Addison se arregalam e ele tenta gritar, mas o Homem-Areia apenas ri.

– Não, não, não, velho Alredge, você e eu? Precisamos ter uma *conversinha.*

Uma hora depois, o Homem-Areia, de volta à sua forma humana, volta assobiando para seu bairro no Brooklyn. Já é de manhã *cedo* e ele passa por uma equipe de operários da construção civil começando a trabalhar.

– Bom dia – cumprimenta com jovialidade. Eles murmuram algumas respostas.

O Homem-Areia está de bom humor; ele sabe exatamente quem está com a vara agora. *O inseto não saberá o que o atingiu.* Seu celular vibra no bolso e ele o tira.

ENCONTRE-O. NÓS ENCONTRAMOS. NÓS CRESCEMOS.

É *cedo,* mas Peter está acordado, deitado na cama e olhando para o teto. Não consegue parar de pensar na história que Addison lhe contou. Ele usou a palavra *contagioso;* em algum momento da história, alguém deve ter pensado que os comportamentos se espalharam pela multidão como um vírus. *Foi isso que aconteceu com a Besouro? E como o Homem-Areia está envolvido?*

O problema é que Peter não sabe dizer se o Homem-Areia está sendo controlado por alguma coisa. A maior interação que eles tiveram desde a conversa do Aranha com ele no Brooklyn, há algumas semanas, foi a briga na casa de Addison; e eles não *foi bem uma conversa.* O Homem-Areia *foi* surpreendentemente cruel naquele dia e focado de uma forma que Peter não reconheceu, mas... *será que ele estava sendo controlado por alguma coisa?*

Talvez o Homem-Areia tenha aspirações *muito* maiores do que Peter jamais imaginou. Talvez ele esteja errado ao presumir que o Homem-Areia estava feliz por ser uma engrenagem no mecanismo de outra pessoa. E, além de tudo isso, a maneira como Addison descreveu Arlo o lembrava de alguma coisa, mas não conseguia descobrir o quê. É como uma coceira que não consegue coçar.

Ele rola de bruços e bate a cabeça no travesseiro algumas vezes, frustrado. Está prestes a desistir e dormir quando seu celular vibra perto de sua cabeça. Estende a mão para pegá-lo sem olhar e vê que é uma mensagem de MJ.

OI, CORUJÃO - VI SUA LUZ ACESA,
QUER DAR UM PULO AQUI?

Peter não hesita.

ESTAREI AÍ EM 5 MIN

Ele coloca uma calça de moletom e sai de fininho pela porta da frente antes de atravessar o gramado até a casa dos Watson.

MJ está esperando por ele nos degraus da varanda quando ele se aproxima. Logo ele percebe que há algo estranho. Ela não o está olhando nos olhos e está *muito* inquieta.

– Oi, MJ? – Ele meio que pergunta mais do que cumprimenta, sua voz hesitante e baixa à luz da manhã. Ela ergue os olhos, com um ar preocupado.

– Oi – responde. Ele aponta para o espaço vazio ao lado dela na escada, e ela assente com a cabeça, indicando que ele está livre para se sentar.

Mas ele está nervoso, e sua perna começa a balançar, o incômodo se manifesta assim que ele se senta. *Por que o clima está tão esquisito?* A madeira da escada range a cada movimento do seu pé.

– É... – começa ela.

E a voz de Brewster surge na cabeça de Peter no momento mais inoportuno. Ele luta para manter a expressão sob controle.

– Hum – diz ele, na esperança de não trair o absurdo de seu próprio cérebro.

– Eu... – Ela faz uma pausa, como se estivesse tentando descobrir como dizer o que precisa dizer. Ele espera, a ansiedade aumenta a cada segundo adicional de silêncio. – Tenho uma coisa para te contar – ela finalmente completa.

O estômago de Peter está embrulhado e ele está arrependido do cachorro-quente de rua que comprou no caminho para casa. *MJ já quer parar de sair comigo? Fiz algo de errado?*

Ele quebra a cabeça, tentando pensar no que pode ter feito, mas nada vem à mente. A única coisa foi sair mais cedo do encontro, mas ele a viu desde então e eles estavam bem! Ela está mordendo o lábio e olhando para ele agora, e ele percebe que não respondeu à sua declaração.

– Pode me contar qualquer coisa – assegura ele, esperando que seja a decisão certa. Ela torce os dedos e depois separa as mãos, fechando-as em punhos antes de apoiá-las na varanda atrás de si e se recostar. Ela respira fundo e depois vira a cabeça para olhar bem nos olhos dele.

– Eu... – começa ela e, depois, respira fundo de novo. – Eu acho que você é o Homem-Aranha.

CAPÍTULO VINTE E UM

MJ morde o lábio e espera. Ela se pergunta se cometeu um erro ao tocar no assunto; porém, quando viu a luz de Peter acesa *e* quando ele respondeu sua mensagem, pareceu um sinal. Então, ela desligou o celular e esperou que ele chegasse à sua casa.

Diante dela, Peter parece completa e totalmente chocado. *Estou errada?* Mas, então, ela pensa no encontro deles de novo: Peter desaparece, e em seguida o Homem-Aranha aparece do nada com Peter em lugar algum? A mesma coisa aconteceu quando o Homem-Aranha apareceu na escola. Peter desapareceu misteriosamente e… – *ah!* – lá está o Homem-Aranha.

Ela encontrou imagens da luta entre o Homem-Aranha e a Panda-Mania no YouTube e assistiu. A princípio, ficou bastante abalada e queria ver quão perto esteve de estar em apuros de verdade; no entanto, quando o Homem-Aranha entrou em cena, ficou surpresa. Ela sempre achou que, em geral, ele era um herói mais do centro da cidade. Além disso, não pôde deixar de notar a maneira como Peter tentou ser *bem* indiferente sobre as postagens nas redes do *Clarim* com o Aranha, sem mencionar como ele conseguia todas aquelas fotos incríveis do Homem-Aranha.

E, ela pensa, *quantas vezes eu o observei entrando e saindo de fininho de casa no meio da noite?! Ou ele é o Homem-Aranha, ou Peter Parker tem um trabalho noturno muito suspeito e vou precisar contar para a May assim que terminarmos com esta conversa.*

Peter começa a apresentar uma litania de protestos.

– Eu é, o quê? Quero dizer, não. O quê? Como você pode? – Ele ri, o som beira a histeria. – Homem-Aranha? Eu? Eu *queria* ter aquela força no braço, não é? – Ele tenta, mas MJ balança a cabeça. Ela não está acreditando. – Qual é, como eu poderia ser o Homem-Aranha? Esse cara deve ter uns vinte e cinco anos! Tenho *dezesseis.* Como se eu pudesse ser o Homem-Aranha. – Ele em parte arqueja e em parte ri, por isso o som se transforma em um ronco, e então, ela acha que ele se engasgou um pouco no final. Ele pigarreia e continua: – Eu não posso ser o Homem-Aranha, porque eu sou... eu sou eu. Eu não sou... você sabe. – Ele gesticula vagamente.

– Peter, só me diga a verdade! – exclama ela. *Isso é ridículo,* ela pensa.

– MJ, se eu fosse o Homem-Aranha, por que não entraria logo para o time de futebol americano para que Flash Thompson parasse de me intimidar? Na verdade, por que *eu* não intimidaria o Flash Thompson? – ele questiona, como se a tivesse pego. Como se ela não tivesse uma resposta para uma pergunta tão ridícula.

– Porque você é uma boa pessoa! – Ela dá um soco de leve no braço dele.

Ele revira os olhos.

– Tá bom, por que eu não seria rico ou algo assim? Aposto que o Homem-Aranha é super rico.

– Por que você acha que *o Homem-Aranha*, que com certeza vive de pizza e cachorro-quente, é rico? – Ela lança a ele um olhar inexpressivo.

– Tá bom, tá bom, se *eu fosse* o Homem-Aranha, por que moro em Forest Hills em vez de… no meio de Manhattan com acesso aos aparelhos mais legais?

– Sei lá! – ela retruca. – Mas sei que você é ele!

– Se eu fosse ele – diz Peter, por fim, com um pouco de cansaço em seu tom –, por que faria isso sozinho?

– Peter, não finja que não vejo o que está diante dos meus olhos! – declara ela, se sentindo magoada e confusa com a reação dele. Os olhos dele se arregalam e ele olha para o lado, como se estivesse pensando em alguma coisa. Ela espera alguns minutos e, por fim, ele pega a mão dela. Ele a puxa para longe da varanda e para o quintal dos Parker, onde há um velho par de balanços. Ela nunca esteve neles. Quando se mudou para ali, ela já era grande demais para o parquinho. Porém, ao que parece, também já fazia algum tempo que Peter não ia ali. As correntes estão marrons de ferrugem e os assentos de borracha preta estão velhos e rachados em alguns lugares. Mas Peter se senta em um e sinaliza para ela se sentar no outro. Ela faz isso e se senta no balanço. Eles chutam e balançam para frente e para trás por um ou dois minutos. Mas MJ relaxou visivelmente. Ela pode esperar que Peter pense em tudo de que precisa.

Finalmente, ele arrasta os pés pelo chão e diminui a velocidade até parar. Ele gira o balanço em direção a ela.

– Tudo bem, você tem razão, eu sou o Homem-Aranha. – Ele diz tudo depressa, e parece uma palavra só, como se ele tivesse medo de que não fosse conseguir dizer tudo se respirasse ou fizesse uma pausa entre as palavras.

MJ não consegue evitar; ela abre um sorriso largo de boca aberta e solta um grito.

– Eu *sabia*! – exclama e dá um soco no ar. – *Sabia! Claro que* você é o Homem-Aranha, quero dizer, *é óbvio*.

Peter solta um suspiro de horror e seu rosto empalidece. Ela percebe o que disse e recua de imediato.

– Quero dizer, tudo bem, não foi *fácil* descobrir. Não é óbvio. Para falar a verdade, eu não juntei dois mais dois até você desaparecer no nosso encontro e o Homem-Aranha simplesmente *aparecer*. Aí vi uma foto do *Clarim* que foi postada naquele dia, e tinha algo preso na sua bota e... – Ela sorri com tristeza. – Era um recibo da delicatessen em que fomos. Isso resolveu tudo. Então, sim – continua ela –, não deve haver mais ninguém no mundo que poderia ter descoberto além de mim.

– É *claro* que essa é a foto que usaram – Peter geme. – Eu não percebi porque, sério, nem olhei para isso. Acontece que ter que ler legendas maldosas sobre si mesmo não é um bom trabalho. – Mas seu coração não está focado na reclamação. Seu cérebro está funcionando a todo vapor. *MJ sabe que sou o Homem-Aranha. O que eu faço? O que isso significa? Ela está segura?* A voz de MJ corta sua espiral de pensamentos e o puxa de volta ao momento.

– É por isso que queria melhorar, tipo, nas redes sociais ou algo assim? – pergunta ela.

– Sim... eu estava cansado de ser o alvo do *Clarim*.

Ela ri um pouco da expressão dele. Ele semicerra os olhos para ela, como se isso o ajudasse a olhar dentro do cérebro dela.

– Tem certeza de que está tudo bem com tudo isso? – ele pergunta. Os olhos dela se arregalam no dia que clareia e ela o encara como se achasse que ele está brincando.

– Sim! Isso é *incrível*. Tipo... você ajuda tantas pessoas, só porque você é, bem, como eu disse... você é bom. Isso é *incrível* – repete ela. Ela fala com tanta naturalidade que Peter fica surpreso por um momento com quão grato está por MJ ter descoberto tudo. E é com MJ que ele pode compartilhar seu segredo.

Ah, cara! Posso compartilhar isso com ela – tenho alguém com quem conversar!

– Ei, MJ...

– Hum? – ela pergunta, se concentrando em mexer as pernas para poder balançar.

– Posso fazer uma pergunta sobre um caso em que estou trabalhando?

Ela logo para e olha para ele, com a testa franzida e o queixo erguido. Ela puxa o balanço para mais perto do dele.

– Caso, como... o de Detetive-Aranha? – brinca ela.

Ele faz uma careta e a empurra, mas ela simplesmente volta e bate nele. Há uma descontração estranha em sua interação. MJ está sendo totalmente normal – *como se eu não fosse um completo estranho por vestir um uniforme e andar por Nova York*. Ele está rindo baixinho com ela e há uma sensação de que tudo está certo.

Além disso, tenho que admitir, é bom ter alguém com quem posso ser completamente honesto. Já faz muito tempo.

– Sim, como o de Detetive-Aranha – ele confirma, por fim, o canto da boca se curvando em um meio sorriso. – Lembra daquele cara, o Homem-Areia?

MJ pensa por um segundo, oscilando devagar de um lado para outro em seu balanço, um dedo no queixo.

– Sim, acho que sim. Ele é um daqueles caras super maus, não é?

– É sim. Então, um tempo atrás... – E Peter conta a ela toda a história. Sobre o MIMO, a lâmpada, a Besouro, o Homem-Areia, Addison, tudo isso. Ele simplesmente deixa escapar tudo como uma grande pilha de por-favor-me-ajude-com-meu-problema. Porém, quando ele termina, parece que saiu um peso enorme dos seus ombros apenas por poder *contar* a alguém.

– Então, onde está essa suposta coisa alienígena? – pergunta ela, quando ele termina de falar. Ele faz uma pausa, sem saber se deveria dizer isso em voz alta. Quando Addison lhe entregou, ele sabia que não poderia trazê-la para casa. Não poderia colocar tia May ou sua vizinhança em perigo daquela maneira. Precisava ir para algum lugar onde não pudesse afetar ninguém. Mas onde seria segura?

Então ele se lembrou dos passeios que ele e tio Ben costumavam fazer. Algo que muitas pessoas não consideravam quando pensavam no Queens era o quanto o bairro era repleto de cemitérios. E aqueles cemitérios eram *excelentes* passeios quando seu tio queria filosofar. Em um desses cemitérios havia uma antiga cripta. Era tão antiga que o nome da família estava completamente ilegível. Peter ficou muito enojado, mas então o tio Ben lhe mostrou um tijolo solto na lateral da tumba e atrás dele havia anos de parafernália aleatória deixada lá pelas crianças da família Parker. Botões velhos, uma embalagem de chiclete com uma piada. As únicas pessoas que sabiam disso eram membros da família; o que agora significava apenas Peter e a tia May.

– Quero dizer, talvez você não devesse contar isso – comenta MJ, percebendo a hesitação dele. – Deve ser melhor assim. Quanto menos gente souber... mas, na verdade, acabei de pensar em outra coisa... – diz ela, pensativa. – Então...

a Besouro estava agindo de forma super estranha e cruel? E o Homem-Areia? – pergunta ela.

– A Besouro *com certeza, o* Homem-Areia... é complicado – admite. – Não tive muita interação com ele, mas ele está sempre bravo. Acho que parece um pouco mais... sei lá, determinado? Ambicioso? Meio que cruelmente ambicioso. Como se não se importasse com quem pode machucar.

MJ olha para ele por um segundo e depois ergue as sobrancelhas, como se ele devesse estar fazendo uma conexão. *Mas o quê?* Ele balança a cabeça de leve.

– Isso não parece algo que você já ouviu antes? – questiona ela. – Porque entre a Besouro e o Homem-Areia, isso parece muito com o que eu estava sentindo e vendo antes de parar de usar tanto o celular. – Ela dá um pulo e começa a andar. – Será que alguma coisa está afetando o Homem-Areia da mesma forma que me afetou? Ai, meu Deus! – Ela para de repente e encara Peter, parecendo prestes a gritar a palavra *Eureka!* – Peter! Você não disse que o Homem-Areia *e* a Besouro também estavam no museu naquele dia? O dia em que aquela coisa estranha do elemento alienígena estava lá? Você acha que...? – começa ela.

Peter dá um tapa na cabeça.

– Quer saber, todos vocês devem ter estado lá quando a lâmpada foi acesa por acidente! – Era *nisso* que ele estava pensando quando repassou a história de Addison. – MJ! Você é um gênio! – exclama ele, mas para quando vê a expressão no rosto dela. Ela parece ansiosa agora, em vez de vitoriosa como estava segundos antes.

– Peter... acha que está nos nossos celulares?!

Ai, não.

– Você está com o seu celular agora? – pergunta ele, muito preocupado de repente. Se aquela coisa estiver no celular dela e os ouviu conversando...

– Não! – responde ela depressa. – Não. Deixei debaixo do cobertor na minha varanda. E esteve desligado durante todo o tempo em que você esteve lá. Por um lado, tenho tentado estar, sabe, mais *aqui* – explica ela, acenando para o espaço vazio entre eles. – Mas por outro, já faz algum tempo que suspeito que algo está acontecendo com o meu celular. Pensei que fosse alguma coisa das grandes corporações, não meteoros alienígenas! – Peter solta um enorme suspiro de alívio. MJ bate com o punho na palma da mão aberta. – Tudo bem, tenho pesquisas para fazer.

Peter pisca, surpreso.

– O quê?

– Bem, se isso aconteceu comigo e talvez com o Homem-Areia, aposto que *havia* outras pessoas lá naquele dia que passaram pela mesma coisa. Vi um pouco disso quando estava pesquisando um bom tempo atrás; tenho certeza de que posso encontrar esses exemplos de novo. E, aí talvez a gente possa descobrir *como* é essa coisa... fazendo o que quer que esteja fazendo.

– Se infiltrando em cérebros de forma horripilante? – pergunta Peter, com acidez. Mas então, afasta o sentimento, porque MJ vai *ajudá-lo.* – É também uma janela de tempo bem pequena. Addison tem certeza de que a haste precisa de energia para funcionar, e a pessoa que trabalha no museu me disse que ela só ficou ligada por quinze segundos. E você só esteve lá por...

– Tipo, dez minutos! No máximo! Vai mesmo restringir a pesquisa! – MJ está balançando a cabeça, sem dúvida já pensando em como prosseguir, e Peter morde a parte interna da bochecha para impedir que o sorriso em seu rosto pareça maníaco.

– Você é a melhor – declara ele. Ele se levanta de onde estava se balançando devagar e fica na frente dela. Pega a mão dela. – Sério, muito obrigado. Isso é... Significa muito – finaliza, vacilando um pouco no final. As bochechas de MJ ficam vermelhas e ela desvia o olhar.

– Não é grande coisa.

– *É* grande coisa sim! – discorda ele, veemente em sua oposição. Ela apenas sorri e solta as mãos. Coloca o cabelo atrás das orelhas e desvia o olhar de novo.

– É melhor eu voltar. Vou ser um *zumbi* na escola hoje. – E, então, antes que Peter perceba o que está acontecendo, ela o beijou na bochecha e foi embora. – Tchau, Peter! – se despede.

Ele coloca a mão na bochecha onde ela o beijou e sabe que está sorrindo como um idiota e que sua vida ficou um pouco mais complicada, mas nesse momento nada importa, exceto Mary Jane Watson.

Peter ainda não parou de sorrir quando entra no *Clarim* alguns dias depois. Ou pelo menos acha que não. Ele cantarola ao passar por Tommy e Rodrigo, cantando um trecho de uma música, enquanto bate seu cartão de segurança na entrada para passar e canta alto um verso no elevador.

Infelizmente, esse bom humor evapora bem rápido quando ele pisa no décimo sétimo andar.

– Quer que eu faça *o quê*?! – A voz de J. Jonah Jameson chega até o elevador. Peter ajeita a bolsa no ombro com mais força e respira fundo. Ele se pergunta se os funcionários enviaram a carta para Jonah.

– Ser mais gentil com o *Homem-Aranha*?!

Parece que a equipe do *Clarim* enviou *mesmo* a carta para ele. Peter se pergunta se deveria apenas ir para casa e dizer que está doente. *Não! Se posso lutar contra Electro e Escorpião, posso lidar com J. Jonah Jameson.* Ele bate o cartão no leitor próximo às portas de vidro e entra na sala. Quando chega à sua mesa, Jameson está com o rosto vermelho e ofegante. Peter tem certeza de que, se fosse um desenho animado, haveria vapor saindo dos ouvidos de Jameson. Ele está cercado por várias pessoas, incluindo Sushant, Kayla *e* o sr. Robertson. Peter percebe que Ned Leeds está ausente. Os funcionários mais jovens parecem nervosos, mas confiantes. Peter se senta, calado, à sua mesa, sem muita vontade de se envolver. Isso parece literalmente muito acima de seu nível salarial.

– Você assinou isso?! – Jameson está perguntando imperativamente ao sr. Robertson.

– Jonah, eles não estão errados. Está impactando o *jornal* e eu *sei que* você se importa com isso. Quando publicamos o editorial sobre as ações do Homem-Aranha, pega mal. Deveríamos relatar os fatos – responde o sr. Robertson, com a voz calma e firme.

– Quem disse que isso não são fatos?! – Jameson rosna. Ele está tentando andar de um lado para o outro no pequeno espaço, e os funcionários continuam se movendo ao seu redor. Se não estivesse tão preocupado em ser notado, Peter provavelmente riria.

– Enviei todas as legendas do Peter, que relatam com precisão o que o Homem-Aranha estava fazendo no momento das fotos – declara Kayla. Peter fica satisfeito e *horrorizado.* Jameson se vira para olhar para ele. Peter nunca esteve tão nervoso na vida, o que diz muito sobre esse momento em particular, considerando o que passa as noites fazendo.

– Aquele garoto?! Ele é uma *criança*! Ele deve pensar que o Homem-Aranha é só um benfeitor mascarado. Se ele é um benfeitor, *por que ele tem que esconder o rosto*?! – Jameson pergunta, e Peter percebe que é dirigido a *ele*.

– Bem... – diz ele com eloquência. – Talvez porque... está tentando manter... a família segura?

– RÁ! – Jameson grita. – Vocês estão todos demitidos! Saiam da minha frente!

O sr. Robertson suspira, esfregando a têmpora. A luz fluorescente acima dele pisca uma vez e depois volta a ficar estável.

– Ninguém está demitido. Jonah, por favor, ouça a voz da razão. Você leu além da primeira frase da carta?

Jameson murmura algo em resposta e Robertson responde novamente:

– Então *leia a carta*, Jonah.

Jameson joga as mãos para o alto.

– Está bem! – ele brada. – Vou ler a carta e depois dar a minha *opinião sincera*. – Ele sai furioso.

O sr. Robertson se volta para o grupo de funcionários e dá de ombros.

– Acreditem ou não, foi um sucesso. Ele lerá e encontrará uma solução.

Peter ouve Kayla bufar, obviamente incrédula. Ele está meio que do lado dela agora; esteve na mesma sala que J. Jonah Jameson algumas vezes e não consegue ver aquele homem mudando de ideia.

CAPÍTULO VINTE E DOIS

Há uma comoção acontecendo alguns quarteirões ao sul do Homem-Aranha na Segunda Avenida. Crianças correndo na direção oposta gritavam sobre janelas quebradas e enormes quantidades de *areia.* O Aranha está balançando e avançando o mais rápido que consegue pela avenida. Se for o Homem-Areia, tem que ir até lá e ver se consegue subjugá-lo. *Talvez até conseguir alguma ajuda para ele se a teoria que eu e MJ pensamos estiver certa!*

Os gritos e sons de demolição ficam mais altos à medida que ele se aproxima. Finalmente chega à cena, e é um caos total. As pessoas estão correndo; há poeira e fumaça por toda parte. O Homem-Aranha se prende ao topo de um poste de semáforo.

– HOMEM-AREIA! – grita. – FLINT, ONDE VOCÊ ESTÁ?! APAREÇA!

Ele ouve uma voz rindo de algum lugar abaixo dele. Não é uma risada feliz; é sombria e desesperada. O Homem-Aranha salta do poste e dá uma cambalhota no ar para pousar no chão, agachado e pronto para lutar. Flint Marko se eleva diante dele, enorme e de aparência quase amorfa.

– Está ficando previsível, inseto – comenta ele, mais calmo do que o Aranha esperava.

– Bem – responde o Homem-Aranha, inquieto, mas tentando encontrar o equilíbrio. – Você está ficando preguiçoso, Marko. O que está fazendo aqui?

O Homem-Areia envia uma enorme marreta em forma de punho de areia em sua direção, e o Aranha salta por cima dela, parando do outro lado.

– Saiam daqui! – O Homem-Aranha acena para as pessoas encolhidas atrás de algumas latas de lixo. – Vão! – Elas saem por uma rua lateral, correndo o mais rápido que podem.

– Eu não estou fazendo nada, pirralho. Estou só cuidando da minha vida e você aparece para me causar problemas! Pontual como um relógio!

O Homem-Areia não parece assustado ou frustrado; ele parece confiante. Parece que estava esperando o Homem-Aranha aparecer. Isso está deixando o Aranha incomodado. Ele atira uma massa de teias em Marko, que apenas se transforma ao redor dela, deixando-a passar e bater na parede logo atrás.

– Tenta de novo, idiota! – exclama, uma risada cortante interrompe sua resposta. É o que o Aranha faz; ele salta e atira teias, mas Marko continua se esquivando e soltando aquela risada maníaca. Então, quando ele se aproxima para outro golpe, Marko estende a mão enorme e envolve a cintura do Aranha, apertando e esmagando.

– *Argh ahhh* – o Homem-Aranha grunhe, os dedos lutam para agarrar sob o aperto forte de Marko, mas sem encontrar nada além de areia. – *Não consigo... respirar* – ofega ele, e Marko lhe dá um sorriso cheio de dentes, antes de atirá-lo com força contra a lateral de um prédio. O Homem-Aranha cai de bruços na rua, pressionando as mãos no chão. *Tenho que levantar!* Ele empurra e enfim se coloca de pé, dobrando os joelhos, pronto para saltar mais uma vez em direção a Marko, cujo enorme torso de areia leva a uma gigante cabeça e braços prontos para lutar. Mas o que ele diz a seguir interrompe o Aranha.

– Eu encontrei aquela coisa que você estava escondendo, Homem-Aranha. Eu a peguei *e* a lâmpada, e todo mundo vai se arrepender em breve. E eu vou ter o que é meu. – E então ele cai no resto de sua poça de areia e flui para a estação de metrô da Segunda Avenida. O Homem-Aranha atira uma teia na entrada e avança o mais rápido que consegue, mas não é o bastante. Assim que desce as escadas e passa pela catraca, Flint já se foi.

– MARCO! – ele grita para dentro do túnel, sem se importar com o tráfego de pedestres ao redor. – ESTÁ CONTROLANDO VOCÊ! – Mas não tem ideia se sua mensagem foi ouvida ou não e agora está em pânico. *Marko não pode ficar com a haste condutora! Como pode ter encontrado?! Tenho que ir ao cemitério! Ela tem que estar lá!*

Um trem em direção Leste dispara para a estação, e o Homem-Aranha se prende ao telhado, se agachando e esperando que o trem suba à superfície e volte para o Brooklyn. No momento em que sai da estação Delancey-Essex e rasteja para a luz do dia saindo dos túneis escuros, ele se lança no ar, balançando das vigas da ponte Williamsburg até o Brooklyn e virando para o Norte. Com a intenção de chegar ao cemitério o mais rápido possível, ele ignora os gritos das pessoas que caminham ponte abaixo o avistam.

Como o Homem-Areia sabia que eu tinha o elemento? Como ele o encontrou?! A única outra pessoa que sabia era... Ai, não. Precisa verificar Addison Alredge e Brewster também.

Segue em direção ao Queens, saltando cafeterias e lojas, restaurantes e parques para cães. Há um refrão constante de *preciso chegar, preciso chegar, preciso chegar* em sua cabeça, enquanto ele se atira pela Flushing Avenue.

Depois do que parecem horas, ele finalmente chega aos portões do cemitério, correndo a toda velocidade até o pequeno mausoléu. Ele desliza até parar na frente do tijolo solto e o arranca da parede e... *O quê?*

A haste ainda está lá, dobrada ao longo da fita em dois pedaços, enfiada fundo no buraco. *O que diabos...?* Mas antes que possa terminar esse pensamento, seu sentido-aranha vibra tanto que ele quase cai de joelhos.

O Homem-Areia procurou o Homem-Aranha dia e noite e agora que queria encontrá-lo, ele não estava por perto. Flint chegou ao ponto de vigiar da esquina a entrada da Cafeteria Sem Nome, na esperança de encontrar alguém que pudesse saber, mas, com o alvo da família Maggia ainda nas costas, não valia a pena correr o risco de entrar.

Mas aquela voz misteriosa que o comandava era muito clara: se ele conseguisse chegar perto da coisa, serão capazes de senti-la. *Algum tipo de conexão psíquica,* ele pensa. Como ele consegue sentir aquele pequeno pedaço em sua casa. Estremece um pouco, lembrando o que foram capazes de fazer com ele tão perto daquele pequeno remanescente. Ele os tornou mais fortes.

Mas isso era irrelevante agora. Precisava encontrá-lo, então elaborou um plano.

Atraiu o Homem-Aranha e, então, o fez pensar que o Homem-Areia *já* tinha a haste elemental. O Homem-Aranha saiu correndo de imediato e tudo o que o Homem-Areia teve que fazer foi segui-lo! *Nunca tive um trabalho mais fácil na vida.*

Ele segue o Homem-Aranha até o Queens e até um cemitério, onde o herói começa a correr com afinco. Foi tão *fácil de seguir.* O Homem-Aranha estava tão distraído com o que o Homem-Areia disse que não parou para *pensar.*

Então, agora, o Homem-Areia vê o Homem-Aranha parado na frente de alguma cripta, segurando exatamente aquilo que estava procurando, e o Homem-Areia junta os punhos e apenas *atira uma* coluna de areia.

– ENGANEI VOCÊ, INSETO! – brada, enquanto sua areia envolve de todo o Homem-Aranha *e* a tumba. É muito nojento; ele consegue sentir cada parte da pedra antiga. Também pode sentir a desconfortável estranheza da vara conforme a puxa. Mas o Homem-Aranha não desiste. O Homem-Areia puxa areia de volta o bastante para que a cabeça do Homem-Aranha fique livre.

– Solte, solte, solte, solte, *solte*! – o Homem-Areia berra, pontuando cada palavra com um soco de um enorme punho de areia na cabeça de Aranha.

– SOLTE VOCÊ! – o Homem-Aranha grita em resposta, e o Homem-Areia fica mais furioso do que nunca. *Estou tão perto.*

Ele aperta um grosso fluxo de areia em volta do peito do Homem-Aranha e outro em volta da vara, e então puxa os dois em sentidos opostos com toda a força. Ele arremessa o Homem-Aranha o mais forte que é capaz, e o Aranha voa tão longe que o vilão nem consegue ver onde aterrissa.

Mas o Homem-Areia não se importa porque está com *ela.* Ele se encolhe e se transforma em seu eu padrão. Segura a vara nas mãos e um sorriso cheio de dentes aparece no rosto.

O Homem-Areia nunca foi conhecido por seus planos, mas esse foi bom. Esse foi um plano que funcionou.

Quando o Homem-Aranha acorda, está escuro lá fora e ele está em algum lugar no extremo oeste de um cemitério bem diferente. Ele está deitado de lado numa lápide. Sua máscara está rasgada e uma lente quebrada, dando ao mundo uma aparência desequilibrada e irregular. Ele balança a cabeça e logo se arrepende.

– *Blergh* – diz. E então geme. Ele leva a mão à cabeça e depois olha os dedos para verificar se há sangue. Abre um sorriso trêmulo quando vê que estão limpos. Parece que conseguiu passar sem precisar de nenhum tipo de curativo. Um sucesso.

Ele levanta um braço e apoia a mão no topo da lápide, usando-a para se levantar.

– Obrigado – faz uma pausa para ler as letras –, senhora Lucas. Agradeço a ajuda.

Sua voz está áspera de dor e ele estremece quando se levanta. Vai levar um tempo para ele se recuperar dessa. Então se lembra do que aconteceu. *Ah, não.* O Homem-Areia está com a lâmpada *e* a haste, e o Homem-Aranha não tem ideia do que ele vai fazer com elas, mas sabe que não vai ser nada bom. *Não acredito que deixei o Flint Marko, entre todas as pessoas, me enganar com tanta facilidade! Eu o levei direto até ela!* Ele segura a cabeça entre as mãos e grita junto a elas, abafando o som.

Uau, tudo bem. Eu precisava tirar isso do peito. Ele vai dar um jeito nisso, porque *tem* que dar um jeito nisso. O que precisa fazer primeiro? Ele precisa chegar em casa e ligar para Addison e Brewster e ter certeza de que estão bem. Ele precisa – tudo bem, talvez *queira* – falar com MJ. Nesse caso, ele sabe que duas cabeças pensam melhor que uma. Não faz ideia do que Flint pode estar fazendo ou qual será seu próximo passo. Certo, Peter precisa voltar para Forest Hills. Ele manca pelo caminho entre os túmulos e tenta colocar as pernas de volta ao ritmo normal, andando alguns passos antes de começar uma corrida suave e, por fim, correr até a saída. Quando chega ao portão, ele está pronto para *prender* umas teias em um poste de luz e sair se balançando.

Peter retorna para sua vizinhança e ignora por completo a própria casa, indo direto para a de MJ. O quarto dela está escuro, mas ele bate na janela. Não há resposta, então, ele espera um pouco e bate de novo. Finalmente, há uma mudança no quarto dela; ele pode ver um pé saindo do edredom dela ao luar. Em seguida, ela está parada na frente da janela, de pijama de bolinhas, esfregando os olhos e o cabelo todo bagunçado. Quando ela vê que é ele, seus olhos se arregalam e ela fecha as cortinas.

– Humm... – diz ele, sem saber o que está acontecendo. Mas um minuto se passa e ela reabre as cortinas. Agora seu cabelo está preso em um rabo de cavalo e ela parece um pouco mais desperta. Ela destranca a janela e a empurra para cima.

– Peter? O que está fazendo aqui? – pergunta ela, se afastando para deixá-lo entrar no quarto. Ele entra e ela dá uma boa olhada nele, sua boca se abre em um pequeno O ao observar sua aparência maltratada. – O que *aconteceu*? Você está bem?!

Ele levanta as duas mãos para que ela faça uma pausa.

– Estou bem. Um pouco dolorido, mas amanhã de manhã estarei bem – começa ele. – Bem, talvez em tudo, exceto pela minha dignidade. – Ele ri e depois agarra as costelas. *Ai.* – Uau. – Ele tenta se sentar, mas acaba desabando no pufe dela e tira a máscara. Ela faz uma careta ao ver seu rosto. – Está tão ruim assim? – pergunta ele com um sorriso dolorido.

– Quero dizer... não há sangue? – diz ela, em parte perguntando.

– Esse é o meu lado bom também!

– Sua vida é *estranha*.

Ele concorda.

– Infelizmente.

– Você quer uma aspirina?

Dessa vez ele balança a cabeça.

– Não, vou ficar bem em breve, privilégio dos poderes. – Em seguida, ele faz uma pausa, imaginando por onde começar. – Está com o laptop da sua mãe aí? – finalmente pergunta. Ela olha em volta para a mesa e, com certeza, o laptop está ali.

– Do que precisa? – Ela abre e inicializa. Peter se levanta devagar e vai até o computador, abrindo uma aba anônima e acessando seu número de telefone gratuito. MJ lhe lança um olhar questionador, mas ele apenas disca o número de Addison e cruza os dedos quando começa a tocar.

Trim
Trim
Trim
Tr–

– Alô? – Uma voz cansada atende, e Peter reconhece o timbre de tenor rouco de Brewster.

– É, senhor Alredge... é, bem, o Homem-Aranha.

MJ está olhando para ele, com a mão na boca, tentando não emitir nenhum som, ele deduz.

– Homem-Aranha! Ah, graças a Deus. Estávamos tentando ligar para você, mas Addison perdeu o número de telefone que você deu para ele e não sabíamos o que fazer. Ele foi atacado pelo Homem-Areia; ele sabe...

Peter o interrompe.

– Addison está bem?! – pergunta.

– Sim, sim, ele estava um pouco desgastado, mas nada que um descanso e uma boa alimentação não possam resolver. E uma curta internação hospitalar – acrescenta, admitindo que foi pior do que deixava transparecer.

– Tudo bem, tudo bem, o Homem-Areia disse alguma coisa ou fez mais alguma coisa?

Mas não há nada que Brewster possa contar para ele. O Homem-Areia torturou Addison para obter informações e saiu assim que ele cedeu, mas o Homem-Areia não compartilhou nada sobre os próprios planos. Peter agradece a Brewster e deseja melhoras para Addison antes de desligar.

– Vai levar algum tempo para me acostumar – comenta MJ atrás dele. Ele se vira.

– Hein?

– Quero dizer... isso. – Ela gesticula para ele inteiro. – Sabe, o uniforme, as conversas às duas da manhã. O... o que foi?

– Ai, eu deveria ter trocado. Desculpa. Eu só...

– Não! Não é isso que estou dizendo; só vai demorar um pouco para me acostumar. Não de um jeito ruim – acrescenta ela, esclarecendo. – De uma forma *ah, agora sei o segredo.* – Ela sorri. – É sério. Agora, o que está acontecendo? Por que apareceu aqui à beira do colapso e ligou para aquele velho rico antes mesmo de me contar tudo?

– MJ, o Homem-Areia conseguiu. Ele pegou o elemento. – Peter não consegue evitar e sua voz falha, mas ele apenas pigarreia e continua: – Ele me enganou e me seguiu até o esconderijo e então… – Ele conta para ela o que aconteceu, sem esconder ou suavizar nada. – Então agora estou aqui – termina. – Porque não sei o que fazer a seguir.

– Ah, vamos descobrir isso. – Peter olha para MJ, surpreso com seu tom feroz. Ela tem um sorriso assustador no rosto. – Um bandido aleatório não pode *vencer a gente.* Já falei para você – acrescenta ela –, tenho feito algumas pesquisas e acho que descobri *como* essa coisa alienígena, seja lá o que for, funciona de verdade.

CAPÍTULO VINTE E TRÊS

O plano original de MJ era contar a Peter sobre o resultado de sua pesquisa pela manhã, porque tinha acabado de *acontecer* naquela noite. Mas então ele bateu na janela dela e entrou, gemendo de dor e segurando o flanco, e de repente, o trabalho paralelo de Peter se tornou *muito* real. Ela manteve um tom uniforme e leve e esperava estar mantendo a ansiedade longe do rosto. Ele está olhando para ela com expectativa agora, esperando que ela compartilhe o que sabe. MJ respira fundo para acalmar os nervos. *Esse é o trabalho*, pensa, observando o uniforme rasgado e o queixo arranhado de Peter. Há um hematoma roxo profundo se formando acima do olho direito dele. *Isso é o que significa de verdade. E eu posso ajudar.* MJ levanta o queixo e começa:

– Enfim encontrei as contas das pessoas que estavam no museu na mesma data que eu…

– Como as encontrou? – Peter pergunta, a voz ainda trêmula. MJ reprime a vontade de perguntar mais uma vez se ele está bem e responde à pergunta:

– Voltei ao museu e disse para o segurança que precisava ver se o meu avô esteve no museu no dia do assalto, porque ele perdeu o smart watch. E eu estaria *encrencada* se não o encontrasse, porque deveria estar vigiando ele! – Ela arregala os olhos em falsa inocência e coloca a mão no peito. – E aí ele me deixou ver os registros de segurança para verificar.

– Sei que já disse isso antes, mas estou dizendo de novo, você é *incrível.*

– De qualquer forma – um sorriso surge no rosto dela conforme continua falando –, incluindo eu, havia dez pessoas no total no museu enquanto estive lá. Agora, conhecemos três: eu, o Homem-Areia e a Besouro. Sobram sete. Vi duas criancinhas, pequenas demais para terem celulares, enquanto eu esperava para usar o banheiro. Restam cinco. Então, fiz uma busca pela hashtag MIMO no Instagram e no Twitter para aquela data e período. – Ela faz uma pausa agora e deixa o drama crescer antes de acrescentar: – Encontrei *cinco contas.*

Peter cerra o punho e sussurra um silencioso *"sim"*. Isso traz uma sensação de normalidade de volta ao quarto.

– Mas nem tudo são boas notícias – continua MJ, explicando o que descobriu. – Três eram contas extintas, sem atualização. – Não queria pensar muito sobre o que isso poderia significar. As outras duas? Nos dias seguintes, seu conteúdo foi perturbador. Mas, de repente, tudo voltou ao normal. Em um caso, a pessoa deixou cair o celular nos trilhos do metrô e precisou comprar um novo. A outra ficou de castigo e confiscaram seu celular. Parecia exatamente o que ela tinha passado até que, de propósito, desconectou o celular. – Entende o que isso significa? – ela pergunta a Peter, que está ouvindo, atento.

Sua mente parece se iluminar.

– Você tinha razão. Seja lá o que for essa coisa... está *nos celulares.*

– Acho que é ainda mais específico, está nas antenas de Wi-Fi; é a parte do celular que procura o sinal Wi-Fi. Qualquer pessoa que se conectou ao Wi-Fi do MIMO quando a lâmpada foi ligada. Seja o que for, está usando uma frequência gigahertz, é o meu palpite. Ou seja, são ondas de rádio. – Ela pega o celular, desligado agora, como tem estado desde que descobriu tudo. – E sabemos que o que quer que seja deve ter que ficar *próximo* do elemento, com base no fato de que você foi atingido por alguma força invisível no museu, mas não foi tocado desde então – ela continua, jogando o celular de mão em mão. – Então, devem ter uma maneira de literalmente solidificar as ondas de rádio ou até mesmo... – ela estremece em antecipação à próxima parte – de usá-las para controlar mentes em algum nível. E estão usando a energia de nossos celulares para fazer isso, aproveitando os sinais emitidos pelas nossas antenas Wi-Fi.

Os olhos de Peter estão disparados novamente, MJ percebe. *Ele faz muito isso quando está juntando peças de um quebra-cabeça mental.*

– O que quer que o Homem-Areia faça com a lâmpada... não pode fazer isso com mais pessoas do que uma pequena sala – comenta ele devagar. – As pessoas fora do teatro na história de Addison não foram afetadas quando Arlo acendeu a lâmpada, porque não há nada na lâmpada para amplificar o sinal como há em uma antena. Só que não entendo como a lâmpada, ou a haste, o que quer que seja, influencia isso.

– *Acho que* a haste é de onde as ondas vêm de verdade, tipo, é o condutor que lhes dá existência. Mas não vejo o que o Homem-Areia pode fazer... a menos que... – diz MJ, parando quando uma ideia apavorante surge em sua mente – ele tenha algum tipo de amplificador. Como um roteador ou um satélite, seja o que for que possa pegar o pequeno comprimento de onda de rádio que a lâmpada de arco alimenta e enviá-lo para um público maior.

O rosto de Peter empalidece.

– Tem razão. Agora temos a tecnologia que pode ajudá-lo a enviar essa coisa para todos os lugares, rebatendo-a em outros amplificadores e... isso pode afetar o mundo inteiro! – Ele começa a andar, apertando as próprias mãos. Mas então para. – Mas... agora sabemos do que ele precisa! Quantos desses amplificadores de sinal enormes de verdade podem existir na cidade de Nova York? Ele vai querer afetar o maior número de pessoas possível, porque quantas chances vai ter para fazer isso? Não pode correr o risco de ter que... testar essa coisa.

– Mas como *vamos* encontrá-lo? – pergunta MJ. – Eu nem saberia por onde começar a procurar.

Peter tem um brilho nos olhos.

– Eu... sei.

Peter e MJ pegam o ônibus juntos na manhã seguinte. Ele faz questão de chegar na hora certa, *quase* não consegue, mas pula nos degraus pouco antes de a motorista do ônibus, a srta. Betty, fechar a porta. Ela lança a ele um olhar irritado e gesticula para trás.

– Obrigado. – Peter suspira antes de seguir pelo corredor e se sentar ao lado de MJ. Ela ri.

– Vou começar a ligar para você quando acordar, para que *você* acorde.

– Isso é muito mais atraente do que meu horrível alarme de celular – responde ele.

Então ela pega a mão dele, e ele fica novamente satisfeito por tê-la ao seu lado.

– E aí, vamos perguntar para o dr. Shah assim que entrarmos na aula? Não fica muito óbvio? Sou muito nova nessa coisa de operações secretas. – Ela sorri. – Mas *é* emocionante.

– Acho que podemos perguntar para ele assim que chegarmos lá – responde ele, sem esconder a alegria em seu tom. – Sabe – comenta –, estou *muito* feliz que você saiba.

– Você falou – responde ela, mas sua voz está satisfeita. – Também estou *muito* feliz por saber – ela provoca.

Eles passam o resto da viagem brincando, mas há uma ansiedade subjacente nisso. No fundo, ele sabe que em algum lugar o Homem-Areia está sentado com a haste elemental e a lâmpada de arco, esperando para usá-las contra o mundo.

Eles entram na aula juntos, quinze minutos antes de o sinal tocar, e vão direto para a mesa do dr. Shah. Ele levanta os olhos do relatório de laboratório que está avaliando quando eles se aproximam.

– Senhorita Watson, senhor Parker, estou muito impressionado em ver vocês aqui antes do sinal – brinca de leve. – O que posso fazer por vocês?

– Peter disse que o senhor conhece aquela lâmpada de arco que ia ser exposta no Museu da Imagem em Movimento. Quase *consegui* ver! – ela começa. – Na verdade, eu estava lá um dia antes de eles a revelarem. Foi quando li sobre isso.

– Ah, sim! – responde ele, se animando. – Eu contei para o Peter, mas foi uma proposta muito emocionante. Eu estava me correspondendo com uma colega sobre isso; a mesma que recomendei para você, Peter. – A *dra. Monica Diaz,* lembra Peter. – Ela e eu estávamos conversando sobre o potencial de um projeto de ionização baseado em ondas eletromagnéticas. Porque em teoria, o que a lâmpada, com o elemento alienígena, faz é... – Ele para, percebendo que Peter e MJ estão olhando para ele inexpressivos. *Um eletromagnético o quê, hein?* A cabeça de Peter está girando. O dr. Shah solta uma gargalhada. – Desculpem, desculpem, fiquei acostumado demais com a conversa científica de novo. Basicamente, ela opera em uma frequência à qual em geral não temos acesso, e suas ondas eletromagnéticas literalmente separam elétrons de átomos e moléculas *apenas* usando energia. Então, em teoria, o que essa lâmpada de arco poderia fazer, além de criar uma luz muito brilhante, é criar um forte padrão de ondas eletromagnéticas que afetam a química orgânica. Ou qualquer química, na verdade.

– Mas por que alguém ia querer fazer isso? – questiona Peter.

O dr. Shah se recosta na cadeira e ela range alto, mas ele não reage, sem dúvida acostumado com o som irritante. Ele coloca as mãos atrás da cabeça e pensa por um momento.

– Por uma infinidade de razões, na verdade. Na ciência...

Mas Peter interrompe, impaciente.

– Desculpe, mas isso poderia afetar o corpo real de alguém, ou os elementos químicos que compõem o corpo? – pergunta, toda circunspecção ficando de lado. O dr. Shah franze a testa, claramente refletindo sobre a pergunta. Atrás de Peter e MJ, seus colegas de classe estão chegando aos poucos e a sala começa a se encher de conversa.

– Bem, tentaram fazer isso na medicina há cerca de cem anos e não funcionou – diz o dr. Shah devagar. – E não acho que isso nunca vá acontecer. Mas a questão é: se as ondas são criadas por um elemento que nunca vimos antes... – O dr. Shah dá de ombros. – Quem poderá dizer o que pode e o que não pode fazer? E o que as pessoas têm teorizado sobre esse elemento há mais de um século é que ele poderia mudar a forma como pensamos sobre as ondas eletromagnéticas por causa da frequência. Além *da gama*. É como passar do 3-D para o 4-D e para o 5-D.

A cabeça de Peter dói.

– Então – começa MJ –, se fosse uma onda de frequência misteriosa *muito* poderosa, poderia literalmente mudar a maneira como alguém pensa.

O dr. Shah assente.

– Sim, acho que sim. Mas seria necessário algo para melhorar bastante o sinal, *substancialmente* – explica ele. – Ainda mais se o objetivo for algum tipo de mudança de longo prazo. Não há como uma pequena lâmpada de arco ser capaz de fazer isso. Não importa quão poderoso seja o elemento misterioso. E não há nada poderoso o suficiente... – Ele hesita.

Peter percebe a pausa e o incentiva.

– Senhor?

– Bem – começa ele, parando de novo. – Não está nem perto de estar pronto, mas a equipe de pesquisa da Empire State University de que eu fazia parte começou a investigar o que seria necessário para criar um EASER em grande escala. Um eletro... quer saber, basicamente é um amplificador *gigantesco*. Imagine que existe um satélite grande o suficiente para que você possa assistir a programas do Japão na sua televisão com apenas uma antena.

A expressão vazia volta ao rosto de Peter.

– As pessoas usavam antenas para assistir à TV? – pergunta ele. Peter olha para MJ e ela apenas dá de ombros. O dr. Shah parece um pouco chocado, com o queixo caído por um momento.

– Muito bem, agora me sinto velho e *por fora*. Significaria apenas que poderia pegar um pequeno sinal de rádio ou onda eletromagnética e lhe dar um raio muito maior.

Isso soa exatamente como o que Marko estaria procurando. Peter tem certeza de que, se seu sentido-aranha reagisse às pistas, estaria enlouquecido.

– Mas acredito que está muito longe de funcionar. Da última vez que ouvi, mal conseguiram que reconhecesse as ondas, muito menos amplificá-las.

O sinal toca quando o dr. Shah termina a frase e ele bate palmas.

– Bem, espero que isso ajude ou pelo menos tenha sido informativo – diz ele.

– Muito! – responde MJ, enquanto o cérebro de Peter está a todo vapor. – Obrigada, dr. Shah! – ela diz alegremente, agarrando a mão de Peter e o puxando para seu lugar.

– É isso que ele vai usar – diz Peter sem soltar a mão de MJ.

Ela assente.

– É bem provável. Acho que você vai ter que dar uma olhada. Mas vamos conversar depois da aula; cara, essa vida é *intensa.*

Ele abre um meio sorriso em resposta. MJ aperta a mão de Peter e depois a solta, voltando para seu lugar.

– Muito bem! Turma! – o dr. Shah chama da frente da sala. – Vamos começar.

Durante o almoço, MJ e Peter se isolam na biblioteca, debruçados em frente a um dos computadores. Procuram tudo o que podem sobre a equipe de pesquisa mencionada pelo dr. Shah e o "EASER", embora seus resultados de pesquisa fiquem mostrando "laser", o que não é tão útil quanto o mecanismo de pesquisa pode pensar. Depois de vinte minutos, Peter esfrega os olhos.

– Ainda estou tão exausto de ontem à noite. Por que nada disso pode ser *fácil*? – Então ele para. – Ah, foi mal. Em geral só reclamo... para mim mesmo. – Ele termina a frase fracamente.

– Não, estou com você. Estou *cansada*, embora seja verdade que não fui atirada para o outro lado do Queens, mas um garoto fofo bateu na minha janela no meio da noite. – *Fofo?* Peter sorri. Precisaria se acostumar a ser tão feliz e tão ansioso ao mesmo tempo. – E ainda preciso terminar a minha redação de Inglês antes de amanhã – continua ela, fingindo não ver o sorriso gigante de Peter. – E eu *estou tão agradecida pela* Maia e o Randy se oferecerem para fazer o PowerPoint para o nosso trabalho do OSMAKER...

– Quem diria que alguém adoraria fazer apresentações em PowerPoint! – exclama Peter.

– Os interesses deles são bem variados. – MJ faz uma pausa e digita outra coisa na barra de pesquisa. – Vamos tentar "pesquisa de amplificador eletromagnético da Empire State University". – Peter levanta os dedos cruzados.

Ela aperta Enter.

– Há uma coisa! – Ela se aproxima da tela. – Esse é um artigo da... semana passada. Do *Clarim*. "Espião de equipe de pesquisa rival leva à realocação" – lê em voz alta. Peter se inclina para ler em silêncio. – "A equipe de pesquisa da Universidade Empire State, enquanto trabalhava em seu EASER recentemente proposto, teve que se mudar para um laboratório secreto esta semana depois de descobrir que um de seus colegas pesquisadores era, na verdade, um espião de um grupo rival de cientistas"!

– Quem diria que a ciência era tão *dramática*? – Peter pergunta, brincando depois que eles terminam o artigo.

– Esse deve ser *o* amplificador, não é? Se é tão importante assim. O artigo até citou a amiga do dr. Shah! E alguém chamado dr. Dewey Ponce, que é um nome *incrível.*

– Mas é uma pena que não diga *onde* a coisa está – reclama Peter. Mas então ele se endireita e estende a mão para MJ voltar para o topo da página. – Ali! – Ele aponta para o nome da autora: *Kayla Ramirez.* – Conheço ela! – deixa escapar. – Ela é... tipo a minha chefe no *Clarim.*

– Perfeito! Você pode perguntar para ela... ela deve saber de algo que não publicaram.

– Tenho que ir para lá depois da escola de qualquer maneira. Houve um "erro de contabilidade" no meu último contracheque, e as pessoas que fazem essa parte do trabalho, não sei como são chamadas, não vão aos fins de semana, acho. Empregos de adultos são estranhos.

– Bem, é uma boa desculpa para poder fazer as perguntas de que precisa para a Kayla; parece que o universo está fazendo um favor para você – sugere ela.

– Então a gente deveria ficar ainda mais desconfiados, porque o universo está *sempre* fazendo piadas de mau gosto comigo, juro. Quer saber? – Ele se inclina na direção dela e sussurra: – Aposto que a Panda-Mania vai aparecer de novo.

Peter pega o elevador do décimo quarto andar até o décimo sétimo. Tinha acabado de visitar o Controle Financeiro, seja lá o que fosse, para descobrir o que havia de errado com seu contracheque naquela semana; Jameson esqueceu que estava pagando a Peter e simplesmente não assinou o cheque. *Legal. Agora que está resolvido, posso encontrar a Kayla.*

Quando ele chega lá, ela está conversando com uma jovem branca de cabelos escuros que Peter viu no escritório uma ou duas vezes, mas não a conhece.

– Você acha que ele já leu? – a jovem está perguntando para Kayla, que apenas dá de ombros.

– Não faço ideia, mas não há nada que a gente possa fazer até então. Parei de postar qualquer coisa do Aranha nas redes sociais... – Ela vê Peter entrar e acena. – Apesar do material excelente – acrescenta ela, sorrindo para ele. Ela mencionou para ele na última vez que esteve lá que ele podia continuar enviando fotos e legendas, mas que eles colocariam uma moratória nas postagens até que Jameson respondesse à carta dos funcionários. Peter apenas deu de ombros, feliz por continuar fazendo seu trabalho de qualquer maneira. – Peter – Kayla diz agora – esta é a Betty Brant. Ela normalmente não está aqui nos fins de semana.

– Oi – diz Peter.

– Oi, Peter, prazer em finalmente conhecer você. A galera da semana tem adorado as suas fotos! – comenta Betty. Ela direciona seu próximo comentário para Kayla, e Peter se senta à mesa, esperando que Kayla fique livre. Poucos minutos depois, Betty acena para ele enquanto se despede de Kayla, que se vira para Peter assim que Betty sai do alcance da voz.

– Então, o que está fazendo aqui durante a semana?

– O senhor Jameson esqueceu de assinar o meu cheque – Peter explica para ela. Kayla ri e repete o que Peter disse, mas coloca aspas em torno da palavra "esqueceu". Peter faz uma careta e dá de ombros. – Acho que já resolvemos isso. Pelo menos desta vez – concede ele.

– Agradeço por ter vindo dizer oi; acho que vi o Randy lá em cima com o Robbie, para falar a verdade.

Peter levanta as sobrancelhas; ele e Randy devem ter entrado no mesmo trem sem saber. Ele faz uma nota mental para enviar uma mensagem quando terminar e ver se ele quer voltar para o Queens juntos, isto é, se não conseguir as informações de que precisa ali e tiver que começar a procurar *imediatamente.*

– Ah, eu não sabia, droga. Perdi um companheiro de metrô – brinca. – Eu, bem, queria perguntar sobre um artigo que você escreveu na semana passada.

Ela estava olhando para algo na tela enquanto falava com ele, mas vira a cadeira ao ouvir isso.

– Claro, qual?

Mas quando Peter está prestes a responder, a voz de J. Jonah Jameson ecoa pelos corredores.

– *RAMIREZ!*

Kayla se levanta da cadeira de um pulo, enquanto Jameson corre para sua mesa.

– Aqui está o que vamos fazer – declara ele, antes que ela possa dizer qualquer coisa. – Podemos ter uma – ele cerra os dentes e, em uma estranha coincidência, faz sinal de aspas na palavra no ar – cobertura "equilibrada" sobre o Homem-Aranha. Com isso, quero dizer que você e ele – Jameson se inclina para encarar Peter, que apenas abaixa a cabeça – podem apresentar seu caso de como quiserem legendar as fotos no nosso Twistagram.

Peter prende uma risadinha muito inapropriada.

– *No entanto* – continua Jameson –, me reservo o direito de vetar tudo e discordar. E as páginas de opinião *ainda são minhas.* Conversei com Robbie sobre todo o resto.

Kayla sorri.

– Obrigada, Jonah! Isso vai ser tão bom…

Jameson a interrompe.

– Foi uma boa carta – admite ele a contragosto. – Você tem talento. Vou conversar com o Robbie sobre conseguir subir você de cargo...

– E me dar um aumento? – Kayla pergunta, com voz inocente e açucarada. Jameson faz um barulho inarticulado e sai furioso pelo caminho de onde.

– Ele é *assustador* – diz Peter assim que sai de vista. Kayla dá de ombros, olhando para a direção que Jameson tomou.

– Ele é o que é. – Ela olha de volta para Peter. – Agora, você queria me perguntar sobre uma matéria?

– Ah! Aquela sobre o espião da Empire State University.

– Ah, cara, essa é uma matéria *tão boa*. – Todo o seu rosto se ilumina. – Ned ficou com tanto ciúme que eu a recebi e ele não. Mas... não diga para ele que eu falei isso... sou uma repórter melhor. – Peter ri em resposta e faz mímica como se fechasse os lábios. – Então o que quer saber?

– Sabe para onde eles acabaram se mudando? Estou morrendo de vontade de ver aquela coisa do EASER em que estão trabalhando. Estamos fazendo coisas semelhantes em aula. Meu professor costumava trabalhar na equipe deles – mente um pouco.

Kayla leva um segundo para pensar.

– Não acho que vão deixar um garoto entrar, sem ofensa – acrescenta ela no final, amortecendo a declaração. – Mas posso tentar ver as minhas anotações.

Ele dá de ombros.

– Não custa nada perguntar, minha tia sempre diz.

– Ela não está errada – responde Kayla. Ela voltou para o computador e está percorrendo vários arquivos. Finalmente encontra o que procura e clica duas vezes no arquivo para abri-lo; está escrito em uma taquigrafia que Peter não consegue ler, embora possa ver a tela com clareza. – Hmmm, quer saber, eles não me disseram o lugar exato, só que é em algum lugar perto de Citi Field, no Queens.

Não é exatamente o que ele precisa, mas com certeza diminui a área.

– Ah, hum, vou perguntar para o meu professor; ele pode ser capaz de descobrir a partir daí! – Peter diz e a agradece por dedicar seu tempo.

– Não se preocupe, Peter. – Ela sorri. – Você é um bom garoto; não é problema. Pode me perguntar a qualquer hora.

CAPÍTULO VINTE E QUATRO

Quando Peter saiu do *Clarim,* Randy já tinha ido embora, então ele pega o trem para casa sozinho e pensa em como abordar o que sabe. Está ansioso para chegar ao Citi Field e procurar a equipe de pesquisa do Empire State. Então ele poderá começar a vigiar. Mas também quer falar com MJ. Ele sobe correndo as escadas da estação 71st Street–Forest Hills e começa a caminhar para casa. É início da noite e o Sol já está quase se pondo ao virar a esquina da sua rua. Ele passa primeiro por sua casa para deixar a mochila.

– Olá, Peter! – Tia May cumprimenta da lavanderia nos fundos da casa. Peter tira os sapatos e deixa a mochila perto da escada antes de ir vê-la.

– Oi, tia May – diz ele, se juntando a ela na máquina de lavar para lhe dar um beijo na bochecha. – E aí?

– Fazendo uma pausa em algumas propostas de subsídios para colocar esta roupa na secadora. Como foi o seu dia? Resolveu o problema do *Clarim*? – pergunta ela, colocando algumas toalhas na secadora.

– Resolvi! – responde ele e então conta a ela sobre o que aconteceu com Jameson e a carta.

– Que notícia fantástica. – Ela parou de colocar roupas na secadora e está escutando, muito atenta. – É uma boa lição para aprender: não comprometa a sua integridade. – Tia May sempre lhe dá bons conselhos, mas nesse momento ela o lembra tanto de tio Ben com suas pequenas pérolas de sabedoria que Peter dá um passo à frente e a abraça com força. Ela se surpreende, mas logo o envolve com os braços. – Bem, obrigada por isso, embora eu não tenha certeza do que fiz para merecer – Ela ri.

– Só por ser ótima, tia May. – Ele dá um passo para trás e acrescenta, um tanto sem jeito: – Vou, hã, ir lá na casa da MJ.

Dessa vez, o sorriso da tia May é muito astuto, e Peter geme quando ela diz:

– Tudo bem, Peter. – Porque ele consegue *ouvir* tudo o que ela não está dizendo através do tom dela.

– *Tudo bem,* tia May – responde ele, esperando que ela também possa ouvir tudo o que ele não está dizendo. Ela apenas ri de novo e o manda embora.

Peter está na casa de MJ quinze minutos depois; a mãe e a tia dela estão em casa, então os dois estão sentados no balanço da varanda dela e ele conta para ela o que Kayla lhe disse sobre o centro de pesquisa.

– Citi Field? – pergunta ela. – Hummm. – Ela pega um celular e Peter percebe que não é o antigo. Aponta para ele, com uma pergunta no rosto. – Ah – diz ela –, bem que precisávamos de um upgrade, então perguntei para a minha mãe se podia combinar o presente de aniversário e de Natal, e ela disse que sim. Deixei cair o antigo em um copo de refrigerante.

– Ah, isso é ótimo; acha que o refrigerante vai impedir? – pergunta ele, inseguro.

– Espero que sim. Mas, por precaução, colei um monte de ímãs nele, coloquei em um copo cheio de água e vinagre e escondi embaixo da varanda – responde ela. Peter fica devidamente impressionado. Ela nota sua expressão e sorri. – Pode ser que tenha sido um pouco exagerado, para ser sincera, pois acho que, quando lidarmos com a vara, não terá importância. Tenho certeza de que é isso que o alimenta, então, sem uma fonte, desaparecerá. – Em seguida, ela abre o aplicativo de mapas em seu novo celular e começa a navegar até Citi Field. Ela rola um pouco e depois para. – Ei, seria óbvio demais eles se mudarem para o Salão de Ciências de Nova York? Fica do outro lado da rua do Citi Field. – Peter se inclina para olhar. – Não custa nada dar uma olhada, não é?

– Bem, acho que sei onde estarei hoje à noite.

– Apenas se certifique de que seu celular esteja desligado quando chegar lá. – MJ se vira para ele, enquanto ela diz isso, e ele quase pula ao perceber quão próximos estão. Por um segundo, ele olha nos olhos dela e pensa que são de um verde tão lindo e único que não tem certeza se é uma cor que já foi inventada. Ele se aproxima.

Só então, a luz da varanda acende e a porta da frente dos Watson se abre. Peter e MJ se separam quando a tia de MJ sai para a varanda, carregando uma bandeja.

– Trouxe alguns petiscos e uma bebida para vocês!

Peter suspira. O universo com certeza está rindo em algum lugar.

O dr. Dewey Ponce tem sido *muito* útil para o Homem-Areia. É fácil encontrá-lo e, assim que o Homem-Areia entra em sua casa, ele fica bastante disposto a oferecer algumas informações. Na noite passada, o Homem-Areia voltou para sua casa temporária no armazém com o elemento em mãos. Demorou horas para conectar as hastes do jeito certo e, assim que a lâmpada acendeu, uma luz atingiu seus olhos e o Homem-Areia nunca se sentiu tão poderoso e sanguinário na vida. Sentiu-se *ótimo.* Então a luz piscou uma vez e diminuiu.

– Não! Você não pode quebrar! – o Homem-Areia gritou, mas depois parou. A lâmpada ainda vibrava. Ele podia ouvi-los, aqueles que o encontraram.

Nós estamos
NÓS ESTAMOS
NÓS ESTAMOS

A voz – *ou talvez vozes?* – reverberou em sua cabeça. No começo, ele não conseguiu aguentar, quase caiu, os joelhos se dobraram com o choque de ouvi-las ricochetear dentro dele.

VOCÊ
VOCÊ
VOCÊ NOS AJUDA
NÓS AJUDAMOS VOCÊ
HOMEM-AREIA
NÓS

– Quem são vocês? – perguntou ele.

Os descrentes
Nós somos os descrentes
Nós estamos
Estamos em casa

Deve nos ajudar
Devemos fazer nosso trabalho
Não podemos ajudar
Enfraquecidos
Compartilhe-nos, compartilhe-nos, compartilhe-nos, compartilhe-nos

E, depois disso, eles contaram para ele tudo de que precisavam. Ele compartilharia sua voz com o mundo. Só precisava de um alto-falante forte o suficiente para fazer isso. E foi assim que ele encontrou o dr. Dewey Ponce.

O Homem-Aranha entra no Salão de Ciências de Nova York por uma janela aberta na cúpula de vidro invertida no saguão da frente. Seu celular está desligado e pressionado contra seu quadril. Ele imagina que quem deixou a janela aberta não pensou que alguém pudesse grudar nas paredes para entrar em um museu de ciências. Ele desce devagar, deslizando pela teia até o chão abaixo, e anda agachado. Está silencioso, o que faz sentido para um museu no meio da noite. Ele está longe o bastante para que a entrada fique sombreada atrás dele e não precise se preocupar com alguém o vendo através das portas.

O Aranha olha ao redor do saguão e percebe uma grande mancha preta no chão, marcando os azulejos brancos com esguichos. *Como se uma criança com sapatos de borracha gigantescos os tivesse arrastado pelo chão. Estranho. Quem sabe a equipe de limpeza ainda não chegou a esta sala? Embora isso signifique que talvez eu tenha que lidar com espectadores inocentes. Aff. Isso vai ser bastante difícil!*

Ele vê um grande quadro com um mapa do museu e segue em sua direção. Uma vez ali, ele pode ver a programação completa. *Há muitas* exposições *nesta coisa!* Ele não acha que vão construir um enorme amplificador de ondas eletromagnéticas no Rocket Park Mini Golf ou no cinema 3D. Seus olhos percorrem o mapa, lendo e descartando áreas conforme chegava até elas, mas então há um asterisco próximo ao Salão Principal. Diz: *Fechado ao público até segunda ordem.*

Se a equipe de pesquisa se mudou para cá, é onde devem estar, pensa. Ele se puxa até o teto com uma teia e começa a rastejar na direção do Salão Principal. É quando seu sentido-aranha começa a dar sinal, lenta mas insistentemente, na sua nuca.

Algo está errado. Ele se move pelo teto, centímetro por centímetro, o zumbido em sua cabeça vai ficando mais alto a cada movimento curto adiante. Por fim, ele chega às duas portas do Salão Principal. Caindo no chão, vê que a fechadura foi quebrada, despedaçada e a maçaneta foi arrancada da madeira. Há movimentos lá de dentro – o Aranha pode ouvir movimentos e o som de algo pesado sendo arrastado. Ele pensa nas marcas pretas no chão perto da entrada. Alguém entrou com *algo.*

Bem quieto, ele se agacha a um lado das portas duplas e abre aquela com a maçaneta quebrada para espiar o interior. As paredes são curvas e cobertas, do chão ao teto alto, com pequenos quadrados compostos por pedaços ainda menores de vidro colorido que dão o efeito de fileiras e mais fileiras de minúsculos vitrais. Deve ser uma visão e tanto durante o dia; agora, no entanto, apenas refletem a luz fraca das luminárias espalhadas em algumas mesas improvisadas. Ao lado, há um enorme dispositivo retangular que o Aranha não consegue distinguir. Mais perto da porta, uma silhueta reconhecível está sendo arrastada em direção a ela. *A lâmpada de arco!*

O Homem-Aranha enfia a cabeça no espaço entre a porta aberta e a que ainda está trancada. Ele está abaixado e se movendo com cautela, olhando primeiro para a direita e depois para a esquerda. Está claro, mas não há muito do que possa usar para se esconder, apenas aquelas poucas mesas. A equipe da Empire State criou uma espécie de laboratório provisório para seu experimento; há equipamentos por todo lado, além de algumas mesas aleatórias, mas não há muita cobertura. Ele olha para o teto alto, sabendo que essa pode ser sua melhor aposta.

Lá dentro, a lâmpada de arco ainda está avançando e, conforme o Aranha entra devagar, a figura corpulenta do Homem-Areia ganha forma à frente dela, arrastando-a atrás de si. Agora o Aranha pode ver que ele tem um gerador em uma das mãos e segura a lâmpada de arco com a outra. O Homem-Aranha não sabe dizer se eles estão conectados ou não.

O Homem-Areia continua caminhando em direção à forma enorme que é o amplificador EASER da Empire State University. *Tenho que impedir Marko antes que ele chegue lá!* O Aranha pressiona os dedos na parede e começa a rastejar para cima e para cima, virando para esquerda quando está alto o suficiente para acompanhar o progresso do Homem-Areia e da lâmpada. Agora que está mais perto, o Aranha pode ouvir o Homem-Areia murmurando para si mesmo.

– Tenho que fazer isso, tenho que ser rápido. Tenho que ser alto, compartilhar a mensagem. Tenho que compartilhar a mensagem.

Ora, isso *não soa nada bem.* O Homem-Aranha move os pés para cima, de modo que seus joelhos ficam dobrados sob ele e ele tem apoio para pular. Então ele estica uma das mãos, mira e dispara. Ele puxa a lâmpada de arco para trás com um poderoso tiro de teia e ela cai no chão com um grande estrondo. O Homem-Areia se vira e berra de raiva, derrubando o gerador no processo.

– HOMEM-ARANHA! NÃO! – Ele envia um enorme martelo de areia compactada na direção de onde a teia havia sido lançada, mas o Aranha já está se movendo, se afastando da parede e indo em direção à lâmpada. Ele tem que assegurar de que seja quebrada!

O Homem-Areia finalmente o vê, e uma enorme coluna de areia explode em sua direção, forçando o Aranha a mudar de rumo antes que possa chegar à lâmpada de arco.

– Acho que não, *inseto*! – o Homem-Areia grita, movendo sua coluna de areia para frente e para trás como se fosse uma mangueira de água, espirrando mil toneladas de pressão. O Homem-Aranha percebe que o EASER é sua melhor defesa contra o Homem-Areia nesse espaço fechado. Ele salta para o alto mais uma vez, para um lugar atrás do amplificador inacabado.

– Flint! – grita ele, preso na parede atrás da máquina. – Há *algo* controlando você! Age pelo seu celular!

– Eu não estou sendo controlado, Homem-Aranha! Eu *quero* estar aqui! Esses caras vão me dar tudo o que eu sempre quis!

O Homem-Aranha geme. Ótimo. Ele foi doutrinado. O Aranha sobe alguns metros e espia pela borda do EASER. O Homem-Areia está parado no centro da sala, com os ombros arfando. A lâmpada ainda está de lado, a alguns metros de distância. O Aranha pode ver agora que claramente está conectada ao gerador ao lado dele. Ele tenta alcançar o Homem-Areia de novo.

– Não precisa fazer isso! – diz, deixando o som fluir pela sala grande. – Sei que é difícil, mas tente resistir!

O rosto do Homem-Areia muda para algo cruel e ameaçador.

– Eu não *tenho que* fazer isso, Homem-Aranha; eu *preciso*! Por que não consegue fazer isso entrar nesse seu crânio grosso de aranha?! Tudo ficará ótimo se você me deixar ficar com isso. – A voz dele fica cada vez mais alta a cada palavra, até que por fim ele está rugindo. – Você estraga *tudo*... não vou deixar você estragar isto!

De repente, um fluxo de areia explode do chão, e o Homem-Aranha percebe que permitiu ao Homem-Areia distraí-lo para que ele não notasse a pilha de areia crescendo aos poucos abaixo dele. Avança sobre a máquina, bem no caminho do Homem-Areia. Suas lentes se ampliam, quando o Homem-Areia puxa a areia de volta para si e cresce até o dobro do tamanho que tinha antes. O Aranha se prende a uma parede, se virando e girando no ar.

Como vou derrotar esse cara? Peter sabe que não pode argumentar com Marko e não pode simplesmente *dar um soco* nele. Sua mente está acelerada, enquanto ele rasteja pela parede, se movendo o mais rápido que pode para sair do alcance do Homem-Areia. Ele olha para trás uma vez para avaliar quão rápido o Homem-Areia está avançando e fica surpreso ao ver que ele está aproveitando sua ausência. O Homem-Areia chegou até a lâmpada, com a mão estendida em direção ao gerador. *Ou ele está afastando a mão? Ele já a ligou? Não!*

O Homem-Aranha *lança* uma teia e se segura no fio, balançando para frente, com os pés indo primeiro. Ele voa em direção a um Homem-Areia sólido, que está muito focado em sua missão de conectar a lâmpada ao amplificador para se transformar ao redor do golpe a tempo. Então, quando os pés do Aranha se conectam, o Homem-Areia voa para frente, sua inércia é interrompida apenas pelo encontro de seu rosto com centenas de pequenos quadrados de vidro.

– Flint! Sei que você não pode evitar. Sei que essa coisa está *controlando você.* E se parar agora, vou dizer para todo mundo que você não teve escolha na maior parte disso! – O Homem-Aranha corre em direção à lâmpada e fica horrorizado ao ver que está ligada com uma luzinha emanando dela. Poucos metros antes de alcançá-la, ele se choca contra *algo invisível. Ah, não.* Ele não sabe se consegue enfrentar um fantasma invisível *e o* Homem-Areia. Mas a coisa simplesmente o afasta, com força.

Não parece segui-lo.

O Homem-Areia se levanta e limpa o rosto com um braço. Sua expressão é de escárnio.

– Ah, eu *tenho* escolha – declara ele. – Eu *quero* ajudar. Você não faz ideia do que está por vir, inseto.

E, em seguida, ele empurra dois braços em um longo arco de areia indo direto para o Homem-Aranha, atirando-o com força para o outro lado da sala. O Aranha se levanta tonto e vê o Homem-Areia chegar até a lâmpada, colocando-a em pé. Ele tem dois fios finos na mão e os está torcendo. O Homem-Aranha atira dois fios de teia na direção do Homem-Areia, uma manobra desesperada. Ele sabe que está longe demais. O Homem-Areia entrelaça os fios e o Homem-Aranha, correndo até ele, pode ver que estão conectando a lâmpada de arco ao EASER.

– FLINT! O EASER nem funciona! Eles ainda não descobriram como!

O Homem-Areia ri sem nenhum humor.

– Isso é o que *querem* que você pense, Homem-Aranha, mas conversei com um dr. Dewey, que me contou um segredinho.

Sob a máscara, o sangue se esvai do rosto do Homem-Aranha.

CAPÍTULO VINTE E CINCO

Ah não, ah não, ah não, ah não. Se o EASER estiver funcionando, o Homem-Aranha não pode permitir que o Homem-Areia o ligue. O Aranha sabe que é forte, mas e se isso tornar a coisa que está ajudando o Homem-Areia ainda mais forte? Além disso, o Aranha não tem certeza se conseguiria não reagir a quaisquer ondas que uma versão amplificada daquela lâmpada pode emitir. *E se você conseguir?*, uma vozinha dentro dele diz. *Assuma o controle, assuma tudo, derrote o Homem-Areia e seja o herói que todos amam.* O Homem-Aranha afasta a voz da cabeça.

Não!

Ele corre para frente e salta os últimos três metros, com o punho erguido, por puro desespero, e atravessa a forma do Homem-Areia. Mas não causa nada, e o Homem-Areia ainda se dirige firmemente ao EASER e ao botão para ligá-lo.

O Aranha está em pânico agora. *Como vou impedir isso?* No chão, ele avista o fio de metal, laranja e brilhante contra a escuridão do piso. Ele atira uma linha fina de teia em direção a ele e puxa com força. Ele ouve o raspar gratificante do fio sendo puxado de uma haste condutora na lateral do EASER. Agarrando a teia, ele voa para frente, puxando-a atrás de si. O Homem-Areia se vira, berrando sem palavras. Um punho enorme segue o Aranha, mas em vez de acertá-lo, ultrapassa-o, passando rápido e batendo na parede.

– Ah! Você *errou*! – grita ele de volta, rindo.

– NÃO ESTAVA MIRANDO EM VOCÊ, RASTEJADOR DE PAREDES!

E o Homem-Aranha percebe seu erro tarde demais. Todos os pelos de seus braços se arrepiam e *algo* o atira no chão com força. Então, o pedaço da parede que o Homem-Areia atingiu se quebra em cima dele, e o Homem-Aranha fica preso ao chão. O peso é grande sobre suas costas e ele geme com a dor nos quadris e nas costelas. Perdeu a teia presa ao fio e, com ela, sua vantagem. Apoia-se nas mãos e sai dos escombros de vidro e pedra. Um fio de sangue escorre por seu bíceps, onde um caco de vidro rasgou seu traje, e há outro rasgo em sua panturrilha. Ele está em péssimo estado. Mas vê o Homem-Areia avançando outra vez para o EASER, puxando o fio atrás de si. A luz da lâmpada está piscando fraca.

O Homem-Aranha não sente mais nada no ar e se lembra do museu e de como a ameaça apenas havia se dissipado. Ele não acha que o que quer que seja consiga fazer outro ataque. Ele tem que se concentrar no Homem-Areia agora.

O Aranha estica os braços e à frente e pressiona os dedos nos botões da palma das mãos. *Eu vou me atirar!*

Ou eu faria isso, mas estou sem fluido de teia! O que vou fazer agora? Ele não apenas está sem fluido de teia, mas também não há lugar com água suficiente para imobilizar o Homem-Areia no momento. *Vamos, pense! Quais são suas outras opções?* Seu coração está acelerado e ele consegue sentir que está entrando ainda mais em pânico. Ele dá um passo à frente e bate em um ferro de solda com o pé.

Um *ferro de solda* – no meio de uma exposição? *Espere aí!* O Aranha bate com a mão na testa e depois estremece, encontrando outro pequeno corte. *Isto é um laboratório!* O Homem-Aranha olha à sua direita para as mesas de todos os pesquisadores. Corre até a primeira e olha o equipamento que há ali: muitos fios e ferramentas de solda, mas nada que possa ajudá-lo. O mesmo acontece com a mesa número dois, mas ali, três mesas depois, está algo que ele talvez possa usar.

Há um tanque pesado, com OXIACETILENO escrito na lateral e um bico fino saindo de cima, junto com um botão de liberação. ALTAMENTE INFLAMÁVEL, ele lê no rótulo. Existem botões para temperatura e fluxo de gás combustível. O *Aranha liga os dois no máximo. O que acontece quando se combina um gás inflamável com muita areia? Hora de descobrir.*

Ele ergue o tanque com facilidade e pega um disparador de metal de aparência antiga que repousa inofensivo na mesa de trabalho de outra pessoa. O Homem-Areia está quase no EASER agora, então o Aranha corre e salta alto no ar, pousando a alguns metros de distância.

– Ei, HOMEM-AREIA! – grita ele, uma das mãos seguram o bico na direção do Homem-Areia com um dedo no botão de liberação e a outra mão segurando o disparador de metal. O Homem-Areia se vira para o Homem-Aranha, com uma expressão incrédula no rosto.

– De novo com isso? O que foi? Vai me transformar num balão ou algo assim? Eu *venci*, Homem-Aranha. Entenda de uma vez! – E uma de suas mãos se transforma em um longo pilar de areia, avançando em direção ao Homem-Aranha.

Mas dessa vez, o Aranha pressiona o botão de liberação e aperta o disparador de metal. Nada acontece.

– Vamos, vamos, vamos, vamos, *por favor, por favor, por favor, por favor.* – Ele tenta de novo, nada ainda.

A areia está avançando em sua direção e ele dá um passo para trás.

– VAMOS. – E ele aperta mais uma vez. Dessa vez, uma faísca salta e acende o gás. Um longo fluxo de chamas atinge o Homem-Areia em uma explosão pequena, porém brilhante.

O Homem-Areia berra de dor.

O Aranha mantém a pressão, embora estremeça a cada som de dor que o Homem-Areia emite. O Homem-Areia começou a cristalizar, com o calor tornando a sua areia sólida e intensamente brilhante à luz constante da chama.

– *Pare!* – o Homem-Areia grita e o Aranha espera para que o Homem-Areia ceda, concorde em parar, mas em vez disso ele apenas diz: – Preciso fazer isso. – E o Homem-Areia tenta avançar com um braço endurecido. Ele perde mobilidade a um metro de distância do EASER. A cristalização se espalha e sobe pelo corpo do Homem-Areia, se espalhando rápido demais para ser acompanhada agora. Mas o Homem-Areia faz um último esforço e atira um jato de areia em direção ao EASER, forçando o Aranha a pular e dar uma cambalhota por cima da forma endurecida do Homem-Areia. Ele mantém o fogo constante, enquanto avança, de modo que atinge todas as partes de areia que pode ver. Até que, por fim, o Homem-Areia fica completa e absolutamente preso como uma estátua de vidro imóvel.

Mas isso não está completamente certo, o Aranha percebe, já que a força da tentativa derradeira do Homem-Areia faz com que ele oscile para frente e para trás, balançando devagar até cair para trás em direção à lâmpada de arco. Sem qualquer fluido de teia, o único recurso do Homem-Aranha é avançar e tentar segurar o Homem-Areia em forma de estátua, mas não consegue chegar a tempo. Ele ouve um *barulho* quando um Homem-Areia de vidro pesado cai bem em cima da lâmpada de arco, partindo-a em pedacinhos.

O Homem-Areia vai ficar bem, ele pensa. O Homem-Aranha sabe que tudo o que Flint Marko precisa para sobreviver é um único grão de areia, mas esse fato não torna menos sombrio pensar nisso, enquanto ele olha ao redor para os pedaços de vidro quebrados e a lâmpada no chão à sua frente.

O EASER parece praticamente intacto, e ele fica grato por isso. O museu não tem tanta sorte. Há marcas de queimadura por todo o piso e em algumas paredes e, claro, um enorme buraco na lateral do prédio. O Homem-Aranha não percebeu durante a luta, mas agora pode ouvir um alarme disparando do outro lado do prédio e sirenes soando ao fundo; a polícia está a caminho para ver o que está acontecendo.

Isso significa que ele só tem alguns minutos. Empurra os vestígios da forma do Homem-Areia de cima da lâmpada, grunhindo de dor ao fazer isso. Pode ter a força proporcional de uma aranha, mas o Homem-Areia de vidro é *pesado* e os ossos do Aranha já estão doendo. Por baixo, a lâmpada de arco Alredge está toda esmagada. O Homem-Aranha desmonta o metal em busca do elemento, mas tudo o que encontra é uma pilha de poeira preta no formato de uma haste longa e fina. Ele pega o tanque de gasolina novamente e aponta a chama direto para os restos. Assim que atinge, a pólvora e os pedaços de rocha começam a explodir em chamas e a evaporar no ar.

Isso foi tudo?! As sirenes ficam mais altas à medida que se aproximam.

– Tomara que esta não tenha sido uma péssima ideia – diz ele, fazendo uma última busca por algum pó escuro. A área está limpa, pensa. É o que espera.

Em seguida, ele vasculha de novo uma mesa em busca de papel, caneta e fita adesiva para poder deixar um bilhete para as autoridades. Escreve algo e cola na massa de vidro que compõe o Homem-Areia.

Por favor, levem para a Jangada. Precisará de um pouco de reabilitação. :)
– Homem-Aranha

Peter chega em casa uma hora depois. Está machucado, cansado e ansioso quando entra no quarto. Espera *mesmo* ter acertado todo o elemento. E espera que isso seja o fim. Tirando o uniforme, ele o enfia no fundo do armário. Precisará fazer reparos nele e na máscara mais tarde. *É um problema para o meu eu do futuro.* Agora, tudo o que quer fazer é cair na cama. Em vez disso, ele cola um band-aid na testa e outro no braço, onde foi cortado pelo vidro, e depois enrola um longo curativo ao redor das costelas para apoiá-las. Com isso resolvido, ele se move para cair no calor acolhedor de sua cama. Mas antes que possa, vê seu celular se acender forte e insistente no escuro. Ele vê Mary Jane Watson na pequena caixa de notificação e a abre.

VC ESTÁ BEM???????? ACABEI DE VER SUA LUZ ACENDER

Ele digita algumas palavras e clica em enviar. Recebe um joinha um momento depois.

Em cinco minutos, está batendo na janela de MJ de novo, só que dessa vez, em vez de seu uniforme estragado, está com sua camiseta da Creche Weinkle, uma calça de pijama e meias felpudas. Ela chega até a janela e a abre, com os olhos arregalados. Está com aquele mesmo pijama de bolinhas.

– O que você quis dizer com longa história? Está tudo bem?! Me conta *tudo*! – diz ela assim que ele entra. Ele a vê notar o curativo em sua testa e a maneira como ele segura a lateral do corpo com cuidado. Ele se senta no chão, com as costas apoiadas na cama dela, e ela se junta a ele. Ele pega a mão dela enquanto começa sua história.

– Você tinha toda a razão, estava no Salão de Ciência. – E então ele conta tudo para ela: o desespero que o Homem-Areia sentiu, a forma feia como a luta terminou. A queima do elemento. Tudo. – Queria saber o que prometeram para ele e queria poder dizer que tudo acabou, mas…

– Acabou. Você fez o melhor que pôde – completa ela. – É sério, acho que eu não teria feito nada diferente. A coisa está destruída e a influência dela também deve estar. Agora é só cruzar os dedos e ter esperança.

Ele apoia a cabeça na beirada do colchão, olhando para o teto. Há estrelinhas que brilham no escuro por toda parte. Ele sorri. Era isso que esperava: um momento de silêncio com MJ.

– Bem, então acho que acabou, talvez agora a gente possa se concentrar em… – Ele faz uma pausa, imaginando como perguntar o que quer perguntar.

– No nosso… Projeto OSMAKER? – pergunta ela, como se não pudesse acreditar que isso é o que ele ia mencionar agora. Ele devolve a ela um olhar igualmente incrédulo.

– O quê?! Não! Eu… ah, quero dizer. A gente pode se concentrar em, bem… – *Eu acabei de derrotar uma pilha de*

dez toneladas de areia viva. Posso fazer isso. Ele respira fundo.
– Se você quer ser a minha namorada? – Fala ele depressa.

O rosto de MJ fica vermelho como um tomate e suas sobrancelhas parecem subir até a linha do cabelo.

– AH – diz ela, e então mais baixinho: – ah.

Ela pensa por alguns minutos, e Peter se pergunta se estragou tudo ao falar sobre isso *agora* – todo ferrado depois de uma luta contra um supervilão. Mas então MJ ri, e olha bem nos olhos dele, e diz:

– Claro, Peter Parker.

Peter, ele tem vergonha de admitir, reage com uma exalação silenciosa de "*sim*" e um soco no ar que acaba machucando suas costelas de novo, então, ele solta um leve grito de dor.

– Ai, meu Deus, você está bem? – MJ pergunta e Peter assente.

– Sim! Sim. Quero dizer, sim, sim, estou bem! Estou muito animado, e feliz, e... – Antes que ele possa terminar, MJ está avançando, e enfim, *enfim,* Peter beija Mary Jane Watson, e ele tem que admitir, valeu a pena esperar.

EPÍLOGO

No um mês e meio desde que Peter e MJ começaram *oficialmente* a namorar, a vida de Peter tem sido boa. Teve sua sorte de um Parker de sempre, mas até onde ele sabe, não houve exatamente nenhuma tentativa de algum senhor do mal alienígena e aleatório de tentar levar a raça humana a um frenesi autodestrutivo. Por outro lado, aquele cachorro chato ficou preso na árvore mais quatro vezes.

Agora, Peter e MJ estão andando pelo corredor em direção à aula do dr. Shah de mãos dadas, e todos estão tão acostumados com isso que o único comentário que recebem é um "*eca*" enojado de Flash Thompson.

Peter considera isso uma vitória.

– Viu a nova postagem do *Clarim* sobre o Aranha? – MJ pergunta.

Peter balança a cabeça. Ele enviou algumas fotos na noite passada, mas não estava brincando quando disse a MJ que parou de olhar. *Nunca* o fazia se sentir bem, mesmo com a "tentativa" de JJJ de reportar de forma neutra. Então ele se concentrou na própria conta do Homem-Aranha – na qual MJ tem ajudado. Ele tem dois mil seguidores agora.

– Na verdade, foi legal o suficiente para que, hã – ela abaixa a voz – a conta você sabe de quem possa compartilhar, se você quiser.

Peter abre o aplicativo em seu celular e vai para a página do *Clarim*. É uma foto que ele enviou do Homem-Aranha ajudando uma senhora a atravessar a rua. A legenda é uma que ele escreveu.

Nem tudo é combate ao crime e chute no traseiro para o Homem-Aranha de Nova York!

Ele sorri, mas logo muda a expressão para uma careta, quando rola para baixo até a próxima postagem. É uma captura de tela do último artigo de Jameson, com uma legenda direcionando as pessoas para o link da página.

HOMEM ARANHA:
AMEAÇA OU AMEAÇA TRIPLA????

– Bem – comenta MJ, dando de ombros –, não podemos dar um jeito em *tudo* logo de cara. Tipo, é provável que o J. Jonah Jameson sempre será um… um bundão!

Ela diz isso com tanta veemência que Peter ri o suficiente para bufar. Ele está secando os olhos quando chegam à sala de aula do dr. Shah.

– Ah, não se esqueça – diz ela, enquanto ele a segue para dentro. – Você se inscreveu para ser voluntário no banco de alimentos do Queens comigo amanhã de manhã.

Ele acena com a cabeça, ansioso por isso. Eles se separam para ir para seus lugares, mas MJ lhe dá um sorriso clandestino antes de se afastar e ele tenta manter o sorriso sentimental longe do rosto, mas não tem certeza se consegue.

– Muito bem! – o dr. Shah diz de sua mesa quando o sinal toca. Ele está segurando uma pilha de papéis, e Peter lembra que é o dia em que vão receber as notas dos projetos e descobrir quem vai representar a Midtown High na competição OSMAKER. Ele olha para Maia, Randy e MJ. Maia está com os dedos cruzados em ambas as mãos, Randy balbucia: *Nós conseguimos*, mas até ele parece nervoso, e MJ apenas dá de ombros como, bem, isso está fora de suas mãos agora. A expressão do próprio Peter é de náusea.

Ele olha outra vez para a frente da classe, onde o dr. Shah começou a distribuir os papéis.

– Um trabalho admirável de todos – comenta ele –, mas um grupo realmente foi além em sua ideia, combinando tecnologia com um assunto inesperado.

Peter apoia a testa nas mãos, com os dedos pressionando a testa de leve. Isso poderia ser *literalmente qualquer um*. O grupo de Flash fez algo relacionado a tecnologia e restaurantes de fast-food.

A sala está barulhenta, todos comentam suas notas, enquanto os trabalhos são distribuídos. Finalmente, uma pilha de papéis cai na mesa de Peter, e ele ergue o olhar e vê o dr. Shah sorrindo. Peter olha de novo para o papel e há um A vermelho brilhante circulado no topo da página, junto com uma grande estrela vermelha. *Isso significa...*

– O grupo que representará a Midtown High na competição OSMAKER de Norman Osborn é o Time Cinco: Maia Levy, Peter Parker, Randy Robertson e Mary Jane Watson! Mal posso esperar para ver esse aplicativo de organização se concretizar.

O grupo dá um pulo e Maia literalmente *grita de* empolgação. Peter chama a atenção de MJ e eles abrem sorrisos largos um para o outro. Então Randy abraça todos eles e Peter ri, pulando junto com seus amigos.

Talvez o futuro seja promissor, afinal!

Estamos quebrados
Mas não derrotados
Mas não derrotados
Estamos mais livres
do que jamais fomos
Casa esta é a nossa nova casa esta é
O Homem-Areia foi nosso erro
Escolheremos melhor na próxima vez

O dr. Samir Shah pega o celular que está vibrando em sua mesa. Há uma mensagem de um número que ele não reconhece.

OLÁ, DR. SHAH. TEMOS UM TRABALHO PARA VOCÊ...

AGRADECIMENTOS

Este livro, embora escrito em um período de tempo hilariantemente curto, demorou muito para sair. É também a definição de um trabalho em grupo. Para minha editora, Emeli Juhlin: em primeiro lugar, obrigada por me enviar aquele e-mail em março de 2019, perguntando se eu gostaria de escrever uma história original do Homem-Aranha e quebrar minha cabeça (da melhor maneira possível) no processo! Sou extremamente grata pela sua crença inabalável de que podíamos fazer este livro acontecer. Jamais teria sido escrito sem você. Ao meu agente, Michael Bourret, por estar sempre por perto e disponível assim que a ansiedade surgia e pelas amáveis palavras de encorajamento ao longo do caminho. E aos meus editores da Marvel Entertainment, Caitlin O'Connell e Lauren Bisom: obrigada pela sua orientação enquanto garantiam que lidávamos com a história do Aranha com cuidado. A Nicoletta Baldari pela bela ilustração de capa e pela criação de algumas das minhas obras de arte favoritas do Homem-Aranha, e a Jay Roeder pelas letras incríveis. A todos na Disney e na Marvel que tocaram no livro – design, licenciamento, marketing, publicidade, vendas, produção, preparação – agradeço muito todo o seu trabalho árduo. Posso escrever quantas palavras quiser, mas os leitores nunca veriam nem uma página sequer sem vocês.

Tenho que agradecer a algumas pessoas na minha vida – e não só porque me ouviram lançar obsessivamente fatos e perguntas sobre o cabeça de teia por meses a fio, mas pelo seu apoio, por se juntarem a mim em todos os momentos emocionantes, e por guardarem meus segredos. Meus irmãos, Heeral e Vinny Chhibber, que leram propostas e rascunhos e ofereceram validação quando eu precisei. A Swapna Krishna, Eric Smith e Jenn Northington por serem os melhores de todos os tempos. (É isso, esse é o agradecimento; eles são mesmo os melhores.) Aos meus colegas nerds detalhistas Jason Sanchez, Charles Pulliam-Moore, Jordan Brown e Paul Montgomery por me explicarem pontos histericamente específicos sobre o Aranha. À minha equipe do Saturday Morning Cartoon Day por literalmente me ajudar a superar uma pandemia com nossos encontros semanais para conversar e celebrar uns aos outros e, às vezes, até assistir a desenhos animados: Brett Parnell, David Kinniburgh e Alice Tam (que merece um agradecimento triplo pelas nossas exibições semanais de *Sobrenatural* e por me emprestar o nome dela para uma personagem muita apropriada). Falando nisso: ao meu primo Samir Shah, que não hesitou em dizer sim quando eu lhe disse que talvez "nomeasse alguém no livro com base nele". E obrigada a Brette Weinkle e DeMane Davis por também me emprestarem seus nomes! Nomear personagens é difícil, pessoal! O colega autor Brandon T. Snider, que em 2018 me disse que estava "indicando meu nome para uma oportunidade da Marvel Press", o que me levou à sala para escrever *O diário de viagem de Peter e Ned*: eu literalmente não estaria aqui se não fosse por você ter mandado aquele elevador me buscar. Ao meu cachorro, Darcy, por ser tão fofo e amoroso que me faz chorar.

E, claro, a Stan Lee e Steve Ditko por criarem esse personagem que significa tanto para tantas pessoas. Peter Parker nos ensinou que é possível fazer o bem mesmo quando a vida é difícil. Ele nos ensinou que, se você tem o poder de ajudar as pessoas, você deve fazer isso. Espero que, se você estiver lendo este livro, leve estas lições a sério e use seu grande poder para tornar o mundo um lugar melhor.

não estaria aqui se não fosse por você ter mencionado aquela [illegible] e Plata [illegible]
e amoroso que me fez chegar [illegible]

Por último, a Dra. [illegible] e a Steve [illegible] por [illegible] bem [illegible] que significa tanto para tantas pessoas [illegible] [illegible] que é possível fazer o bem mesmo quando [illegible]

[illegible]